U0632252

古體小說叢刊

纂異記輯證

〔唐〕李玫 撰
李劍國 輯證

中華書局

圖書在版編目(CIP)數據

纂異記輯證/(唐)李玫撰;李劍國輯證. —北京:中華書局,2021.6(2025.7重印)
(古體小説叢刊)
ISBN 978-7-101-15224-1

Ⅰ.纂… Ⅱ.①李…②李… Ⅲ.筆記小説-小説集-中國-唐代 Ⅳ.I242.1

中國版本圖書館CIP數據核字(2021)第100618號

責任編輯:許慶江
責任印製:陳麗娜

古體小説叢刊
纂異記輯證
〔唐〕李 玫 撰
李劍國 輯證
*
中華書局出版發行
(北京市豐臺區太平橋西里38號 100073)
http://www.zhbc.com.cn
E-mail:zhbc@zhbc.com.cn
北京建宏印刷有限公司印刷
*
850×1168毫米 1/32 · 7¾印張 · 2插頁 · 160千字
2021年6月第1版 2025年7月第3次印刷
印數:3601-4200册 定價:36.00元

ISBN 978-7-101-15224-1

《古體小説叢刊》出版説明

中國古代小説的概念非常寬泛，内涵很廣，類别很多，又是隨着歷史的發展而不斷演化的。古代小説的界限和分類，在目録學上是一個有待研究討論的問題。古人所謂的小説家言，如《四庫全書》所列小説家雜事之屬的作品，今人多視爲偏重史料性的筆記，我局已擇要編入《歷代史料筆記叢刊》，陸續出版。現將偏重文學性的作品，另編爲《古體小説叢刊》，分批付印，以供文史研究者參考。所謂古體小説，相當於古代的文言小説。爲了便於對舉，參照古代詩體的發展，把文言小説稱爲古體，把「五四」之前的白話小説稱爲近體，這是一種粗略概括的分法。本叢刊選收歷代比較重要或比較罕見的作品，採用所能得到的善本，加以標點校勘，如有新校新注的版本則優先録用。個别已經散佚的書，也擇要作新的輯本。古體小説的情况各不相同，整理的方法也因書而異，不求一律，詳見各書的前言。編輯出版工作中不够完善之處，誠希讀者批評指正。

中華書局編輯部

二〇〇五年四月

目録

前　言

一、《纂異記》作者李玫考

李玫，其事迹書記甚少。《新唐書·藝文志》小説家類注云大中時人。唐末康軿《劇談録》卷下《元相國謁李賀》云：

自大中、咸通之後，每歲試春官者千餘人，其間章句有聞，亹亹不絶。如何植、李玫、皇甫松、李儒犀、粱望、毛濤、貝庥、來鵠、賈隨，以文章著美；温庭筠、鄭瀆、何涓、周鈐、宋耘、沈駕、周繁，以詞賦標名；賈島、平曾、李陶、劉得仁、喻坦之、張喬、劇燕、許琳、陳覺，以律詩流傳；張維、皇甫川、郭鄩、劉延暉，以古風善價。皆苦心文華，厄於一第。然其間數公麗藻英詞播於海内，其虚薄叨聯名級者，又不可同年而語矣。

則可知玫終身未獲科名。錢易《南部新書》壬卷云：

李紋者，早年受王涯恩。及爲歙州巡官時，涯敗，因私爲詩以弔之。末句曰：「六合茫茫皆漢土，此身無處哭田横。」乃有人欲告之。因而《纂異記》記中有《噴玉泉幽魂》一篇，即甘露之四相也。玉川先生，盧仝也。仝亦涯客，性僻面黑，常閉於一室中，鑿壁穴以送食。大和九年十一月二十日夜，偶宿涯館，明日左軍屠涯家族，隨而遭戮。

按《南部新書》所記當本李玫《纂異記》，李紋乃李玫之譌，傳鈔傳刻致誤也，記事亦有舛謬。文宗大和九年（八三五），宰相李訓、鳳翔節度使鄭注謀誅宦官，事敗，李訓、王涯、舒元輿、賈餗四相及鄭注等皆被宦官仇士良所殺，史稱「甘露之變」，爲大和中著名事件。本書《噴玉泉幽魂》叙四丈夫之魂於壽安甘棠館噴玉泉聚會，於西楹見詩人（按：李玫自寓）題詩「浮雲淒慘日微明」云云，末爲「六合茫茫皆（談愷刻本作悲，據陳鱣校本等改）漢土，此身無處哭田橫」，四人中少年神貌揚揚者云：「我知作詩人矣。得非伊水之上，受我推食脱衣之士乎？」《南部新書》云李玫早年受王涯恩，疑據此而斷，以少年神貌揚揚者爲王涯。今按《新唐書》卷一七九《王涯傳》載涯被殺前「年過七十」，焉得謂少年？以爲王涯者，或據其詩有「鄧攸無子續清風」句，而涯二子並被甘露之禍〔一〕。然此言無子乃謂生前無子，而四相盡遭族誅也。四丈夫中清瘦及言語瞻視疾速者當係王涯，觀其詩云「白首同歸感昔賢」可知，

〔一〕《舊唐書》卷一六九《王涯傳》：「涯子工部郎中、集賢殿學士孟堅，太常博士仲翔，其餘稚小妻女，連襟係頸，送入兩軍，無少長盡誅之。」

而又云「孤光曾照讀書筵」，涯善文多著述〔一〕，故云。少年神貌揚揚者詩中有「文章高韻傳流水，絲管遺音託草蟲」，知其亦擅文章，而四相中有文名者除涯即舒元輿〔二〕。考《新唐書》卷一七九本傳載：「元和中舉進士，見有司鉤校苛切，既試尚書，雖水炭脂炬飡具，皆人自將，吏一倡名乃得入，列棘闈，席坐廡下，因上書言：『古貢士未有輕於此者……』俄擢高第。」此書載於《唐文粹》卷二六上、《全唐文》卷七二七，題《上論貢士書》，中云：「前年臣年二十三，學文成立，爲州縣察臣，臣得備下土貢士之數。」元輿元和八年擢進士第，前年指前一年，即去年。上書時年二十四，大和九年被殺年四十六，猶爲少壯，則少年神貌揚揚者必爲舒元輿也。

本書《齊君房》復云：「大和元年，李玫習業在龍門天竺寺。」考《舊唐書》卷一六九《舒元輿傳》載：大和五年八月，元輿「改授著作郎，分司東都。時李訓丁母憂在洛，與元輿性俱詭激，乘險蹈利，相得甚歡」。李玫於龍門習業受知於元輿，蓋在大和五年。王夢鷗《纂異記校補考釋》亦以爲少年神貌揚揚者乃舒元輿〔三〕，而李宗爲《唐人傳奇》乃以爲

〔一〕《新唐志》著録王涯《唐循資格》五卷（職官類）、《注太玄經》六卷（儒家類）、《王涯集》十卷（別集類）。詩文今存於《全唐詩》、《全唐文》。

〔二〕《新唐志》別集類著録《舒元輿集》一卷。所存詩文編在《全唐詩》、《全唐文》。

〔三〕王夢鷗《唐人小説研究·纂異記與傳奇校釋》，臺北：藝文印書館，一九七一，第十二頁。

李訓〔一〕。然《舊唐書》卷一六九《李訓傳》謂其「形貌魁梧，神情灑落」，四鬼中有長大少髭髯者，此必訓也。另一人短小器宇落落者則爲賈餗，餗河南（治今河南洛陽市）人，故其詩云：「桃蹊李徑盡荒涼，訪舊尋新益自傷。」鄭訓詩云「新荆棘路舊衡門，又駐高車會一樽」，又云「珍重昔年金谷友，共來泉際話孤魂」，儼然主人口吻。按《新唐書》卷一七九《李訓傳》載：「從父逢吉爲宰相，以仲言（按：訓原名仲言）陰險善謀事，厚昵之。坐武昭獄，流象州。文宗嗣位，更赦還，以母喪，居東都。」赦還乃指文宗大和元年正月乙巳大赦改元。又據《舊唐書》卷一六七《李逢吉傳》，逢吉大和五年八月爲太子太師、東都留守、東畿汝防禦使。大和中訓赦歸及丁母憂住洛，當居於噴玉泉，元輿曾來相聚也〔二〕。噴玉泉在壽安縣，屬河南府，即今河南宜陽縣，在洛陽西南，臨近龍門。龍門即伊闕，在洛陽東

〔一〕《唐人傳奇》：「四相中能稱爲少年的只有李訓，故『王涯』當爲『李訓』之誤。」北京：中華書局，一九八五，第一〇七頁。

〔二〕《新唐書》卷一七九《王涯傳》云王涯「别墅有佳木流泉，居常書史自怡，使客賀若夷鼓琴娱賓。文宗惡俗侈靡，詔涯懲革」。《全唐詩》卷五六二《噴玉泉冥會詩八首》注云：「噴玉泉，在河南壽安縣。《傳載》云：『山水絶勝，太和中遊者始盛。』《王涯傳》：『别墅有佳木流泉。』詳詩意，墅正在此泉上也。」謂涯居噴玉泉，恐非。

南，伊水之濱。《噴玉泉幽魂》中白衣叟（盧仝）云「此詩有似爲席中一二公，有其題而晦其姓名」，一二公者暗言舒元輿，兼涉李訓，玫當亦受惠於訓也[一]。

由上可知，李玫大和元年習業龍門天竺寺，五年遇舒元輿，受其推食脱衣之恩。九年元輿等被殺，玫時爲歙州巡官。歙州屬宣歙都團練觀察使，領宣、歙、池三州（見《新唐書·方鎮表五》），巡官乃幕職。元輿等被殺，玫當亦受累。大中年猶曾應舉，然終厄於一第。玫之事實，止於此矣。《廣記》卷三一三引《稽神録》，李玫天祐初（九〇四）爲舒州倉官（今本卷六作李政），此乃别一人。

二、《纂異記》著録佚文考

《崇文總目》小説類、《新唐志》小説家類、南宋鄭樵《通志·藝文略》傳記類冥異目著録李玫《纂異記》一卷。《宋史·藝文志》小説類作李攻（按：中華書局點校本改作致），注「一作政」，名皆譌。尤袤《遂初堂書目》小説類作《異聞録》（無撰人、卷數），乃宋人

[一]卞孝萱謂：「大和初李玫在東都，非游於王涯之門，應是先識李訓，由李訓把李玫介紹給『相得甚歡』的舒元輿。」《唐人小説與政治》，厦門：鷺江出版社，二〇〇三，第三七〇頁。

改稱。

原書不傳。《太平廣記》引有十四篇，書名或有譌誤。《滎陽氏》談愷刻本闕出處，清孫潛校本注出《纂異記》，是也。《類説》卷一九題作《異聞録》，天啓刊本不著撰人，嘉靖伯玉翁舊鈔本題李玫撰，摘録五條。《説郛》卷三《談壘》有《異聞録》一條，同《類説》之《經幢中燈》（即《廣記》之《楊禎》），蓋取自《類説》。《紺珠集》卷一摘《異聞實録》五條，署名譌作李玖（按：此據明天順刻本，《四庫全書》本作李玫）。五條同《類説》，文句無甚不同，唯標目多異，蓋《類説》取《紺珠集》也。《紺珠集》本後取入《重編説郛》弓一一七、《古今説部叢書》一集，撰名亦譌作李玖。《重編説郛》弓一一八又有《纂異記》十三條，題宋李玫，無一條出自本書，實全取自南宋魯應龍《閑窗括異志》，乃純僞之書。民國吴曾祺編《舊小説》丁集輯《纂異記》四則（《三史王生》、《張生》、《劉景復》、《浮梁張令》），撰人譌作李孜。丁集所收爲宋人作品，其以爲宋人者，蓋誤從《重編説郛》。而今人或亦不辨〔一〕，

〔一〕成柏泉選注《古代文言短篇小説選注》二集，所選宋小説中有《三史王生》、《浮梁張令》二篇，作者題李孜。題解云：「本篇録自吴曾祺編《舊小説》。注云出《纂異記》，作者宋朝李孜。這部書和作者，都未見他書著録。」上海古籍出版社，一九八四，第八二頁。

以譌傳譌。王夢鷗《纂異記校釋》輯十三篇，上海古籍出版社一九九一年版李宗爲校點本（又載二〇〇〇年版《唐五代筆記小説大觀》上册）亦輯十三篇，均未輯《滎陽氏》。

《新唐志》注「大中時人」，此必據原序紀時而著，書作於大中間也。考四相詩中有「終無表疏雪王章」、「寒骨未沾新雨露」、「白日終希照覆盆」等語，據《資治通鑑》卷二四九載，大中八年（八五四）宣宗以甘露之變惟李訓、鄭注當死，自餘王涯、賈餗等無罪，詔雪其冤。玫作此書時尚未有宣宗雪冤之事，然則本書作於大中八年前也。又本書《劉景復》中歌云「河湟咫尺不能收」。按安史亂後河湟地區没入吐蕃，大中三年收復（見《舊唐書》卷一八下《宣宗紀》），則書作於大中三年前也。本書《齊君房》鏡空讖詩影射會昌滅佛，末句云「寶檀終不滅其華」，乃影會昌六年（八四六）三月宣宗即位後復興佛法（《舊唐書·宣宗紀》），則書作於宣宗即位後也。《永樂琴書集成》卷一一《箜篌引》引《炙轂子》（唐王叡撰）曰：「太（按：當作大）中初《纂異録》中有《公無渡河》，歌曰：『濁波洋洋兮凝曉霧……』」《樂府詩集》卷二六引王叡《公無渡河》，即出於本書《蔣琛》。據此則書作於宣宗大中初，蓋爲元年（八四七）也。北宋上官融《友會談叢序》云：「李玫以養病端居，乃《纂異》之記作。」乃復知是書作於養病之時。

《南部新書》稱玫爲歙州巡官，甘露之變後作詩以弔，有人欲告之，疑亦本序中自述。

然玫詩「六合茫茫皆漢土，此身無處哭田横」云云，實《噴玉泉幽魂》中詩句，并非在大和九年四相被殺而「私爲詩以弔之」，疑錢易誤讀。玫當時或有詩弔舒元輿等，已不可知爲何詩矣〔一〕。

《廣記》卷四三八《胡志忠》，又卷四五一《僧晏通》，談刻本注出《集異記》，明鈔本作《纂異記》，風格不類本書，明鈔誤。此當爲陸勳《集異記》文（見拙著《唐五代志怪傳奇叙録》增訂本）。舊題唐馮贄《雲仙雜記》卷一、卷三、卷六、卷八引《纂異記》四條（《六鼻鏡生雲烟》、《虎毛紅管筆》、《墨封九錫》、《猪肝中有讖書》〔二〕），係撰者自爲之而杜撰出處，皆非本書。《孔帖》卷一三《三方鏡》，引《雲仙散録·纂異記》，即《雲仙雜記》之《六鼻鏡生雲烟》。《古今事文類聚》别集卷一四引《纂異記》三條（一條作《纂異録》），全出《雲仙雜記》〔三〕。陳翰《異聞集》，《廣記》常引作《異聞録》，與《纂異記》自别。

〔一〕按：自然亦可作此推測，即此詩確係大和九年悲悼之作，而作《噴玉泉幽魂》時採入。

〔二〕按：《雲仙散録》（不分卷）題目爲《三方鏡》、《兔頭羹》、《松燕督護》、《猪肝有讖》。

〔三〕《古今事文類聚》所注出處有誤。「薛稷封筆爲毛刺史。」《雲仙雜記》末注《龍鬚志》。「薛稷爲紙封九錫，拜楮國公、白州刺史，統領萬字軍。」《雲仙雜記》末注《事畧》，「褚」作「楮」，是也。楮，木也，皮可製紙。

三、《纂異記》文體風格及思想内容

唐人小説集，大抵或純爲志怪集，或志怪傳奇雜事集，而獨取傳奇之體成集者不多，《纂異記》即是也。十四篇作品中，最長者爲《蔣琛》、《嵩岳嫁女》，均兩千一百餘字，再次《徐玄之》一千六百餘字，《韋鮑生》、《浮梁張令》均亦逾千，其餘則少者五六百，多者近千。

魯迅論唐傳奇，稱其「叙述宛轉，文辭華艷」。又曰：「傳奇者流，源蓋出於志怪，然施之藻繪，擴其波瀾，故所成就乃特異，其間雖亦或託諷喻以紓牢愁，談禍福以寓懲勸，而大歸則究在文采與意想，與昔之傳鬼神明因果而外無他意者，甚異其趣矣。」（《中國小説史略》第八篇《唐之傳奇文上》）觀《纂異》諸篇，誠如魯迅所論，無論篇幅短長，均悉心構撰，慘澹經營，謀篇布局頗見匠心，而筆墨酣暢，興會淋漓，鋪彩摛文，作意成篇。其用筆細微，多見形容，寫景如詩如畫。——「霅郡城樓早鼓絶，洞庭山寺晨鍾鳴。而飄風勃興，玄雲四起，波間車馬，音猶合沓。」（《蔣琛》）「怪鳥鴟梟，相率啾唧；大狐老狸，次第鳴叫。」（《噴玉泉幽魂》）如此等等，皆可謂生花妙筆。作者尤其善於馳騁想像，縱横古今，思出雲表之端，筆走龍蛇之勢，風格十分鮮明。如《蔣琛》之篇，虚構太湖、湘水等四水神及范相國、屈原、申徒先生、徐處士、鴟夷君等聚會，吟詩作歌，場面弘大，氣勢雄偉，有鮮明而獨特的藝術風格，唐傳奇中實屬鮮見。

就其故事情節而言，諸篇皆出作者虚構，非如唐人作品常常依傍聞見，表明作者虚構意識極强。其中有的作品，其敘事模式雖非首見，但其情節仍自爲幻設，刻意求新，不落舊套。如《張生》寫張生道中所見諸客與妻宴飲情景，恰正妻之所夢，亦真亦幻，真幻莫測。其構思頗類白行簡《三夢記》劉幽求事及薛漁思《河東記·獨孤遐叔》（《太平廣記》卷二八一引），但情事自有不同，且叙事較細，又援入歌曲六首，風情具足。《滎陽氏》寫鬼求改瘞骸骨，亦是古小説母題，而别出心裁，自爲經緯。

唐傳奇文體特點，顯著者乃所謂「文備衆體」，蓋以見作者之史才、詩筆、議論。《纂異記》諸篇大抵如此，援詩入文，實現叙事文體之詩意化。除《張生》穿插張妻歌曲六首外，其他有《嵩岳嫁女》歌八、詩三，《陳季卿》詩五，《劉景復》長歌一闋，《蔣琛》歌八、詩三，《進士張生》歌一，《韋鮑生》歌二、聯句一章，《噴玉泉幽魂》詩八，《楊禎》歌二、詩一。此外，《徐玄之》虚構螞蟻之國君臣之事，穿插狀、疏、表各一通。《嵩岳嫁女》亦有一表。叙事之細微可覩，詩文之穿插鋪排，皆使《纂異記》具有極大的可觀性、可感性。

唐人小説，究其創作動機，或寫情感，或寄諷喻，或涉獵奇，或爲愉目。李玫此作創纂異事，乃自有深意，即刻意干預政治，抨彈現實，抒發憤懣、悲愴之懷，誠政治諷喻及政治抒情小説也。

其中《噴玉泉幽魂》是直接抨彈現實政治的作品。李玫以事件親歷者的身份及門人情感，用影射手法反映大和九年的重大事件「甘露之變」，爲被宦官冤殺的甘露四相大鳴不平。故事發生於會昌元年（八四一）春，去大和九年（八三五）十一月仇士良率兵誅殺宰相王涯、賈餗、舒元輿、李訓等才五年多，李玫記憶猶新而感受深刻。姑不論李訓等人行事方式如何，但中唐宦官專權乃一大弊政，如史家云「萬機之與奪任情，九重之廢立由己」（《舊唐書》卷一八四《宦官傳》），李訓等與文宗謀誅宦官實屬必要之舉。然行動失敗，結局悲慘，四相等被滅族。作品引述詩人（李玫）、白衣叟（盧仝）及四丈夫之詩，若「浮雲淒慘日微明，沈痛將軍負罪名。白晝叫閽無近戚，縞衣飲氣有門生」，「六合茫茫皆漢土，此身無處哭田横」，「迹陷黄沙仍未寤，罪標青簡竟何名」，「李固有冤藏蠹簡，鄧攸無子續清風」，「雖有衣衾藏李固，終無表疏雪王章」，「誰能高叫問蒼蒼」，「寒骨未沾新雨露」，皆詩意痛切，既追悼大臣含冤被殺，又緣朝廷不爲昭雪而含悲洩憤。

與《噴玉泉幽魂》就具體政治事件展開諷喻不同，更多的作品是在廣闊的範圍内批判政治。《徐玄之》虚構《南柯太守傳》大槐安國式的蚍蜉國，乃是一個微型封建王朝，作品將統治者劣行惡政訴諸筆端。蚍蜉王子「不習周公禮，不習孔氏書，而貴居王位」，縱情遊獵，驕狂蠻横，蚍蜉王昏昧無道，枉殺進諫的太史令馬知玄。蚍蜉王雖最後接受臣下上疏爲馬知玄平反贈官，然「天圖將變」，曆數已盡，「縱盤遊、恣漁獵者位必亡；罪賢臣、戮忠讜者國必喪」，「躡殷秦」的結果是禍起國滅。蚍蜉國者實是地下蟻穴。如果説《南柯太守傳》以蟻世比照人世，警示人生無常，《徐玄之》之旨則在抨擊暴虐，呼喚清明，言人心天意，不得違背也。

《蔣琛》描寫四水神及衆多歷史人物參與的一場聲勢浩大的聚會，或直接或隱喻，對黑暗政治口誅筆伐。屈大夫感嘆「既瑞器而無庸兮，宜昏暗之相微」，悲「羈魂汨没兮我名永浮」。與屈原相似，諫而不用的申徒先生自沉於河，亦感嘆「諒予衰俗人，無能振積綱。分辭昏亂世，樂寐蛟螭鄉」。伍子胥抱恨「國步顛蹶兮吾道遘凶，處鴟夷之大困，入淵泉之九重」，發憤要「俾大江鼓怒其冤蹤，所以鞭浪山而疾驅波岳，亦粗足展余拂鬱之心胷」。「皤皤美女」唱《公無渡河歌》，悲痛「沈屍深入兮蛟螭窟」，痛斥「蛟螭盡醉兮君血乾」。曹娥唱《怨江波》，痛感「虬螭窟宅兮淵且玄，排波疊浪兮沈我天」，「誓將柔荑抉鋸牙之喙」。太湖神發出「莫言天下至柔者，載舟覆舟皆我曹」的怒吼。江神決心要把「中載萬姓之脂膏」的千艘樓船，沉没於疊浪，化「爲水府之腥臊」。

《浮梁張令》發揮奇思妙想，設置了一個包括上帝、仙官、岳神、冥吏及陽世貪官在内的營私舞弊的關係網：送關中死籍的黄衫冥吏貪圖一頓飽餐，而爲該被冥府召去的「貪財好殺」的浮梁張令找出一條生路，金天王貪圖二十萬賄賂而爲張令向仙官劉綱求情，劉綱順水推舟賣人情，向上帝上奏章求赦張令，上帝一邊斥責「何爲奏章，求延厥命」，一邊又講「但以扶危拯溺者，大道所尚；紓刑宥過者，玄門是宗」，也竟批準延壽五年。——「關節既到，難爲不應」，天道如此，官場如此，諷刺實在辛辣。天符上署「徹」字，乃漢武帝劉徹。漢武帝熱衷求仙，《漢武故事》、《漢武内傳》均寫其會見西王母，《嵩岳嫁女》寫漢主劉君見夫人，夫人即西王母，而漢主劉君已成神仙。此則竟以漢武帝爲天宫上帝，神仙之極矣。然位居天帝亦竟袒護貪官污吏，重罪輕責，真天上人間無乾净之地矣。

與《噴玉泉幽魂》相近，《韋鮑生》的批判也切入現實，然非具體政治事件，而是現實的科舉制度。唐代科舉是取士主要途徑，其中進士科尤爲士人所重，考試科目有試策、帖經、詩賦。作者面對已經實行二百多年的科舉制度，一反士人共識，對之大加鞭撻，而對古之貢舉制度大加讚賞。作者稱古之貢士「尊賢勸善」，而今士人窮經至於白首，力學訖於没齒。鄉里、州府、有司層層薦拔，而詩賦之考或謂不中度不協律。「雖有周、孔之賢聖，班、馬之文章，不由此製作，靡得而達矣。」作者謂較之「皇王帝霸之道，興亡理亂之體」之「古之大體」，詩賦實乃「雕文刻句」之小巧伎倆。

李玫此番言論發之有故。康駢云李玫「以文章著美」，文章與詞賦、律詩、古風相對，則文章者當指散體文字。大約李玫不長於詩賦，故屢屢不得中舉。心懷憤懣，出語激烈。這種心情在《陳季卿》中也有表現。江南陳季卿舉進士無成，辭家十年，鬻書判給衣食。在青龍寺中遇終南山翁，爲之折竹葉作舟，置東壁《寰瀛圖》渭水之上，使其乘舟還家。「已作羞歸計，還勝羞不歸」，一路作詩，至家見妻子兄弟即登舟而返，復遊青龍寺，見山翁猶擁褐而坐。明年春又下第。李玫科舉屢屢失意，此作分明是自況。「謀身非不早，其奈命來遲。舊友皆霄漢，此身猶路歧。北風微雪後，晚景有雲時。惆悵清江上，區區趁試期。」其情可見。作者雖寫陳季卿終究及第成名，或許是畫餅充饑式的自慰，然終又絶粒入終南山，又反映出作者的道家出世思想。然唐代士人真能看破紅塵者甚寡，出世大抵只是一種情緒而已。李玫曾受辟爲歙州觀察使巡官，畢竟走的還是從宦之路。

李玫頗爲關注歷史，喜歡拿大人物取笑。在《浮梁張令》中諷刺漢武帝，而《三史王生》又扯出漢高祖，着意調侃。故事幽默，實遊戲筆墨。《史記・高祖本紀》載劉邦母曰劉媪，注云「媪，母别名也，音烏老反」。「烏老」乃反切注音，而曾登三史科〔一〕之王生在高祖廟故意嘲笑高祖「提三尺劍，滅暴秦，翦强楚，而不能免其母『烏老』之稱」，而高祖不明「烏老」之言出自何典，斥其「褻黷尊神」。王生又引經據典，揭露高祖置酒獻太上皇壽，云：「大人常以臣無賴，不事産業，不如仲力。今某之業，孰與仲多？」而「殿上群臣皆呼萬歲，大笑爲樂」，是侮慢君親之舉。

《進士張生》則涉及解讀經書問題。故事寫「好讀孟軻書」的張生於蒲關舜城夢見舜帝。《孟子》中云萬章問：「舜往於田，號泣於旻天，何爲其號泣也？」孟子曰：「怨慕也。」舜認爲孟子乃「不知而作之者」，實曲解其意。舜釋云：「朕泣者，怨己之命，不合於父母，而訴於旻天也。」意謂非怨父母，乃怨天賦己命不合於父母也。舜問「孟是何人，得與孔同科而語」，見出李玫對孟子頗有看法，不以其「亦傳聖人意」。此外，舜還批駁贊唐堯之美曰「垂衣裳而天下理」，以爲「蓋明無事」。批駁贊舜之美曰「無爲而治」，同時又稱

〔一〕《新唐書》卷四四《選舉志上》：「唐制，取士之科，多因隋舊。然其大要有三：由學館者曰生徒，由州縣者曰鄉貢，皆升于有司而進退之。其科之目，有秀才，有明經，有俊士，有進士，有明法，有明字，有明算，有一史，有三史……」三史指《史記》、《漢書》、《後漢書》。

頌舜「賓四門，齊七政，類上帝，禋六宗，望山川，徧群神，流共工，放驩兜，殛鯀，竄三苗」，自相矛盾：「與無爲之道遠矣」。舜云「百代之後，經史差謬，辭意相反」，這實際是李玫對古經書記載可靠性的懷疑態度。

上述批判現實之外，一些故事或顯或隱地反映現實。如《嵩岳嫁女》描寫盛大的神仙歡會，亦在縹緲的幻想中融入現實内容，顯示着作者的政治良心和社會責任感。文中李君即唐玄宗，其云「爲敕龍神設水旱之計，作彌淮蔡，以殲妖逆」，又表云：「伏以虺蜴肆毒，痛於淮蔡。豺狼尚猜其口喙，螻蟻猶固其封疆。若遣時豐人安，是稔群醜；但使年餓厲作，必摇人心。如此倒戈而攻，可以席捲禍三州之逆黨，所損至微；安六合之疾甿，其利則厚。伏請神龍施水，厲鬼行災，由此天誅，以資戰力。」乃隱喻元和十二年（八一七）平淮西吴元濟事。《舊唐書》卷一五《憲宗紀下》載：「隨唐節度使李愬率師入蔡州，執吴元濟以獻，淮西平。」《舊唐書》卷一三三《李愬傳》記之頗詳。

文中又云葉静能唱當時事，歌曰「幽薊煙塵别九重，貴妃湯殿罷歌鐘」云云，乃天寶十五年安禄山起兵叛亂，玄宗西逃，至馬嵬驛縊殺楊貴妃事。《劉景復》中進士劉景復作《胡琴》歌，則描述安史之亂後，河湟地區没入吐蕃，長期不得收復的情況：「我聞天寶年前事，凉州未作西戎窟。麻衣左袵皆漢民，不省胡塵暫蓬勃。太平之末狂胡亂，犬豕崩騰恣唐突。玄宗未到萬里橋，東洛西京一時没。一朝漢民没爲虜，飲恨吞聲空咽嗢。時看漢月望漢天，怨氣衝星成彗孛。國門之西八九鎮，高城深壘閉閑卒。河湟咫尺不能收，挽粟推車徒矻矻。今朝聞奏《凉州曲》，使我心魂暗超忽。勝兒若向邊塞彈，征人血淚應闌干。」此歌語調沉痛，表達了李玫强烈的愛國情感。

以上所論，主要謂李玫的政治思想是反對專權暴虐，主張政治清明，社會安定。除此，《纂異記》個别故事表達傳統的善惡報應觀，《滎陽氏》寫滎陽氏子與其妹并女僕被繼母毒殺，其亡故父母訴於上帝，上帝譴怒，繼母遂發背疽而卒。《齊君房》中云「報應之事，榮枯之理，謹知之矣」，亦從人事興衰榮枯明瞭因果報應之事。小説寫胡僧點化齊君房入佛爲僧，法名鏡空。鏡空預言「佛法其衰乎」，題曰：「興一沙，衰恒沙。兔而罝，犬而拏，牛虎相交亡角牙，寶檀終不滅其華。」暗示武宗會昌中滅佛，宣宗即位後重興佛法。似乎李玫崇佛。然《張生》云「何必言夢中，人生盡如夢」，乃道家人生如夢思想。其實，唐代士人往往兼涉佛道，李玫亦然，而其主腦乃儒家入世思想。

要之，李玫此書，乃唐稗絶佳之作。展陳現實，馳騁意想，指點今古，出入鬼神。境界闊大奇麗，辭采俊美老健。善用歌詩，皆清婉深雋，足生意境。作者科場蹭蹬，沉跡下僚，著意爲文，逞才抒懷，康軿云「苦心文華」，「以文章著美」，誠是矣。

四、本書之體例説明

本書題曰「輯證」，乃輯校疏證之意。全書分正文、校記、按語三部分。正文輯佚文十四篇，皆據《太平廣記》，所用版本皆有説明。校記較詳，參校之書，引證之典，一一列舉。按語中附載相關資料，主要有六：其一，説明本篇被取入《古今説海》等説部書，以見其傳播之迹。其二，《紺珠集》、《類説》所摘及他書所引，大抵係節文，録其引文，以資比較。其三，後世話本戲曲演飾情況。其四，其事見記於前世或後世者盡録之，以見淵源流傳之迹。其五，同類故事亦擇而録之。其六，作品中所涉歷史、典故及現實人物事件，皆一一從原書引録。諸項之中，此項最爲繁複。非本書佚文之《廣記》二條及《雲仙雜記》四條，皆列爲附録。書末列出本書所引用古籍書目。又，本書嘗輯録於我編纂的《唐五代傳奇集》中，故校記多與之同。

李劍國二〇二一年元月三日撰畢於釣雪齋

嵩岳嫁女

三禮田璆者，甚有文[一]，通熟[二]羣書，與其友鄧韶，博學相類[三]，皆以人昧，不能彰其名[四]。家於洛陽。元和癸巳歲，中秋望夕，携觴晚出建春門，期望月於韶別墅。行二三里，遇韶，亦携觴自東來，駐馬道周，未決所適。有[五]二書生乘驄，復出建春門，揖璆、韶曰：「二君子挈榼，得非求今夕望月之[六]地乎？某弊莊水竹臺榭，名聞洛下，東南去此三二里。儻能迂轡，冀展傾蓋之分耳。」璆、韶甚愜所望，乃從而往。問其姓氏，多他語對。

行數里，桂輪已昇。至一車門，始入甚荒涼。又行數百步，有異香迎前而來，則豁然真境矣。泉瀑[七]交流，松桂[八]夾道，奇花異草，照燭如畫，好鳥騰翥，風和月瑩[九]。璆、韶請疾[一〇]馬飛觴，書生曰：「足下榼中，厥味何如？」璆、韶曰：「乾和五酘[一一]，雖上清醍醐，計不加此味也。」書生曰：「某有瑞露之酒，釀於百花之中，不知與足下五酘孰愈耳。」謂小童曰：「折燭夜一花，傾與二君子嘗。」其花四出而深紅，圓如小瓶，徑三寸餘，緑葉形類盃，觸之有餘韻。小童折花至，傾於竹葉中[一二]，凡飛數巡，其味甘香，不可比狀。

飲訖，又東南行。數里，至一門，書生揖二客下馬。更[一三]以燭夜花中之餘，賚諸從者，飲一盃，皆大醉，各止於户外。乃引客入，則有鸞鶴數十，騰舞來迎。徐步[一四]而前，花轉繁，酒味尤美。其百花皆芳香，壓枝於路傍。凡歷池館堂樹，率皆陳設盤筵，若有所待，但不留璆、韶坐。璆、韶飲多，行又甚倦，請[一五]暫憩盤筵，書生曰：「坐以何難，但不利於君耳。」璆、韶詰其由，曰：「今夕中天羣仙，會於兹岳，籍[一六]君神魄，不雜[一七]腥羶，請以知禮導昇降。此皆諸仙位坐[一八]，不宜塵觸耳。」

言訖，見直北花燭亘天，簫韶沸空，駐雲母雙車於金堤之上，設水晶方盤於瑶幄之内，群仙方奏《霓裳羽衣曲》。書生前進，有玉女問曰：「禮生來未？」於是引璆、韶進，立於碧玉堂下[一九]，左右命璆、韶拜夫人[二〇]。夫人褰帷笑曰：「下域[二一]之人而能知禮，然服食之氣，猶然射人，不可近他貴壻，可各賜薰髓[二二]酒一盃。」璆、韶飲訖，覺肌膚温潤，稍異常人，呼吸皆異香氣。夫人問左右：「誰人召來？」曰：「衛叔卿[二三]、李八百。」夫人曰：「便令此二童接待。」於是二童引璆、韶於神仙之後縱目。璆問曰：「相者誰？」曰：「劉綱。」「侍者誰？」曰：「茅盈。」「東鄰女彈箏擊筑者誰？」曰：「麻姑、謝自然。」「幄中座[二四]者誰？」曰：「西王母。」

俄有一人駕鶴而來，王母曰：「久望。」劉君笑[二五]曰：「適緣蓮花峯道士[二六]奏章，事須決遣，尚多未來客，何言久望乎？」王母曰：「奏章事者，有何所爲？」曰：「浮梁縣令求延年矣[二七]。以其人因賄賂履官途[二八]，以苛虐爲官政[二九]，生情於案牘，忠恕之道蔑聞，唯錐〔三〇〕於貨財。巧僞〔三一〕之計更作，自貽覆餗〔三二〕，以促餘齡。但以蓮花峯叟狗從〔三三〕於人，奏章甚懇，特紓〔三四〕死限，量延五年。」璆〔三五〕問：「劉君誰？」曰：「漢朝天子。」續有一人，駕黃龍，戴黃旂，道〔三六〕以笙歌，從以嬪嫡〔三七〕及瑶幄而下。王母復問曰：「李君來何遲？」曰：「爲敕龍神設水旱之計，作彌〔三八〕淮蔡，以殲妖逆。」漢主曰：「奈百姓何？」曰：「上帝亦有此問，予一表，斷其惑矣。」曰：「可得聞乎？」曰：「不能悉記，略舉大綱耳。其表云：『某孫某〔三九〕，克搆丕業〔四〇〕，德洽兆庶，臨履深薄，匪敢怠荒。不勞師車，平中夏、西蜀之孽〔四一〕；不費天府，掃東吴、上黨之妖。九有已見其廓〔四二〕清，一方尚屯其氛祲。伏以虺蜴肆毒，痛於淮蔡。豺狼尚猜〔四三〕其口喙，螻蟻猶固其封疆。若遣時豐人安，是稔群醜；但使年餓厲作〔四四〕，必摇人心。如此倒戈而攻，可以席捲禍三州之逆黨，所損至微；安六合之疾甿，其利則厚。伏請神龍施水，厲鬼行災，由此天誅，以資戰力。』」漢主曰：「表至嘉，第〔四五〕既允許，可以〔四六〕前賀誅鋤矣。」書生謂璆、韶：「此開元天寶太平之主也。」

未頃，聞簫韶自空而來〔四七〕，執絳節者〔四八〕前唱言：「穆天子來。」奏樂，群仙皆起，王母避位拜迎，二主降階〔四九〕，入幄環坐而飲。王母曰：「何不拉取老軒轅來？」曰：「他今夕主張月宫之醼，非不勤請耳。」王母又曰：「瑶池一別後，陵谷幾遷移。向來觀洛陽東城，已坵墟矣。定鼎門西路，忽焉復新。市朝云改〔五〇〕，名利如舊，可以悲歎耳。」穆王把酒，請王母歌，王母〔五一〕以珊瑚鈎擊盤而歌曰：「勸君酒，爲君悲且吟〔五二〕。自從頻見市朝改，無復瑶池晏〔五三〕樂心。」王母持盃，穆天子歌曰：「奉君酒，休嘆市朝非。早知無復瑶池興，悔駕驊騮草草歸。」歌竟〔五四〕，與王母話瑶池舊事，乃重歌一章云：「八馬迴乘汗漫風，猶思往事〔五五〕憩昭宫。晏移玄圃〔五六〕情方洽，樂奏鈞天曲未終。斜漢露凝殘月冷，流霞盃泛曙光紅。崑崙回首不知處，疑是酒酣魂〔五七〕夢中。」王母酬穆天子歌曰：「一曲笙歌瑶水濱，曾留逸足駐征輪。人間甲子週千歲，靈境盃觴初一巡。玉兔〔五八〕銀河終不夜，奇花好樹鎮長春。悄知碧海〔五九〕饒詞句，歌向俗流疑悞人。」

酒至漢武帝，王母又歌曰：「珠露金風下界秋，漢家陵樹冷脩脩〔六〇〕。當時不得仙桃力，尋作浮塵飄隴〔六一〕頭。」漢主上王母酒，歌以送之〔六二〕，曰：「五十餘年四海清，自親丹竈得長生〔六三〕。若言盡是仙桃力，看取神仙簿上名。」帝把酒曰：「吾聞丁令威能歌，命左右召來。」令威至，帝又遣子晉吹笙以和。歌曰：「月照驪山露泣花，似悲先帝早昇遐〔六四〕。至今猶有長生鹿，時遶温泉望翠華。」帝持盃久之，王母曰：「應須召葉静能來，唱一曲〔六五〕當時事。」静能續至，跪獻帝酒，復歌曰：「幽薊煙塵別九重，貴妃湯殿罷歌鐘。中宵扈從無全仗，大駕蒼黄發六龍。粧匣尚留金翡翠，暖池猶浸〔六六〕玉芙蓉。荆榛一閉朝元路，唯有悲風吹晚松。」歌竟，帝悽慘良久，諸仙亦慘然。

於是黃龍持盃，立於車前〔六七〕，再拜祝曰：「上清神女，玉京仙郎。樂此今夕，和鳴鳳凰。鳳凰和鳴，將翱將翔。與天齊體〔六八〕，慶流無央。」仙郎即以鮫綃五千疋、海人文錦三千端、琉璃琥珀器一百床、明月驪珠各十斛，贈奏樂仙女。乃有四鶴立於車前，載仙郎並相者、侍者。兼有寶花臺。俄進法膳，凡數十味。亦霑及璆、韶，璆、韶飫飽〔六九〕。有仙女捧玉箱，托紅牋筆硯而至，請催粧詩。於是劉綱詩曰：「玉爲質兮花爲顔，蟬〔七〇〕爲鬢兮雲爲鬟。何勞傅粉兮施渥丹，早出〔七一〕娉婷兮縹緲間。」於是茅盈詩云：「水晶〔七二〕帳開銀燭明，風摇珠珮連雲清。體勻紅粉飾花態，早駕雙鸞〔七三〕朝玉京。」巢父詩曰：「三星在天銀河〔七四〕迴，人間曙〔七五〕色東方來。玉苗瓊蕊亦宜夜，莫使一花衝曉開。」詩既入，内有環珮聲，即有玉女數十，引仙郎入帳，召璆、韶行禮。

禮畢，二書生〔七六〕復引璆、韶辭夫人。夫人曰：「非無至寶可以相贈，但爾力不任挈耳。」各賜延壽酒一盃，曰：「可增人間半甲子。」復命衛叔卿等〔七七〕引還人間，無使歸途寂寞。於是二童引璆、韶而去，折花傾酒，步步惜別。衛君謂璆、韶曰：「夫人白日上昇，驂鸞駕鶴，在積習而已。積德累仁〔七八〕，抱才藴學，卒不享爵禄者，吾未之信。儻吾子塵牢可踰，俗桎可脱，自今十五年後，待子於三十六峯。願珍重自愛。」復出來時車門，握手告別。別訖，行四五步，杳失所在，唯有嵩山，嵯峨倚天，得樵徑而歸。及還家，已歲餘，室人招魂葬于北邙之原，墳草宿矣。於是璆、韶捐棄家室，同入少室山，今不知所在。（中華書局版汪紹楹點校本《太平廣記》卷五〇《神仙五十》引《纂異記》）

〔一〕文　明秦淮寓客《緑牕女史》卷一〇、《豔異編》卷四《嵩岳嫁女記》，冰華居士《合刻三志》志幻類及託名明楊循吉《雪窗談異》卷七《稽神録·薰髓酒》作「文道」。

〔二〕通熟　明沈與文野竹齋鈔本（以下省稱明鈔本）、清孫潛校本（以下省稱孫校本）「通」作「道」，屬上讀。《緑牕女史》、《豔異編》、《合刻三志》、《雪窗談異》作「熟讀」。

〔三〕博學相類　明鈔本、孫校本作「博相類學」，疑誤，南宋陳元靚《歲時廣記》卷三二《會嵩嶽》引《纂異記》亦作「博學相類」。

〔四〕名　原作「明」，據孫校本改。

〔五〕有　《歲時廣記》前有「俄」字。

〔六〕之　此字原無，據孫校本及《歲時廣記》、明陸采《虞初志》卷四《嵩岳嫁女記》、《緑牕女史》、《豔異編》、《合刻三志》、《雪窗談異》補。

〔七〕泉瀑　《歲時廣記》作「飛泉」。

〔八〕桂　《歲時廣記》作「柏」。

〔九〕奇花異草照燭如畫好鳥騰翥風和月瑩　《虞初志》「照」作「昭」。孫校本「燭」作「灼」。按：燭，照也。下文言燭夜花，明爲「燭」也。「風和月瑩」原作「和月闋」，孫校本作「和鳴闋」，《虞初志》八卷本作「扣月關」，均有脱譌。據《四庫全書》本（以下省作《四庫》本）及《緑牕女史》、《豔異編》、《虞初志》七卷本（卷三）、《合刻三志》、《雪窗談異》改。《歲時廣記》作「奇花燦燦，好鳥關關」。

〔一〇〕疾　《歲時廣記》作「簇」。簇，促也。

〔一一〕五酘　孫校本「酘」作「酸」，下同，誤。按：酘，音「豆」。五酘，多次投米釀製之酒。南宋范成大《吴郡志》卷二九《土物》：「五酘酒，白居易守洛時，有《謝李蘇州寄五酘》。」

〔一二〕傾於竹葉中　「傾」字原無，據《歲時廣記》及《虞初志》、《緑牕女史》、《豔異編》、《合刻三志》、《雪窗談異》補。《歲時廣記》作「傾入酒中」。按：「竹葉」疑有誤，詳文意，蓋將瑞露酒傾入燭夜花葉之中，以其花類瓶，葉類盃也。

〔一三〕更　原作「觴」，據孫校本改。《虞初志》作「命」，《緑牕女史》、《豔異編》、《合刻三志》、《雪窗談異》作「仍」。

〔一四〕徐步　「徐」字原無，據孫校本補。《歲時廣記》作「導引」。

〔一五〕請　明鈔本、孫校本作「謂」。

〔一六〕籍　《歲時廣記》作「藉」。籍，通「藉」，借也。

〔一七〕雜　《四庫》本、《緑牕女史》、《豔異編》、《虞初志》七卷本、《合刻三志》、《雪窗談異》作「離」。按：離，通「麗」，附着，亦通。

〔一八〕坐　孫校本作「座」。坐，同「座」。

〔一九〕有玉女問曰禮生來未於是引璆韶進立於碧玉堂下　此二十一字原在下文「久望」之下，乃錯簡，《歲時廣記》在此，是也，作：「有玉女問曰：『禮生來否？』于是引璆、韶進立堂下。」今改置此處。王夢鷗《纂異記校釋》（《唐人小説研究》）謂當補於下文「於是黄龍持盃」上，誤也。

〔二〇〕左右命璆韶拜夫人　《廣記》「立於碧玉堂下」句末有「左」字，實際與前之「命璆韶拜夫人」相連而闕「右」字，《歲時廣記》作「左右命拜」，據補「左右」二字。按：「書生前進」至此《緑牕女史》、《豔異編》、《虞初志》七卷本、《合刻三志》、《雪窗談異》作「書生前進請命，再拜夫人」，《虞初志》八卷本作「書生前進，有命，再拜夫人」。

〔二一〕域　《緑牕女史》、《豔異編》、《虞初志》八卷本、《合刻三志》、《雪窗談異》作「城」。

〔二二〕髓　《歲時廣記》作「肌」。

〔二三〕衛叔卿　原作「衛符卿」，各本皆同。按：衛符卿於古無徵，而漢有衛叔卿，葛洪《神仙傳》卷二《衛叔卿》：「衛叔卿者，中山人也，服雲母得仙。漢元鳳二年八月壬辰，武帝閒居殿上。忽有一人，乘浮雲，駕白鹿，集於殿前。帝驚問之爲誰，曰：『我中山衛叔卿也。』」《隋書·經籍志》醫方類有《衛叔卿服食雜方》一卷。下文李八百，又作「李八伯」，亦見《神仙傳》卷三。葛洪《抱朴子内篇·道意》亦記李八百事。據《神仙傳》改。下同。詳見附録。

〔二四〕座　《歲時廣記》及《虞初志》、《緑牕女史》、《豔異編》、《合刻三志》、《雪窗談異》、明馮夢龍《太平廣記鈔》卷七均作「坐」。座，同「坐」。

〔二五〕笑　《歲時廣記》作「矣」，屬上句。

〔二六〕道士　原脱「道」字，據孫校本、《歲時廣記》、《廣記鈔》補。

〔二七〕浮梁縣令求延年矣　《虞初志》作「論浮梁縣令李延年矣」（七卷本無「矣」字），《緑牕女史》、《豔異編》、《合刻三志》、《雪窗談異》作「浮梁縣令宋延年」。按：作「求」是。本書《浮梁張令》敘此事，浮梁縣令姓張。

〔二八〕官途　原無「途」字，據明鈔本、孫校本、《虞初志》、《緑牕女史》、《豔異編》、《合刻三志》、《雪窗談異》補。

〔二九〕官政　原無「官」字，據明鈔本、孫校本、《虞初志》、《緑牕女史》、《豔異編》、《合刻三志》、《雪窗談異》補。

〔三〇〕錐　孫校本作「雅」，《四庫》本、《緑牕女史》、《豔異編》、《合刻三志》、《雪窗談異》作「雜」，《虞初志》作「雄」，皆譌。按：錐，逐利，雖細微之利亦不放過。《左傳》昭公六年：「錐刀之末，將盡争之。」杜預注：「錐刀末，喻小事。」《釋名·釋用器》：「錐，利也。」

〔三一〕僞　原作「爲」，據《四庫》本、《緑牕女史》、《豔異編》、《虞初志》七卷本、《合刻三志》、《雪窗談異》改。

〔三二〕覆餗　明鈔本「餗」作「鍊」，誤。按：《周易·鼎卦》：「鼎折足，覆公餗。」孔穎達疏：「餗，糁也，八珍之膳，鼎之實也。」

〔三三〕狗從　《緑牕女史》、《豔異編》、《合刻三志》作「受託」。

〔三四〕紓　《緑牕女史》、《豔異編》、《合刻三志》作「緩」。明鈔本譌作「糾」。

〔三五〕璆　《歲時廣記》作「璆、韶」。

〔三六〕道　明鈔本、孫校本、《四庫》本、《虞初志》、《緑牕女史》、《豔異編》、《合刻三志》、《雪窗談異》作「導」。道，通「導」。

〔三七〕嫡　《四庫》本、《廣記鈔》作「嫱」。按：嫡，正妻。

〔三八〕彌　《虞初志》、《緑牕女史》、《豔異編》、《合刻三志》、《雪窗談異》、《廣記鈔》作「瀰」。彌、瀰義同，彌漫。

〔三九〕某孫某　「孫」原作「縣」，形誤也，據《虞初志》、《緑牕女史》、《豔異編》、《合刻三志》、《雪窗談異》改。按：「某孫某」乃唐玄宗對上帝自稱，意爲某人之孫某人。

〔四〇〕丕業　「業」原譌作「華」，據《緑牕女史》、《豔異編》、《合刻三志》、《雪窗談異》改。按：丕業，大業。《史記》卷一一七《司馬相如列傳》：「皇皇哉斯事，天下之壯觀，王者之丕業，不可貶也。」《虞初志》作「基」，亦通。

〔四一〕西蜀之孽　「西」原作「巴」，《虞初志》、《緑牕女史》、《豔異編》、《合刻三志》、《雪窗談異》作「西」。按：所謂「西蜀之孽」，指玄宗時吐蕃不斷侵擾西川。據改。

〔四二〕廓　《虞初志》八卷本作「朗」。

〔四三〕猜　《虞初志》、《緑牕女史》、《豔異編》、《合刻三志》作「惜」。

〔四四〕年餓厲作　「餓」《四庫》本、《緑牕女史》、《豔異編》、《虞初志》七卷本、《合刻三志》、《雪窗談異》、《廣記鈔》作「饑」。按：餓，饑荒。《東觀漢記》卷一八《朱暉》：「南陽餓，暉聞堪（張堪）妻子貧窮，乃自往候視。」「厲」明鈔本、孫校本、《虞初志》、《緑牕女史》、《豔異編》、《合刻三志》、《雪窗談異》作「癘」。按：「厲」、「癘」義同，瘟疫，疫病。下文「厲鬼」之「厲」，《虞初志》亦作「癘」。

〔四五〕第　原作「弟」，據孫校本、《虞初志》、《緑牕女史》、《豔異編》、《合刻三志》、《雪窗談異》改。《四庫》本改作「帝」。按：第，若，如果。《左傳》哀公十六年：「楚國，第我死，令尹、司馬，非勝而誰？」

〔四六〕以　原譌作「矣」，據《四庫》本、《虞初志》、《緑牕女史》、《豔異編》、《合刻三志》、《雪窗談異》、《廣記鈔》改。

〔四七〕簫韶自空而來　《歲時廣記》作「簫鼓自天而下」。

〔四八〕執絳節者　《歲時廣記》前有「有」字。

〔四九〕二主降堦　《歲時廣記》此句在「羣仙皆起」下。

〔五〇〕改　此字原脱，據《虞初志》、《緑牕女史》、《豔異編》、《合刻三志》、《雪窗談異》補。

〔五一〕王母　此二字原無，據《歲時廣記》補。

〔五二〕爲君悲且吟　「吟」下原衍「曰」字，據孫校本、《四庫》本、《歲時廣記》、《虞初志》、《緑牕女史》、《豔異編》、《合刻三志》、《雪窗談異》删。

〔五三〕晏　《四庫》本、《歲時廣記》、《虞初志》、《緑牕女史》、《豔異編》、《合刻三志》、《雪窗談異》、《廣記鈔》、《全唐詩》卷八六二《嵩嶽諸仙嫁女詩》作「宴」。下同。按：晏，通「宴」。

〔五四〕竟　《歲時廣記》作「闋」。闋，終了。

〔五五〕往事　孫校本作「車駕」。《歲時廣記》、《虞初志》作「停駕」。

〔五六〕玄圃　原作「南圃」，據明鈔本、《歲時廣記》、《虞初志》、《緑牕女史》、《豔異編》、《合刻三志》、《雪窗談異》、《全唐詩》改。孫校本作「玄囿」。按：玄圃，又作「懸圃」，神仙之居。《穆天子傳》卷二：「季夏丁卯，天子北升于春山之上，以望四野，曰春山，是唯天下之高山也。……清水出泉，温和無風，飛鳥百獸之所飲食，先王所謂縣圃。」《文選》卷三張衡《東京賦》：「左瞰暘谷，右睨玄圃。」李善注：「《淮南子》曰：『……懸圃在崑崙閶闔之中。』『玄』與『懸』古字通。」

〔五七〕魂　《歲時廣記》作「春」。

〔五八〕兔　孫校本作「燭」。

〔五九〕悄知碧海　《歲時廣記》「悄」作「情」。《虞初志》、《緑牕女史》、《豔異編》、《合刻三志》、《雪窗談異》「碧海」作「穆滿」。按：周穆王姓名姬滿。

〔六〇〕脩脩　原作「翛翛」。按：「翛」音「蕭」，出韻，據孫校本、《虞初志》七卷本、南宋洪邁《萬首唐人絶句》卷六四王母《贈漢武帝》、《全唐詩》改。《緑牕女史》、《豔異編》、《合刻三志》、《雪窗談異》作「翛修」，「翛」字亦譌。脩脩，風雨之聲。《全唐詩》卷二七〇戎昱《收襄陽城二首》其一：「悲風慘慘雨脩脩，峴北山低草木愁。」北宋徐鉉《徐公文集》卷五《題梁王舊園》：「樹倚危臺風淅淅，草埋欹石雨修修。」

〔六一〕隴　《歲時廣記》、《虞初志》、《緑牕女史》、《豔異編》、《合刻三志》、《雪窗談異》作「壠」。按：隴，通「壠」，高丘。

〔六二〕歌以送之　此四字原無，據明鈔本、孫校本、《虞初志》、《緑牕女史》、《豔異編》、《合刻三志》、《雪窗談異》補。

〔六三〕自親丹竈得長生　《全唐詩》「竈」作「藥」，校：「一作竈。」《虞初志》七卷本「得」作「作」。

〔六四〕似悲先帝早昇遐　「先」原作「仙」，據明鈔本、孫校本、《四庫》本、《唐人絶句》、《虞初志》、《緑牕女史》、《豔異編》、《合刻三志》、《雪窗談異》、《全唐詩》改。按：先帝指唐玄宗。《唐人絶句》「遐」作「霞」。

〔六五〕唱一曲　《歲時廣記》作「一謳」。《緑牕女史》、《豔異編》、《合刻三志》、《雪窗談異》下有「叙」字。

〔六六〕浸　孫校本、《緑牕女史》、《豔異編》、《合刻三志》、《雪窗談異》作「寖」。

〔六七〕立於車前　「立」原作「亦」，據《歲時廣記》、《虞初志》、《緑牕女史》、《豔異編》、《合刻三志》、《雪窗談異》、《廣記鈔》改。《歲時廣記》「車」作「雙車」。

〔六八〕體　原作「休」，據《歲時廣記》改。下文「體勻紅粉」之「體」字，原亦作「休」，《歲時廣記》亦作「體」而從改。

〔六九〕飫飽　原作「飲」，據《虞初志》改。《緑牕女史》、《豔異編》、《合刻三志》、《雪窗談異》作「飫」。

〔七〇〕蟬　《歲時廣記》作「霧」。

〔七一〕出　《歲時廣記》作「爲」。

〔七二〕水晶　明鈔本、孫校本、《虞初志》、《緑牕女史》、《豔異編》、《合刻三志》、《雪窗談異》作「水精」。按：水精即水晶。

〔七三〕鸞　《歲時廣記》作「龍」。

〔七四〕河　《萬首唐人絶句》卷六四巢父《席上賦》、《虞初志》、《緑牕女史》、《豔異編》、《合刻三志》、《雪窗談異》作「漢」。

〔七五〕曙　《唐人絶句》作「旦」，當避英宗諱改。

〔七六〕二書生　《歲時廣記》作「二童」，誤。按：此爲二書生事，二童乃衛叔卿、李八百。

〔七七〕衛叔卿等　《歲時廣記》作「二童」。

〔七八〕積德累仁　前原有「未有」二字，王夢鷗校：「『未有』二字當爲衍文。」説是，今删。

按：本篇《虞初志》卷四、《緑牕女史》卷一〇神仙部神媪門、《豔異編》卷四仙部據《廣記》録入，均題《嵩岳嫁女記》。《緑牕女史》、《豔異編》文字全同。《虞初志》、《豔異編》不著撰人，《緑牕女史》題闕名。凌性德編刊七卷本《虞初志》卷三，乃妄加撰人爲唐施肩吾。又《合刻三志》志幻類及《雪窗談異》卷七《稽神録》，妄題唐雍陶撰，中《薰髓酒》一篇，即《嵩岳嫁女》，文同《緑牕女史》、《豔異編》。明高儒《百川書志》卷五傳記類、晁瑮《寶文堂書目》卷中子雜類著録《嵩岳嫁女記》，《百川書志》作一卷，均不著撰人，殆據《虞初志》著録。明鳩兹洛源子編《一見賞心編》卷五僊境類改題《璆韶傳》，不著撰人，文字多有改動。

《歲時廣記》卷三二《會嵩嶽》引《纂異記》，乃删削之文，然文字較詳。其云：

三禮田璆者，洛陽人。與其友鄧韶，博學相類。元和癸巳中秋之夕，出建春門望月。會韶亦攜觴東來，方駐馬道周，俄有二書生乘驄繼至，揖璆、韶曰：「二君得非求賞月之地乎？敝莊水竹，名聞洛下，倘能迃轡，冀展傾蓋之分耳。」璆、韶乃從而往，至一車門，始入甚荒凉。又數百步，有異香迎前，則豁然真境矣。飛泉交流，松柏夾道，奇花燦燦，好鳥關關。璆、韶請簇馬飛觴，書生謂小童曰：「折燭夜一花，與二君子嘗。」小童曰：「花至。」傾入酒中，味極甘香，不可比狀。以餘樽賫諸從者，各大醉，止于户外。書生乃引璆、韶入户，鸞鶴騰舞，導迎而前。凡歷池館臺榭，率皆陳設盤筵，若有所待。璆詰之，對曰：「今夕中天羣仙，會于兹嶽，藉君知禮，請導升降爾。」言訖，見直北花燭亘天，簫韶沸空，駐雲母雙車於金堤之上。書生前進，有玉女問曰：「禮生來否？」于是引璆、韶進，立堂下。左右命拜，夫人褰帷笑曰：「下域之人而能知禮，各賜薰肌酒一盃。」夫人問：「誰人召來？」曰：「衛符卿、李八百。」夫人曰：「便令此二童引璆、韶於羣仙之後。」璆問：「相者誰？」曰：「劉綱。」「侍者誰？」曰：「茅盈。」「中坐者誰？」曰：「西王母。」俄有一人駕鶴而來，王母曰：「久望劉君矣。」曰：「適蓮花峯道士奏章，事須決遣，尚多未來之客，何言久望乎？」璆、韶問：「劉君誰？」曰：「漢朝天子。」續有一人駕黄龍而下，王母曰：「李君來何遲？」曰：「爲敕龍神設水旱之計耳。」書生謂璆、韶曰：「此開元天寶太平之主也。」未頃，聞簫鼓自天而下，有執絳節者前唱言：「穆天子來。」群仙皆起，二主降堦，王母避位，拜迎入幄，環座而飲。王母曰：「何不拉取老軒轅來？」曰：「他今夕主張月宫之醮，非不勤請耳。」穆王把酒請王母歌，王母以珊瑚鈎擊盤歌曰：「勸君酒，爲君悲且吟。自從頻見市朝改，無復瑶池宴樂心。」王母持盃，穆王天子歌曰：「奉君酒，休嘆市朝非。早知無復瑶池興，悔駕驊騮草草歸。」歌闋，與王母話瑶池舊事，乃重歌曰：「八馬迴乘汗漫風，猶思停駕憩昭宫，宴移玄圃情方洽，樂奏鈞天曲未終。斜漢露凝殘月冷，流霞盃泛曙光紅。崑崙回首不知處，疑是酒酣春夢中。」王母譸穆天子歌曰：「一曲笙歌瑶水濱，曾留逸足駐征輪。人間甲子周千歲，靈境盃觴初一巡。玉兔銀河終不夜，奇花好樹鎮長春。情知碧海饒詞句，歌向俗流疑悮人。」酒至漢武帝，王母又歌曰：「珠露金風下界秋，漢家陵樹冷翛翛。當時不得仙桃力，尋作浮塵飄壠頭。」漢主上王母酒，歌曰：「五十餘年四海清，自親丹灶得長生。若言盡得仙桃力，看取神仙簿上名。」帝曰：「吾聞丁令威能歌。」命左右召令威至。帝又遣子晉吹笙以和，歌曰：「月照驪山露泣花，似悲仙帝早昇遐。至今猶有長生鹿，時遶温泉望翠華。」帝持盃久之，王母曰：「召葉静能來一謳。」静能至，獻帝酒，歌曰：「幽薊煙塵别九重，貴妃湯殿罷歌鐘。中宵扈從無全仗，大駕倉黄發六龍。妝匣尚留金翡翠，暖池猶浸玉芙蓉。荆榛一閉朝元路，唯有悲風吹晚松。」歌竟，有黄龍持盃立於雙車前，再拜祝曰：「上清神女，玉京仙郎。樂此今夕，和鳴鳳凰。鳳凰和鳴，將翱將翔。與天齊體，慶流無央。」祝畢，有四鶴載仙郎并相者、侍者、仙女，請催粧詩，劉綱詩曰：「玉爲質兮花爲顔，霧爲鬢兮雲爲鬟。何勞傅粉兮施渥丹，早爲娉婷兮縹緲間。」茅盈詩曰：「水晶帳開銀燭明，風摇珠珮連雲清。體勻紅粉飾花態，早駕雙龍朝玉京。」詩既入内，即有子女數十引仙郎入帳，召璆、韶行禮。禮畢，二童引璆、韶辭，夫人曰：「非無至寶可以相贈，但爾力不任挈耳。」各賜延壽酒一杯，曰：「可增人間半甲子。」命二童引歸。還家，已歲餘。由是璆、韶棄家入少室山，不知所往。

本篇文中多涉傳説人物，皆有依據。兹將古籍所記，分别引録如下：

衛叔卿，東晋葛洪《神仙傳》卷二《衛叔卿》云：

衛叔卿者，中山人也。服雲母得仙。漢元鳳二年八月壬辰，武帝閒居殿上，忽有一人乘浮雲駕白鹿集於殿前。帝驚問之爲誰，曰：「我中山衛叔卿也。」帝曰：「中山非我臣乎？」叔卿不應，即失所在。帝甚悔恨，即使使者梁伯之往中山推求，遂得叔卿子名度世。即將還，見帝問焉，度世答曰：「臣父少好仙道，服藥治身，八十餘年，體轉少壯。一旦委臣去，言當入華山耳。今四十餘年，未嘗還也。」帝即遣梁伯之與度世往華山覓之。度世與梁伯之俱上山輒雨，積數日，度世乃曰：「吾父豈不欲吾與人俱往乎？」更齋戒獨上，望見其父與數人於石上嬉戲。度世既到，見父上有紫雲覆廕鬱鬱，白玉爲床，有數仙童執幢節立其後。度世望而再拜，叔卿問曰：「汝來何爲？」度世具説天子悔恨，不得與父共語，故遣使者與度世共來。叔卿曰：「吾前爲太上所遣，欲戒帝以灾厄之期，及救危厄之法，國祚可延。而帝强梁自貴，不識道真，反欲臣我，不足告語，是以棄去。今當與中黄太一共定天元九五之紀，吾不得復往也。」度世因曰：「向與父博者爲誰？」叔卿曰：「洪崖先生、許由、巢父、王子晋、薛容也。今世向大亂，天下無聊，後數百年間土滅金亡，天君來出，乃在壬辰耳。我有仙方，在家西北柱下，歸取，按之合藥服餌，令人長生不死，能乘雲而行。道成來就吾於此，不須復爲漢臣也。」度世拜辭而歸，掘得玉函，封以飛仙之香，取而按之餌服，乃五色雲母。并以教梁伯之，遂俱仙去，不以告武帝也。

李八百，《神仙傳》今本卷三作「李八伯」，「伯」通「百」，《太平廣記》卷七引《神仙傳》作「李八百」。《神仙傳》云：

李八伯者，蜀人也，莫知其名。歷世見之，時人計之，已年八百歲，因以號之。或隱山林，或在鄽市。知漢中唐公昉求道而不遇明師，欲教以至道，乃先往試之，爲作傭客，公昉不知也。八伯驅使用意，過於他人，公昉甚愛待之。後八伯乃僞作病，危困欲死，公昉爲迎醫合藥，費數十萬，不以爲損，憂念之意，形於顏色。八伯又轉作惡瘡，周身匝體，膿血臭惡，不可近視。人皆不忍近之，公昉爲之流涕曰：「卿爲吾家勤苦累年，而得篤病，吾趣欲令卿得愈，無所悋惜，而猶不愈，當如卿何？」八伯曰：「吾瘡可愈，然須得人舐之。」公昉乃使三婢爲舐之，八伯曰：「婢舐之不能使愈，若得君舐之，乃當愈耳。」公昉即爲舐之。八伯又言：「君舐之復不能使吾愈，得君婦爲舐之當愈也。」公昉乃使婦舐之。八伯曰：「瘡乃欲差，然須得三十斛美酒以浴之，乃都愈耳。」公昉即爲具酒三十斛，著大器中。八伯乃起，入酒中洗浴，瘡則盡愈，體如凝脂，亦無餘痕。乃告公昉曰：「吾是仙人，君有至心，故來相試，子定可教，今當相授度世之訣矣。」乃使公昉夫妻及舐瘡三婢，以浴餘酒自洗，即皆更少，顏色悦美。以《丹經》一卷授公昉，公昉入雲臺山中合丹，丹成便登仙去。今拔宅之處，在漢中也。

葛洪《抱朴子内篇·道意》亦載云：

吴大帝時，蜀中有李阿者，穴居不食，傳世見之，號爲八百歲公。人往往問事，阿無所言，但占阿顏色。若顏色欣然，則事皆吉；若顏容慘戚，則事皆凶；若阿含笑者，則有大慶；若微歎者，即有深憂。如此之候，未曾一失也。後一旦忽去，不知所在。後有一人姓李名寬，到吴而蜀語，能祝水治病頗愈。於是遠近翕然，謂寬爲李阿，因共呼之爲李八百，而實非也。

劉綱，《神仙傳》卷六《劉綱》云：

劉綱者，上虞縣令也。與妻樊夫人，俱得道術。二人俱坐林上，綱作火燒屋，從東邊起，夫人作雨從西邊上，火滅。

又同卷《樊夫人》云：

樊夫人者，劉綱之妻也。綱字伯鸞，仕爲上虞令。亦有道術，能檄召鬼神，禁制變化之道，亦潛修密證，人莫能知。爲理尚清浄簡易，而政令宣行，民受其惠。無旱暵漂墊之害，無疫毒鷙暴之傷，歲歲大豐，遠近所仰。暇日，與夫人較其術用，俱坐堂上。綱作火燒客碓舍，從東而起，夫人禁之，火即便滅。庭中兩株桃，夫妻各呪一株，使之相鬬擊。良久，綱所呪者不勝，數走出於籬外。綱唾盤中，即成鯽魚。夫人唾盤中，成獺，食其魚。綱與夫人入四明山，路值虎，以面向地，不敢仰視。夫人以繩縛虎，牽歸，繫於床脚下。綱每共試術，事事不勝。將昇天，縣廳側先有大皂莢樹，綱昇樹數丈，力能飛舉。夫人即平坐床上，冉冉如雲炁之舉，同昇天而去矣。

茅盈，古書所記頗多。北宋張君房編《雲笈七籤》卷一〇四中收《太元真人東嶽上卿司命真君傳》，署弟子中候仙人李遵字安林撰。原文頗長，今節引如下：

真人姓茅諱盈，字叔申，咸陽南關人也。……盈時年十八，遂棄家委親，入于恒山，讀老子《道德經》及《周易傳》，採取山朮而餌服之。潛景絶崖，素挺靈岫，仰希標玄，與世永違。……盈於恒山積六年，思念至道，誠感密應，寢興妙論，通于神夢，髣髴見太玄玉女把玉札而攜之曰：「西城有王君得真道，可爲君師，子奚不尋而受教乎？」……明辰植暉，東盼霄邁，登嶺陟峻，徑到西城。齋戒三月，沐浴向望，遂超榛冒險，稽首靈域，卒見王君。後二十年，從王君西至龜山見王母，盈乃叩頭再拜，自陳於王母曰：「盈小醜賤生，枯骨之餘。敢以不肖之軀，而慕龍鳳之年；欲以朝菌之質，竊求積朔之期。……」西王母曰：「子心至矣。吾昔先師元始天王及皇天扶桑太帝君見遺以要言，汝願聞之邪？」於是口告盈以《玉珮金璫之道》、《太極玄真之經》。……盈於是辭師乃歸，帶索混俗，亦不矯於世。自説入恒山北谷學儒俗之業，時年四十九也。……至漢宣帝時，二弟俱貴。衷爲五官大夫西河太守，固爲執金吾，並當之官，鄉里相送者數百人。時盈亦在座，謂賓曰：「吾雖不作二千石，亦有仙靈之職矣。來年四月三日當之官，能如今日之集會不？」衆許之。至期日，盈門前數頃地忽自平治，無復寸芥，皆青縑幄屋，屋下鋪數重白氈，容數百人坐。遠近翕赫相語，來者塞道，客乃有數倍於送弟時。衆賓並集，爾乃大作主人。……明日迎官來至，文官則朱衣素帶數百人，武官則甲兵牙旗，器杖曜日。盈與家人及親族辭決……言訖，遂歸句曲，邦人因改句曲爲茅君之山。時二弟在官，聞盈玄跡眇邁，白日神仙……始乃信仙化可學，神靈可致。然後明松、喬不虚，鼎湖實有。於是並各棄官還家……以漢元帝永光五年三月六日渡江，求兄於東山，遂與相見。……於是並教二弟服《青牙始生咽氣液之道》，以住血斷補焦枯攝筋骨之益，亦停年不死之法也。因以長齋三年，授以上道，使存明堂玄真之氣，以攝運生精，理和魂神。三年之内，竭誠精思，神光乃見。於是六丁奉侍，天兵衛護。盈又各賜九轉還丹一劑，并神方一首，各拜而服之，仙道成矣。……至漢哀帝元壽二年八月己酉，五帝各乘方面色車，從羣官來下，受太帝之命，授盈爲司命東卿上真君。……於是盈與二弟決别，而與王君俱去，到赤城玉洞之府。道次，諸山川神靈有司迎啓，引者將以千萬矣。臨去告二弟曰：「吾今去矣，便有局任，不得復數相往來，旦夕相見。要當一年再過來於此山，三月十八日、十二月二日，期要吾師及南嶽太虚赤真人，遊盼於二弟之處也，將可記識之。及有好道者，待我於是乎，吾自當料理之，以相教訓未悟。」於是季偉思和遂留治此山洞内，立宫結構於外。將道著萬物，流潤蒼生。德加鳥獸，各獲其情。神驗禍福，罪惡必明。内法既融，外教坦平。爾乃風雨以時，五禾成熟。疾癘不起。暴害不行。父老謌曰：「茅山連金陵，江湖據下流。三神乘白鵠，各治一山頭。召雨灌旱稻，陸田苗亦柔。妻子咸保室。使我無百憂。白鵠翔青天，何時復來遊？」

又，《太平御覽》卷六六九引《太元真人茅盈内傳》，卷六七二引《茅盈傳》，卷六七六引《茅君内傳》、卷六七八引《茅君傳》，文不同，或有事同者。

《太平廣記》卷五六《上元夫人》注出《漢武内傳》，中有茅盈事，今本無。云：

其後漢宣帝地節四年乙卯，咸陽茅盈字叔申，受黄金九錫之命，爲東岳上卿司命真君太元真人。是時五帝君授册既畢，各昇天而去。茅君之師乃總真王君，西靈王母與夫人降於句曲之山，金壇之陵，華陽天宫，以宴茅君焉。時茅君中君名固，字季偉，小君名衷，字思和，王母、王君授以靈訣，亦受錫命紫素之册，固爲定録君，衷爲保命君，亦侍貞會。

麻姑，《神仙傳》卷三《王遠》中有記，云：

既至，從官皆隱，不知所在，惟見方平（王遠字方平）坐耳。須臾，引見經父母兄弟。因遣人召麻姑相問，亦莫知麻姑是何神也。言：「王方平敬報，久不在民間，今集在此，想姑能暫來語否？」有頃信還，但聞其語，不見所使人也。答言：「麻姑再拜，比不相見，忽已五百餘年。尊卑有序，脩敬無階，思念煩信，承來在彼，登當傾倒。而先被詔（原譌作記，據《雲笈七籤》卷一〇九《神仙傳》改），當案行蓬萊，今便暫往，如是當還，還便親覲，願未即去。」如此兩時間，麻姑來，來時亦先聞人馬之聲，既至，從官當半於方平也。麻姑至，蔡經亦舉家見之，是好女子，年十八九許，於頂中作髻，餘髮散垂至腰。其衣有文章，而非錦綺，光彩耀日，不可名字，皆世所無有也。入拜方平，方平爲之起立。坐定，召進行厨，皆金玉盃盤無限也。餚膳多是諸花菓，而香氣達於内外。擘脯而行之，如松柏炙，云是麟脯也。麻姑自説接待以來，已見東海三爲桑田，向到蓬萊，水又淺於往昔會時略半也，豈將復還爲陵陸乎？方平笑曰：「聖人皆言海中行復揚塵也。」麻姑欲見蔡經母及婦姪，時經弟婦新産數十日，麻姑望見乃知之，曰：「噫！且止勿前。」即求少許米，至得米，便以撒地，謂以米祛其穢也。視米，皆成真珠。方平笑曰：「姑故少年也，吾老矣，不喜復作此曹輩狡獪變化也。」方平語經家人曰：「吾欲賜汝輩酒，此酒乃出天厨，其味醇醲，非俗人所宜飲，飲之或能爛腸。今當以水和之，汝輩勿怪也。」乃以一升酒合水一斗攪之，以賜經家人，人飲一升許皆醉。良久酒盡，方平語左右曰：「不足，復還取也。」以千錢與餘杭姥相聞，求其酤酒。須臾信還，得一油囊酒，五斗許。信傳餘杭姥答言：「恐地上酒不中尊者飲耳。」又麻姑手爪不如人爪，形皆似鳥爪，蔡經中心私言：「若背大癢時，得此爪以爬背，當佳也。」方平已知經心中所言，即使人牽經鞭之，曰：「麻姑神人也，汝何忽謂其爪可以爬背耶？」便見鞭著經背，亦不見有人持鞭者。方平告經曰：「吾鞭不可妄得也。」

謝自然，唐女道士。《五百家註昌黎先生文集》卷一有《謝自然詩》，云：

果州南充縣，寒女謝自然。童騃無所識，但聞有神仙。輕生學其術，乃在金泉山。繁華榮慕絶，父母慈愛捐。凝心感魑魅，慌惚難具言。一朝坐空室，雲霧生其間。如聆笙竽韻，來自冥冥天。白日變幽晦，蕭蕭風景寒。簷楹氣明滅，五色光屬聯。觀者徒傾駭，躑躅詎敢前。須臾自輕舉，飄若風中煙。茫茫八紘大，影響無由緣。里胥上其事，郡守驚且觀。驅車領官吏，甿俗争相先。入門無所見，冠履同蜕蟬。皆云神仙事，灼灼信可傳。……

集注曰：「果州謝真人上昇，在州城西門外金泉山。貞元十一年十一月十二日白晝輕舉，州人盡見。時郡守李堅以狀聞，且爲之傳。上賜詔褒諭，有曰：『所部之中靈仙表異，元（玄）風益振，至道彌彰。』今此郡石刻在焉。公生平力主吾道，斥佛老，排異端，故其詩意有所不取。」

《新唐書·藝文志》道家類神仙家著録李堅《東極真人傳》一卷，注：「果州謝自然。」前蜀杜光庭《墉城集仙録》（《太平廣記》卷六六引《集仙録》）、吴國沈汾《續仙傳》卷上均載有謝自然。

西王母，《山海經》、《穆天子傳》等戰國書有記。《山海經》中其爲一惡神，《穆天子傳》記周穆王見西王母，則爲西部原始部族女性首領，此其原型也。漢後西王母爲神仙家傳爲「仙靈之最」（《史記》卷一一七《司馬相如列傳》顔師古注），其仙迹最有名者乃會漢武帝，《漢孝武故事》、《漢武帝内傳》皆詳記之。前蜀杜光庭《墉城集仙録》卷一《金母元君》（《雲笈七籤》卷一一四題《西王母傳》），集合諸書所記而成。

《山海經·西山經》：

又西三百五十里曰玉山，是西王母所居也。西王母其狀如人，豹尾虎齒而善嘯，蓬髮戴勝，是司天之厲及五殘。

又《海内北經》：

西王母梯几而戴勝杖，其南有三青鳥，爲西王母取食。在崑崙虛北。

又《大荒西經》：

西海之南，流沙之濱，赤水之後，黑水之前，有大山名曰昆侖之丘。有神人面虎身，有文有尾，皆白，處之。其下有弱水之淵環之，其外有炎火之山，投物輒然。有人，戴勝，虎齒，有豹尾，穴處，名曰西王母。

《穆天子傳》卷三（《四部備要》排印洪頤煊校本）云：

吉日甲子，天子賓于西王母，乃執白圭玄璧，以見西王母。好獻錦組百純，□組三百純，西王母再拜受之□。乙丑，天子觴西王母于瑶池之上，西王母爲天子謡曰：「白雲在天，山陵自出。道里悠遠，山川閒之。將子無死，尚能復來。」天子答之曰：「予歸東土，和治諸夏。萬民平均，吾顧見汝。比及三年，將復而野。」西王母又爲天子吟曰：「徂彼西土，爰居其野。虎豹爲羣，於鵲與處。嘉命不遷，我惟帝女。彼何世民，又將去子。吹笙鼓簧，中心翔翔。世民之子，唯天之望。」天子遂驅升于弇山，乃紀名迹于弇山之石，而樹之槐眉，曰西王母之山。

《漢武故事》（魯迅輯《古小説鉤沈》）云：

王母遣使謂帝曰：「七月七日，我當暫來。」帝至日，埽宮内，然九華燈。七月七日，上於承華殿齋。日正中，忽見有青鳥從西方來，集殿前。上問東方朔，朔對曰：「西王母暮必降尊像，上宜灑掃以待之。」上乃施帷帳，燒兜末香。香，兜渠國所獻也。香如大豆，塗宮門，聞數百里。關中嘗大疫，死者相係，燒此香，死者止。是夜漏七刻，空中無雲，隱如雷聲，竟天紫色。有頃，王母至，乘紫車，玉女夾馭，載七勝，履玄瓊鳳文之舄。青氣如雲，有二青鳥如烏，夾侍母旁。下車，上迎拜，延母坐，請不死之藥。母曰：「太上之藥，有中華紫蜜，雲山朱蜜，玉液金漿。其次藥，有五雲之漿，風實雲子，玄霜絳雪。上握蘭園之金精，下摘圓丘之紫柰。帝滯情不遷，慾心尚多，不死之藥未可致也。」因出桃七枚，母自噉二枚，與帝五枚。帝留核着前，王母問曰：「用此何爲？」上曰：「此桃美，欲種之。」母笑曰：「此桃三千年一著子，非下土所植也。」留至五更，談語世事，而不肯言鬼神，肅然便去。東方朔於朱鳥牖中窺母，母謂帝曰：「此兒好作罪過，疏妄無賴，久被斥退，不得還天。然原心無惡，尋當得還，帝善遇之。」母既去，上惆悵良久。後上殺諸道士妖妄者百餘人。西王母遣使謂上曰：「求仙信邪？欲見神人而先殺戮，吾與帝絶矣！」又致三桃，曰：「食此可得極壽。」使至之日，東方朔死。上疑之，問使者，曰：「朔是木帝精，爲歲星。下游人中，以觀天下，非陛下臣也。」上厚葬之。

《漢武帝内傳》所記頗詳，略引如下（據錢熙祚校《守山閣叢書》本）：

（元封元年）四月戊辰，帝夜閒居承華殿，東方朔、董仲舒侍。忽見一女子著青衣，美麗非常，帝愕然問之，女對曰：「我墉宮玉女王子登也，向爲王母所使，從崑山來。」語帝曰：「聞子輕四海之祿，尋道求生，降帝王之位，而屢禱山嶽，勤哉！有似可教者也。從今百日清齋，不閑人事，至七月七日，王母暫來也。」帝下席跪諾，言訖，玉女忽然不知所在。帝問東方朔：「此何人？」朔曰：「是西王母紫蘭室玉女，常傳使命，往來榑桑，出入靈州，交關常陽，傳言元（玄）都。阿母昔以出配北燭仙人，近又召還，使領命祿真靈官也。」……七月七日，乃修除宮掖之内，設座殿上，以紫羅薦地，燔百和之香，張雲錦之帳，然九光之燈，設玉門之棗，酌蒲萄之酒，躬監肴物，爲天官之饌。帝乃盛服立於陛下，敕端門之内不得有窺者。内外寂謐，以俟雲駕。至二唱之後，忽天西南如白雲起，鬱然直來，逕趨宮庭間。須臾轉近，聞雲中有簫鼓之聲，人馬之響。復半食頃，王母至也，縣投殿前，有似鳥集，或駕龍虎，或乘獅子，或御白虎，或騎白麐，或控白鶴，或乘軒車，或乘天馬，羣仙數萬，光耀庭宇。既至，從官不復知所在，唯見王母乘紫雲之輦，駕九色斑龍，別有五十天仙，側近鸞輿，皆身長一丈，同執綵旄之節，佩金剛靈璽，戴天真之冠，咸住殿前。王母唯扶二侍女上殿，年可十六七，服青綾之袿，容眸流眄，神姿清發，真美人也。王母上殿東向坐，著黄錦袷襡，文采鮮明，光儀淑穆，帶靈飛大綬，腰分頭之劍，頭上大華結，戴太真晨嬰之冠，履元（玄）璚鳳文之舄，眎之可年卅許，脩短得中，天姿掩藹，容顏絶世，真靈人也。下車登牀，帝拜跪問寒暄畢，立如也。因呼帝共坐，帝南面向王母，母自設膳，膳精非常。豐珍之肴，芳華百果，紫芝萎蕤，芬若填樏。清香之酒，非地上所有，香氣殊絶，帝不能名也。又命侍女索桃，須臾以盤盛桃七枚，大如鴨子，形圓色青，以呈王母。母以四枚與帝，自食三桃，桃之甘美，口有盈味。帝食輒録核，母曰：「何謂？」帝曰：「欲種之耳。」母曰：「此桃三千歲一生實耳，中夏地薄，種之不生，如何？」帝乃止。於坐上酒觴數過，王母乃命侍女王子登彈八琅之璈，又命侍女董雙成吹雲龢之笙，又命侍女石公子擊昆庭之鐘，又命侍女許飛瓊鼓震靈之簧，侍女阮淩華拊五靈之石，侍女范成君擊洞庭之磬，侍女段安香作九天之鈞。於是衆聲澈朗，靈音駭空，又命侍女安法嬰歌《元（玄）靈》之曲。……歌畢，帝乃下地叩頭自陳，曰：「……今日下臣有幸得瞻上聖，是臣宿命合得度世，願垂哀憐，賜諸不悟，得以奉承切已之教。」王母曰：「女能賤榮樂卑，耽虚味道，自復佳耳。……此元始天王丹房之中所説微言，今敕侍笈玉女李慶孫書出以相付，子善録而修焉。」於是王母言粗畢，嘯命靈官使駕龍嚴車欲去，帝下席叩頭請留殷勤，王母乃止。王母乃遣侍女郭密香與上元夫人相問，云：「王九光母敬謝，但不相見四千餘年，天事勞我，致以悴面。劉徹好道，適來視之，見徹了了，似可成進。然形慢神穢，腦血淫漏，五臟不淳，關胃彭勃，骨無精液，浮反外內，宍多精少，瞳子不夷，三尸狡亂，元(玄)白失時，語之至道，殆恐非仙才。吾久在人間，實爲臭濁，然時復可遊，望以寫細念。庸主對坐，悒悒不樂，夫人肯暫來否？若能屈駕，當停相須。」帝不知上元夫人何神也，又見侍女下殿，俄失所在。須臾郭侍女返，上元夫人又遣侍女荅問云：「阿環再拜，上問起居。遠隔絳河，擾以官事，遂替顔色，近五千年。仰戀光潤，情係無違。密香至奉信承降尊於劉徹處，聞命之際，登當顛倒。先被大帝君敕詣元(玄)洲，校定天元，正爾暫住，如是當還，還便束帶，須臾少留。」帝因問上元夫人由，王母曰：「是三天真皇之母，上元之官，統領十方玉女之名録者也。」當二時許，上元夫人至，來時亦聞雲中簫鼓之聲。既至，從官文武千餘人，皆女子，年同十八九許，形容明逸，多服青衣，光彩耀日，真靈官也。夫人年可廿餘，天姿精輝，靈眸絶朗，服赤霜之袍，雲彩亂色，非錦非繡，不可名字。頭作三角髻，餘髮散垂之至腰，戴九靈夜光之冠，帶六出火玉之珮，垂鳳文琳華之綬，腰流黄揮精之劍。上殿向王母拜，王母坐而止之，呼同坐北向。夫人設厨，厨之精珍，與王母所設者相似。王母敕帝曰：「此真元之母，尊貴之神，女當起拜。」帝拜問寒温，還坐。……須臾，殿南朱雀窗中，忽有一人來窺看仙官。帝驚問：「何人？」王母曰：「女不識此人耶？是女侍郎東方朔，是我鄰家小兒也，性多滑稽，曾三來偷此桃。此子昔爲太上仙官，太上令到方丈山助三天司命收録仙家。……」於是帝乃知朔非世俗之徒也。時酒酣周宴，言請粗畢，上元夫人自彈雲林之璈，鳴絃駭調，清音靈朗，元

(玄)風四發,迺歌《步元(玄)》之曲……王母又命侍女田四飛荅歌……歌畢,因告武帝仙官從者姓名及冠帶執佩物名,所以得知而紀焉。至明旦……於是夫人與王母同乘而去。臨發,人馬龍虎威儀如初來時,雲氣勃蔚,盡爲香氣,極望西南,良久乃絶。於是帝既見王母及上元夫人,乃信天下有神仙之事,亦有欲去世計數矣。……

丁令威,見《搜神記》、《搜神記輯校》卷一云:

遼東城門有華表柱,忽有一白鶴集柱頭。時有少年舉弓欲射之,鶴乃飛,徘徊空中而言曰:「有鳥有鳥丁令威,去家千歲今來歸,城郭如故人民非,何不學仙冢壘壘?」遂高上冲天而去。後人於華表柱立二鶴,至此始矣。今遼東諸丁,云其先世有升仙者,不知名字。

王子晋,西漢劉向《列仙傳》卷上《王子喬》云:

王子喬者,周靈王太子晋也。好吹笙,作鳳凰鳴。遊伊、洛之間,道士浮丘公接以上嵩高山三十餘年。後求之於山上,見柏良曰:「告我家七月七日待我於緱氏山巔。」至時,果乘白鶴駐山頭,望之不得到,舉手謝時人,數日而去。亦立祠於緱氏山下及嵩高首焉。

葉静能,或作葉净能,其事迹唐稗多載之。如戴孚《廣異記·葉净能》(《太平廣記》卷三〇〇引)、牛僧孺《玄怪録》卷一〇《葉天師》、薛漁思《河東記·葉静能》(《廣記》卷七二引)、李伉《獨異志·李鷸》(《廣記》卷四七〇引)、敦煌寫本《葉净能詩》(《敦煌變文集》卷二)等,皆傳爲玄宗時人,頗誤。趙璘《因話録》卷五云：「有人撰集怪異記傳，云玄宗道士葉静能書符，不知葉静能中宗朝坐妖妄伏法。玄宗時有道術者乃法善也。談話之誤差可，若著於文字，其誤甚矣。」《舊唐書》卷五一《中宗韋庶人傳》云：「時國子祭酒葉静能善符禁小術……皆出入宫掖。」《舊唐書》卷七《睿宗紀》載：「景龍四年夏六月，中宗崩（按：爲安樂公主、韋后合謀鴆死），韋庶人臨朝，引用其黨，分握政柄。忌帝（睿宗李旦）望實素高，潛謀危害。庚子夜，臨淄王（李隆基）諱與太平公主子薛崇簡、前朝邑尉劉幽求、長上果毅麻嗣宗、苑總監鍾紹京等率兵入北軍，誅韋温、紀處訥、宗楚客、武延秀、馬秦客、葉静能、趙履温、楊均等，諸韋、武黨與皆誅之。」

今據《玄怪録·葉天師》，引録葉静能事迹如下：

> 開元中，道士葉静能，講於明州奉化縣興唐觀。自陞座也，有老父白衣而髯者，每先來而後去，必遲遲然，若有意欲言而未能者。講將罷去，愈更淹留。聽徒畢去，師乃召問。泣拜而言，自稱鱗位，曰：「有意求哀，不敢自陳。既蒙下問，敢不盡其誠懇。位實非人，乃寶藏之守龍也。職在觀南小海中，千秋無失，乃獲稍遷，苟或失之，即受炎沙之罰。今九百餘年矣。胡僧所禁，且三十春。其僧虔心，有大咒力。今憂午日午時，其術即成，來喝水乾，寶無所隱。弟子當死，不敢望榮遷。然千載之炎海，誠不可忍。惟仙師哀之，必免斯難，不敢忘德。」師許之，乃泣謝而去。師恐遺忘，乃大書其柱曰：「午日午時救龍。」其日赴食於邑人，既迴，方憩，門人忽讀其柱曰：「午日午時救龍。今方欲午，吾師正憩，豈忘之乎？」將入白，師已聞，遽問曰：「今何時？」對曰：「頃刻正午耳。」仙

師遽使青衣門人執墨書符，急往海。一里餘，見黑雲慘空，毒風四起，有婆羅門仗劍乘黑雲，持咒於海上連喝，海水尋減半矣，青衣使亦隨聲墮焉。又使黃衣門人執朱符奔馬以往，去海一百餘步，又喝，尋墮，海水十涸七八矣。有白龍跳躍淺波中，喘喘焉。又使朱衣使執黃符以往，僧又喝之，連喝不墮，及岸，則海水纔一二尺，白龍者奮鬣張口於沙中。朱衣使投符於海，隨手水復。婆羅門撫劍而歎曰：「三十年精勤，一旦術盡，何道士之多能哉！」拗怒而去。既空海恬然，波停風息。前墮二使，亦漸能起，相與偕歸，具白於師。未畢，老父者已到，泣拜曰：「向者幾死於胡術，非仙師之力，不能免矣。位獸也，懼不克報，然終天依附，願同門人，可指使也。若承師命，雖秦越地阻，江山路殊，一念召之，即立左右矣。」自是朝夕定省，若門人焉。師以其觀在原上，不可穿井，童稚汲水，必於十里之外，闔觀患之。他日，師謂髯父曰：「吾居此多日，憐其汲遠，思繞觀有泉以濟之，子可致乎？」曰：「泉水之流，天界所有，非力可致。然師能見活，又脱千年之苦，豈可辭乎？夫非可致而致之，界神將拒，俟戰勝然後可。令諸人皆他徙。其日晦明三復，然後歸，庶幾有從命之功。」合觀從之。過期而還，則石甃繞觀，清流潺潺，既周而南，入於海。黄冠賴焉，乃題渠曰「仙師渠」。師所以妙術廣大天下，蓋龍之所助焉。（據李劍國輯校《唐五代傳奇集》校本）

巢父，西晋皇甫謐《高士傳》卷上云：

巢父者，堯時隱人也。山居，不營世利。年老，以樹爲巢，而寢其上，故時人號曰巢父。堯之讓許由也，由以告巢父，巢父曰：「汝何不隱汝形，藏汝光？若非吾友也。」擊其膺而下之。由悵然不自得，乃過清泠之水，洗其耳，拭其目，曰：「向聞貪言，負吾之友矣。」遂去，終身不相見。

另有别項事物史實亦考其出處如下：

長生鹿，文中王子晉歌曰：「月照驪山露泣花，似悲先帝早昇遐。至今猶有長生鹿，時遶温泉望翠華。」按：《全唐詩》卷五六七鄭嵎《津陽門詩》亦言及長生鹿，云：「雪衣女失玉籠在，長生鹿瘦銅牌垂。」自注：「上常於芙蓉園中獲白鹿，惟山人王旻識之，曰：『此漢時鹿也。』上異之，令左右周視之，乃於角際雪毛中得銅牌子，刻之曰：『宜春苑中白鹿。』上由是愈愛之，移於北山，目之曰仙客。」鄭嵎，大中五年（八五一）進士。《津陽門詩》序云：「津陽門者，華清宫之外闕，南局禁闈，北走京道。開成中，嵎常得羣書，下帷於石甕僧院，而甚聞宫中陳迹焉。今年冬自號而來，暮及山下，因解鞍謀餐，求客旅邸。」末無紀時。《津陽門詩》末云：「河清海宴不難覩，我皇已上昇平基。湟中土地昔湮没，昨夜收復無瘡痍。」安史亂後河湟地區没入吐蕃，大中三年收復（《舊唐書》卷一八下《宣宗紀》），是則《津陽門詩》作於大中三年。然則李玫所言長生鹿，非本《津陽門詩》，且一在驪山，一在長安芙蓉園也。

淮蔡妖逆，文中李君（唐玄宗）曰：「爲敕龍神設水旱之計，作彌淮蔡，以殲妖逆。」又所上表曰：「伏以虺蜴肆毒，痛於淮蔡。豺狼尚猜其口喙，螻蟻猶固其封疆。若遺時豐人安，是稔群醜；但使年餓厲作，必摇人心。如此倒戈而攻，可以席捲三州之逆黨，所損至微；安六合之疾甿，其利則厚。伏請神龍施水，厲鬼行災，由此天誅，以資戰力。」乃隱喻元和十二年（八一七）平淮西事。《舊唐書》卷一五《憲宗紀下》載：

（元和九年九月）淮西節度使吴少陽卒，其子元濟匿喪，自總兵柄，乃焚劫舞陽等四縣。朝廷遣使弔祭，拒而不納。……（十年春正月）丙申，嚴綬帥師次蔡州界。己亥，制削奪吴元濟在身官爵。……（十二年六月）壬戌，賊吴元濟上表，請束身歸朝。時連破三栅，賊勢迫蹙，實欲歸朝，而制於左右，故不果行。……（冬十月）己卯，隨唐節度使李愬率師入蔡州，執吴元濟以獻，淮西平。甲申，詔：「淮西立功將士，委韓弘、裴度條疏奏聞。淮西軍人，一切不問。宜準元敕給復二年。」十一月丙戌朔，御興安門，受淮西之俘。以吴元濟徇兩市，斬於獨柳樹，妻沈氏没入掖庭。弟二人、子三人配流，尋誅之。判官劉協等七人處斬。

《舊唐書》卷一三三《李愬傳》載：

元和十一年，用兵討蔡州吴元濟。七月，唐鄧節度使高霞寓戰敗，又命袁滋爲帥，滋亦無功。愬抗表自陳，願於軍前自効。宰相李逢吉亦以愬才可用，遂檢校左散騎常侍，兼鄧州刺史、御史大夫，充隨唐鄧節度使。……十月，將襲蔡州。其月七日，使判官鄭澥告師期於裴度。十日夜，以李祐率突將三千爲先鋒，李忠義副之，愬自帥中軍三千，田進誠以後軍三千殿而行。初出文成柵，衆請所向，愬曰：「東六十里止。」至賊境，曰張柴砦，盡殺其戍卒，令軍士少息，繕羈靮甲冑，發刃彀弓，復建旆而出。是日，陰晦雨雪，大風裂旗旆，馬慄而不能躍。士卒苦寒，抱戈僵仆者道路相望。其川澤梁逕險夷，張柴已東，師人未嘗蹈其境，皆謂投身不測。初至張柴，諸將請所止，愬曰：「入蔡州取吴元濟也。」諸將失色。……愬道分五百人，斷洄曲路橋，其夜凍死者十二三。又分五百人斷朗山路。自張柴行七十里，比至懸瓠城，夜半，雪愈甚。近城有鵝鴨池，愬令驚擊之，以雜其聲。賊恃吴房、朗山之固，晏然無一人知者。李祐、李忠義坎墉而先登，敢鋭者從之，盡殺守門卒而登其門，留擊柝者。黎明，雪亦止。愬入，止元濟外宅。蔡吏告元濟曰：「城已陷矣。」元濟曰：「是洄曲子弟歸求寒衣耳。」俄聞愬軍號令將士云：「常侍傳語。」乃曰：「何常侍得至於此？」遂驅率左右乘子城拒捍。田進誠以兵環而攻之。愬計元濟猶望董重質來救，乃令訪重質家安卹之，使其家人持書召重質。重質單騎而歸愬，白衣泥首，愬以客禮待之。田進誠焚子城南門，元濟城上請罪，進誠梯而下之，乃檻送京師。其申、光二州及諸鎮兵尚二萬餘人，相次來降。自元濟就擒，愬不戮一人，其爲元濟執事帳下厨廄之間者，皆復其職，使之不疑。乃屯兵鞠場以待裴度。翌日，度至，愬具櫜鞬候度馬首。度將避之，愬曰：「此方不識上下等威之分久矣，請公因以示之。」度以宰相禮受愬迎謁，衆皆聳觀。明日，愬軍還於文成柵。十一月，詔以愬檢校尚書左僕射，兼襄州刺史、山南東道節度、襄鄧隨唐福郢均房等州觀察等使、上柱國，封涼國公，食邑三千户，食實封五百户，一子五品正員。

葉静能歌，「幽薊煙塵別九重，貴妃湯殿罷歌鐘」云云，乃馬嵬驛縊殺楊貴妃事。《舊唐書》卷五一《后妃傳上·楊貴妃》載：

及潼關失守，從幸至馬嵬。禁軍大將陳玄禮密啓太子，誅國忠父子。既而四軍不散，玄宗遣力士宣問，對曰：「賊本尚在。」蓋指貴妃也。力士復奏，帝不獲已，與妃訣，遂縊死於佛室。時年三十八，瘞於驛西道側。上皇自蜀還，令中使祭奠，詔令改葬。禮部侍郎李揆曰：「龍武將士誅國忠，以其負國兆亂。今改葬故妃，恐將士疑懼，葬禮未可行。」乃止。上皇密令中使改葬於他所。初瘞時以紫褥裹之，肌膚已壞，而香囊仍在。内官以獻，上皇視之悽惋，乃令圖其形於别殿，朝夕視之。

陳季卿

陳季卿者，家於江南。辭家十年，舉進士，志不能無成歸〔一〕，羈棲輦下，鬻書判給衣食。一日〔二〕，訪僧於青龍寺，遇僧他適，因息於暖閣〔三〕中，以待僧還。有終南山翁，亦伺僧歸，方擁爐而坐，揖季卿就爐〔四〕。坐久，謂季卿曰：「日已晡矣，得無餒乎？」季卿曰：「實飢矣。僧且不在，爲之奈何？」翁乃於肘後解一小囊，出藥方寸，止煎一杯，與季卿曰：「粗可療飢矣。」季卿啜訖，充〔五〕然暢適，飢寒之苦，洗然而愈。

東壁有《寰瀛圖》〔六〕，季卿乃尋江南路，因長歎曰：「得自渭泛於河，遊於洛，泳於淮〔七〕，濟于江，達于家，亦不悔無成而歸。」翁笑曰：「此不難致。」乃命僧童折堦前一竹葉，作葉〔八〕舟，置圖中渭水之上，曰：「公但注目於此舟，則如公向來所願耳。然至家，慎勿久〔九〕留。」季卿熟視久之，稍覺渭水波濤洶湧〔一〇〕，一葉漸大〔一一〕，席帆既張，恍然若登舟。始自渭及河，維舟於禪窟蘭若〔一二〕，題詩於南楹云：「霜鐘鳴時夕風急〔一三〕，亂鴉又望寒林集。此時輟棹悲且吟〔一四〕，獨向〔一五〕蓮花一峯立。」明日，次潼關，登岸，題句〔一六〕於關門東普通院門，云：「度關悲失志，萬緒亂心機。下坂馬無力，掃門塵滿衣。計謀多不就，心口自相違。已作羞歸計，還〔一七〕勝羞不歸。」自陝東凡所經歷，一如前願。

旬余〔一八〕至家，妻子兄弟拜迎於門。是〔一九〕夕，有《江亭晚〔二〇〕望詩》，題于書齋，云：「立向江亭滿目愁，十年前事信悠悠。田園已逐浮雲散，鄉里半隨逝水流。川上莫逢諸釣叟，浦邊難狎〔二一〕舊沙鷗。不緣齒髮未〔二二〕遲暮，吟對遠山堪白頭。」此夕，謂其妻曰：「吾試期近，不可久留，即當進棹〔二三〕。」乃吟一章留〔二四〕別其妻，云：「月斜寒露白，此夕去留心。酒至添愁飲，詩成和〔二五〕淚吟。離歌悽〔二六〕鳳管，別鶴怨瑤琴。明夜相思處，秋風吹半衿〔二七〕。」將登舟，又留一章別諸兄弟，云：「謀身非不早，其奈命來遲。舊友皆霄漢，此身猶路歧。北風微雪後，晚景有雲時。惆悵清江〔二八〕上，區區趁試期。」一更後，復登葉舟，泛江而發〔二九〕。兄弟妻子，慟哭於水濱〔三〇〕，謂其鬼物矣。

一葉漾漾，遵舊途而去〔三一〕。至於渭濱，乃賃乘，復遊青龍寺。宛然見山翁擁褐而坐，季卿謝曰：「歸則歸矣，得非夢乎？」翁笑曰：「後六十日方自知耳〔三二〕。」日將晚，僧尚不至，翁去，季卿還主人。後二月〔三三〕，季卿之妻子，賫金帛，自江南奔〔三四〕來，謂季卿厭世矣，故來訪之。妻曰：「某月某日歸，是夕題〔三五〕詩於西齋，並留別二章。」始知非夢。明年春，季卿下第東歸，至禪窟及關門蘭若，見所題兩篇，翰墨尚新。後年，季卿成名，遂絕粒，入終南山去。（中華書局版汪紹楹點校本《太平廣記》卷七四《道術四》引《慕異記》，《四庫》本作《纂異記》）

〔一〕志不能無成歸　孫校本作「志不能就，羞歸」。

〔二〕一日　原作「常」，當誤，據《紺珠集》卷一李玖（玫）《異聞實録·竹葉舟》、《類説》卷一九李玫《異聞録·寰瀛圖》、《重編説郛》弓一一七唐李玖（玫）《異聞實録·竹葉舟》、南宋佚名《錦繡萬花谷》後集卷二六及謝維新《古今合璧事類備要》别集卷一一引《異聞録》、元趙道一《歷世真仙體道通鑑》卷四四《終南山翁》、佚名《湖海新聞夷堅續志》後集卷一《棄名學道》改。按：《異聞實録》、《異聞録》皆宋人改稱。

〔三〕暖閣　《紺珠集》、《類説》、《重編説郛》作「大閣」，《萬花谷》、《事類備要》、《真仙通鑑》、《夷堅續志》作「火閣」。按：「大閣」乃「火閣」之譌，火閣亦暖閣，可設爐取暖。

〔四〕就爐　明鈔本、孫校本、朝鮮成任編《太平通載》卷七引《太平廣記》下有「火」字。南宋陳葆光《三洞羣仙録》卷九《季卿一葉》引《仙傳拾遺》「就」作「擁」。

〔五〕充　《太平通載》作「酣」。

〔六〕寰瀛圖　《仙傳拾遺》作「寰海華夷圖」。按：《仙傳拾遺》前蜀杜光庭撰，其文本《纂異記》，而有改易。

〔七〕泳於淮　《全唐詩》卷七八四終南山翁《終南》（注：一作陳季卿詩）作「渡淮」。按：泳，浮水而渡也。《文選》卷四八司馬相如《封禪文》：「邇陿遊原，迥闊泳沫。」孟康注：「泳，浮也。」蘇軾《東坡全集》卷三四《送水丘秀才叙》：「登高以望遠，摇槳以泳深。」又按：《全唐詩》蓋本《歷世真仙體道通鑑》卷四四《終南山翁》，而誤爲終南山翁詩，詩題作《終南》亦誤。

〔八〕葉　孫校本作「小」。

〔九〕久　孫校本作「淹」。

〔一〇〕波濤洶湧　原作「波浪」,《仙傳拾遺》作「波動」。據《類説》、《真仙通鑑》、《夷堅續志》改。《紺珠集》天順刊本作「波濤洶洶涌」,《四庫》本「洶洶」作「洶洶」,《重編説郛》亦作「波濤洶洶涌」,「涌」與下文「一舟甚大」連讀。

〔一一〕大　明鈔本、孫校本作「巨」。

〔一二〕禪窟蘭若　《紺珠集》、《類説》、《真仙通鑑》、《夷堅續志》、《重編説郛》作「禪窟寺」。按:蘭若即寺院。

〔一三〕霜鐘鳴時夕風急　《類説》作「霜鐘鳴夕北風急」。明鈔本「鐘」譌作「風」,《真仙通鑑》、《全唐詩》作「鶴」。

〔一四〕吟　《太平通載》作「飲」,當譌。

〔一五〕向　《紺珠集》、《萬首唐人絶句》卷四三陳季卿《題禪窟寺》、《真仙通鑑》、《太平通載》、《重編説郛》、《全唐詩》作「對」。《夷堅續志》作「坐」,誤。

〔一六〕句　明鈔本、孫校本作「詩」。

〔一七〕還　《紺珠集》、《類説》、《真仙通鑑》、《夷堅續志》、《重編説郛》作「猶」。清雍正時修《陝西通志》卷一〇〇《拾遺三·神異》引《異聞實録》作「獨」。

〔一八〕余　孫校本、清黄晟校刊本（以下省稱黄校本）、《四庫》本、《筆記小説大觀》本、《類説》、孔傳《後六帖》卷一一引《異聞實録》、《萬花谷》、《事類備要》、祝穆《古今事文類聚》續集卷二七引《異聞録》、《真仙通鑑》、元陰勁弦等《韻府群玉》卷八引《異聞實録》、明王罃《羣書類編故事》卷二〇引《異聞録》、徐應秋《玉芝堂談薈》卷九《水晶屏上美人》引《纂異記》、《太平通載》、《合刻三志》志幻類及清蓮塘居士《唐人説薈》第十五集《幻影傳・陳季卿》作「餘」。按：余，通「餘」。

〔一九〕是　此字原無，據《太平通載》補。

〔二〇〕晚　孫校本作「眺」。

〔二一〕狎　原作「得」，據孫校本改。按：《列子・黄帝》：「海上之人有好漚鳥者，每旦之海上，從漚鳥游，漚鳥之至者百住而不止。其父曰：『吾聞漚鳥皆從汝游，汝取來，吾玩之。』明日之海上，漚鳥舞而不下也。」漚，同「鷗」。梁江淹《江文通文集》卷四《孫廷評雜述》：「物我俱忘情，可以狎鷗鳥。」

〔二二〕未　明鈔本作「來」。

〔二三〕即當進棹　《四庫》本改「進」作「返」。《紺珠集》、《真仙通鑑》、《重編説郛》作「乃復進棹」。

〔二四〕留　此字原無，據《太平通載》補。

〔二五〕和　《類説》作「拭」。

〔二六〕悽　原譌作「棲」，據孫校本、《四庫》本、《太平通載》、《全唐詩》卷八六八陳季卿《別妻》改。

〔二七〕衿　原譌作「衾」，據孫校本、《太平通載》改。衿，衣襟。

〔二八〕清江　孫校本及《太平通載》作「京江」。按：京江，又名揚子江，即今江蘇鎮江北之長江。鎮江古名京口城，故名。北宋樂史《太平寰宇記》卷一二三《淮南道一・揚州・江都縣》：「大江西南自六合縣界流入晉祖逖擊楫中流自誓之所，南對丹徒之京口，舊闊四十餘里，謂之京江，今闊十八里。」

〔二九〕發　原作「逝」，據《太平通載》改。

〔三〇〕兄弟妻子慟哭於水濱　「子」原作「屬」，據《太平通載》、明吴大震《廣豔異編》卷一五《陳季卿》、《續豔異編》卷七《陳季卿》改。下文作「子」。「水」字原無，據孫校本補，《太平通載》作「江」。《廣豔異編》、《續豔異編》作「兄弟妻子，慟哭於家」。

〔三一〕而去　此二字原無，據孫校本、《孔帖》、《太平通載》補。

〔三二〕耳　原作「而」，連下讀，據《太平通載》改。

〔三三〕二月　《太平通載》作「六十日」。

〔三四〕奔　此字原無，據《太平通載》補。

〔三五〕題　原作「作」，據孫校本、《太平通載》改。

按：《廣豔異編》卷一五、《續豔異編》卷七採入，均題《陳季卿》。《合刻三志》志幻類、《唐人説薈》

第十五集有僞書《幻影傳》，妄題唐薛昭蘊撰，纂輯《廣記》道術事而成。中《陳季卿》輯自《廣記》，文字略有刪節。《湖海新聞夷堅續志》後集卷一誤作陳舜卿。

《紺珠集》卷一《異聞實録·竹葉舟》、《類説》卷一九《異聞録·寰瀛圖》皆摘録。《紺珠集》云：

陳季卿者，江南人。舉進士，至長安，十年不歸。一日，於青龍寺訪僧不值，憩於大閣，有終南山翁亦候僧，偶坐久之。壁間有《寰瀛圖》，季卿尋江南路，太息曰：「得此歸，不悔無成。」翁曰：「此何難！」乃折堦前竹葉，置圖上渭水中，謂陳曰：「注目於此，如願矣。」季卿熟視，即渭水，波濤洶洶，涌一舟甚大，恍然登舟，其去極速。行次禪窟寺，題詩云：「霜鍾鳴時夕風急，亂鴉又望寒林集。此時輟棹悲且吟，獨對蓮花一峯立。」明日，次潼關，又作詩題之，末句云：「已作羞歸計，猶勝羞不歸。」踰旬至家，兄弟妻子迎見甚喜。信宿謂其妻曰：「我試期已逼，不可久留。」乃復進棹，又作詩別其妻云：「酒至添愁飲，詩成和淚吟。」飄然而去，家人輩皆驚爲鬼物矣。倏忽復至渭水，徑趨青龍寺，山翁尚擁褐而坐，僧猶未歸。季卿謝曰：「豈非夢耶？」翁曰：「他日自知。」經月，家人來訪，具述所以，題詩皆在。

《類説》云：

陳季卿（原作鄉，據嘉靖伯玉翁舊鈔本改，下同）者，江南人。舉進士，至長安，十年不歸。一日，於青龍寺訪僧不值，憩於大閣，有終南山翁亦俟僧，同坐久之。壁間有《寰瀛圖》，季卿尋江南路，歎曰：「得自此歸，不悔無成。」翁曰：「此易耳。」起折堦前竹葉，置渭水中，曰：「注目於此，則如願。」季卿熟視，見渭水波濤洶湧，一舟甚大，恍然登舟，其去極速。行次禪窟寺，題曰：「霜鐘鳴夕北風急，亂鴉又望寒林集。此時輟棹悲且吟，獨向蓮華一峰立。」明日，次潼關，又作詩云：「已作羞歸計，猶勝羞不歸。」旬餘至家，妻迎見甚喜。信宿曰：「試期已逼，不可久留。」乃復登舟，作詩別妻曰：「酒至添愁飲，詩成拭淚吟。」飄然而去。家人驚愕，謂爲鬼物。倏忽復至渭水，趨清龍寺，寺僧猶未歸，山翁尤（猶）擁褐而坐。季卿曰：「豈非夢耶？」翁曰：「它日自知之。」經月，家人來訪，具述所以，題詩皆驗。

金王朋壽編《增廣分門類林雜説》卷一三《舟車篇·陳季卿》，無出處，文略，所記多有異，其云：

唐陳季卿，衡湘閒人，久住長安，未第。一日，訪僧於開元寺，值僧出，遂憩於僧房。時有一褐衣老叟，亦來同坐。季卿看壁閒《華夷圖》，於是尋其鄉里，不覺長歎。叟曰：「先輩何故歎？」季卿曰：「久不到鄉里，思家耳。」叟曰：「庭下取一竹葉來。」李卿爲取之，叟即將竹葉作一小舟，黏於《華夷圖》渭水上，曰：「先輩熟視之，即當如願。」季卿視之，則渭水波瀾洶湧，身已在舟中，順流而下，旬餘到家。住一日，自思以謂試期逼，不可久留，因復上所乘舟而來。既已到長安，則方悟。急來開元寺，則僧尚未至，老叟尚猶擁褐而坐。

元鄧牧《洞霄圖志》卷一云：「洞晨觀，在餘杭縣東郭河上安樂山，東爲陳季卿故址。季卿餘杭人，世傳遇終南山仙翁，以竹葉爲舟者。」

宋末羅燁《新編醉翁談録》甲集卷一《小説開闢》著録小説名目神仙類有《竹葉舟》，《寶文堂書目》子雜類作《陳季卿悟道竹葉舟傳》，元范康有《陳季卿悟道竹葉舟》雜劇（《元曲選》），清張彝宣有《竹葉舟》傳奇（《傳奇彙考標目》别本），皆演此。清畢魏《竹葉舟》傳奇（《古本戲曲叢刊二集》）演石崇事，而竹葉舟之設實亦機杼於此也。

滎陽氏

盈川令〔一〕將之任，夜止屬邑古寺。方寢，見老嫗，以桐葉蒙其首，傴僂而前，令以拄杖拂其葉，嫗俯拾而去。俄而〔二〕復來，如是者三，久之不復來矣。頃有縗裳者，自北户升階，褰簾〔三〕而前，曰：「將有告於公，公無懼焉。」令曰：「是何妖物？」曰：「實鬼也，非妖也。以形容衰瘵，不敢干謁。向者竊令張孀少達幽情，而三遭拄杖之辱。老孀固辭，恥其復進〔四〕，是以自往哀訴，冀不逢怒焉。

「某滎陽氏子，嚴君牧此州，未逾年，鍾家禍，乃護喪歸洛。夜止此寺，繼母賜冶葛〔五〕花湯，并室妹同夕而斃。張孀將哭，首碎鐵鎚，同瘞於北〔六〕牆之竹陰。某隴西先夫人，即日訴於上帝，帝敕云：『爲人之妻，已殘戮僕妾；爲人之母，又毒殺孤嬰。居闇室，事難彰明；在天鑒，理宜誅殛。以死酬死，用謝諸孤。付司命處置訖報。』是日，先君亦〔七〕訴於上帝云：『某遊魂不靈，乖於守慎，致令嚚室，害及孤孩。彰此家風，黷於天聽。豈止一死，能謝罪名！某〔八〕三任縣令，再剖符竹。實有能績，以安黎甿。豈圖餘慶不流，見此狼狽。悠揚丹旐，未越屬城。長男既已無辜，孀婦又俾酬死。念某旅櫬，難〔九〕爲瘞埋，伏乞延其生命，使某得歸葬洛陽，獲祔先人之塋闕〔一〇〕，某無恨矣。』明年，繼母到洛陽，發背疽而卒。上帝譴怒，已至如此，今某即無怨焉。所苦者，被僧徒築溷於骸骨之上，糞穢之弊，所不堪忍。況妹爲厠神姬僕，身爲厠神役夫，積世簪纓，一日淩〔一一〕墜。天門阻越，上訴無階。籍〔一二〕公仁德，故來奉告。」

令曰：「吾將奈何？」答曰：「公能發某朽骨，沐以蘭湯，覆以衣衾，遷於高原之上。脱能賜木皮之棺，蘋藻之奠，亦望外也。」令曰：「諾。乃吾反掌之易爾。」鬼嗚咽再拜，令張孏密召鸞娘子同謝明公。張孏遽至，疾呼曰：「郎君〔一三〕怒，晚來軒屏狼藉，已三召矣。」於是縗裳者憧惶〔一四〕而去。明旦，令召僧徒，具以所告。遂命土工，發溷以求之。三四尺乃得骸骨，與改瘞焉。（中華書局版汪紹楹點校本《太平廣記》卷一二八《報應二十七》，闕出處，孫校本注出《纂異記》）

〔一〕盈川令　前原有「唐」字，乃《廣記》編纂者加，唐人行文不當如此，或言「我唐」、「大唐」等，今删。

〔二〕而　原作「亦」，據朝鮮成任編《太平廣記詳節》卷九改。

〔三〕簾　《廣記詳節》作「裳」。

〔四〕恥其復進　《廣記詳節》作「難其復通」。

〔五〕冶葛　《四庫》本、《廣記詳節》、明仁孝皇后徐妙雲《勸善書》卷一六作「野葛」。按：「冶」通

「野」，冶葛即野葛，毒草。東漢王充《論衡・言毒》：「草木之中，有巴豆、野葛，食之湊懣，頗多殺人。」又云：「冶葛、巴豆，皆有毒螫。」晉嵇含《南方草木狀》卷上：「冶葛，毒草也。蔓生，葉如羅勒，光而厚，一名胡蔓草。寘毒者多雜以生蔬進之，悟者速以藥解，不爾半日輒死。」明梅鼎祚《才鬼記》卷七《滎陽氏》譌作「治葛」。

〔六〕北　《廣記詳節》作「此地」。

〔七〕亦　原作「復」，據《廣記詳節》改。

〔八〕某　《勸善書》作「臣」，下文滎陽子父訴詞中「某」字皆作「臣」。

〔九〕難　《勸善書》作「誰」。

〔一〇〕闕　《廣記詳節》作「側」。

〔一一〕淩　《四庫》本作「陵」。

〔一二〕籍　《四庫》本、《太平廣記鈔》卷一八、《勸善書》作「藉」。按：籍，通「藉」，借也。

〔一三〕郎君　「郎」原譌作「郭」，據《廣記詳節》改。《勸善書》作「厠君」。按：唐時奴僕於主人稱郎君，指厠神。

〔一四〕憧惶　《四庫》本作「倉皇」，《廣記鈔》作「章皇」。

按：此篇《廣記》各本闕出處，孫校本注「出《纂異記》」。《太平廣記詳節》卷九出處字跡漫漶，似亦作「出《纂異記》」。觀上帝之敕，先君之訴，刻意爲文，詞采鋪張，頗類《纂異記》風格，是信出李玫也。王夢鷗《纂異記校釋》、上海古籍出版社編《唐五代筆記小説大觀》李宗爲輯本均未輯此篇。《大明仁孝皇后勸善書》卷一六採入此篇。梅鼎祚編《才鬼記》卷七輯入，題《滎陽氏》，末注《太平廣記》。

死者求人發塚或遷葬骸骨，是古小説一大母題，今舉數例於左：

《搜神記輯校》卷二二《文穎》：

漢南陽文穎，字叔良。建安中，爲甘陵府丞。過界止宿，夜三鼓時，夢見一人跪前曰：「昔我先人葬我於此，水來湍墓，棺木溺，漬水處半燥，然無以自溫。聞君在此，故來相依。屈明日暫住須臾，幸之，相遷高燥處。」鬼披衣示穎，而背沾濕。穎心中愴然，即寤。寤已語左右，左右曰：「夢爲虛耳，何足可怪？」穎乃還眠。向晨復夢見，謂穎曰：「我以窮苦告君，奈何不相愍悼乎？」穎夢中問曰：「子爲是誰？」對曰：「吾本趙人蘭襄，今屬注送民之神。」穎曰：「子棺今爲所在？」對曰：「近在君帳北十數步，水側枯楊樹下，即是吾墓也。天將明，不復得見，君必念之。」穎荅曰：「諾。」忽然便寤。天明可發，穎曰：「雖云夢不足怪，此何太適。」左右曰：「亦何惜須臾，不驗之耶？」穎即起，幸之，十數人將導，順水上，果得一枯楊，曰：「是矣。」掘其下，未幾果得棺。棺甚朽壞，没半水中。穎謂左右曰：「向聞於人，謂爲虛矣。世俗所傳，不可無驗。」爲移其棺，醊而去之。

南朝宋劉敬叔《異苑》卷七：

海陵如皋縣東城村邊，海岸崩壞，見一古墓，有方頭漆棺，以朱題上云：「七百年墮水，元嘉二十載三月墜于懸巘，和蓋從潮漂沈，輒泝流還依本處。」村人朱護等異而啓之，見一老姥，年可七十許，皤頭著袿，鬢髮皓白，不殊生人，釵髻衣服，粲然若新。送葬器物，枕履悉存。護乃齎酒脯，施於柩側。爾夜，護婦夢見姥云：「向獲名貺，感至無已。但我牆屋毁發（《太平御覽》卷三九九作廢），形骸飄露。今以值一千，乞爲治護也。」置錢便去，明覺果得。即用改殮，移於高阜。

嵇康字叔夜，譙國人也。少嘗晝寢，夢人身長丈餘，自稱：「黄帝伶人，骸骨在公舍東三里林中，爲人發露。乞爲葬埋，當厚相報。」康至其處，果有白骨，脛長三尺，遂收葬之。其夜復夢長人來，授以《廣陵散》曲。及覺，撫琴而作，其聲正妙，都不遺忘。高貴鄉公時，康爲中散大夫。後爲鍾會所讒，司馬文王誅之。

殷（原作商，乃宋人避趙匡胤諱所改，今回改）仲堪在丹徒，夢一人曰：「君有濟物之心，豈能移我在高燥處，則恩及枯骨矣。」明日。果有一棺逐水流下，仲堪取而埜之於高岡，酹以酒食。其夕夢見其人來拜謝。

唐李翰撰注《蒙求》（古本《蒙求》）卷中《王果石崖》引《神怪志》：

將軍王果，昔爲益州太守。路經三峽，船中望見江崖石壁千丈，有物懸在半崖，似棺椁。令人緣崖就視，乃一棺也，骸骨存焉。有石誌云：「三百年後水漂我，欲及長江垂欲墮，欲墮不墮遇王果。」果視銘愴然，云：「數百年前知我名，如何舍去？」因留爲營斂葬埋，設祭而去。

唐戴孚《廣異記・張琮》（《太平廣記》卷三二八引）：

永徽初，張琮爲南陽令，寢閣中，聞階前竹有呻吟之聲，就視則無所見。如此數夜。怪之，乃祝曰：「有神靈者，當相語。」其夜，忽有一人從竹中出，形甚弊陋，前自陳曰：「朱粲之亂，某在兵中爲粲所殺。尸骸正在明府閣前，一目爲竹根所損，不堪楚痛。以明府仁明，故輒投告，幸見移葬，敢忘厚恩。」令謂曰：「如是，何不早相聞？」乃許之。明日，爲具棺櫬，使掘之，果得一尸，竹根貫其左目，仍加時服，改葬城外。其後，令笞殺一鄉老，其家將復仇，謀須令夜出，乃要殺之。俄而城中失火，延燒十餘家，令將出按行之，乃見前鬼遮令馬曰：「明府深夜何所之？將有異謀。」令問爲誰，曰：「前時得罪於明府者。」令乃復入。明日，掩捕其家，問之皆驗，遂窮治之。夜更祭其墓，刻石銘於前曰：「身狥國難，死不忘忠。烈烈貞魂，寔爲鬼雄。」

《廣異記・狄仁傑》（《廣記》卷三二九引）：

則天時，狄仁傑爲寧州刺史，其宅素凶，先時刺史死者十餘輩。傑初至，吏白官舍久凶，先後無敢居者。且榛荒棘毁，已不可居，請舍他所。傑曰：「刺史不舍本宅，何別舍乎？」命去封鎖葺治，居之不疑。數夕，詭怪奇異，不可勝紀，傑怒謂曰：「吾是刺史，此即吾宅。汝曲吾直，何爲不識分理，反乃以邪忤正？汝若是神，速聽明教；若是鬼魅，何敢相干！吾無懼汝之心，徒爲千變萬化耳。必理要相見，何不以禮出耶？」斯須，有一人具衣冠而前曰：「某是某朝官，葬堂階西樹下，體魄爲樹根所穿，楚痛不堪忍。頃前數公，多欲自陳，其人輒死。幽途不達，以至於今。使君誠能改葬，何敢遷延於此！」言訖不見。明日，傑令發之，果如其言，乃爲改葬。自此絶也。（按：原闕出處，《四庫》本作《述異記》，孫校本、清陳鱣校本（以下省稱陳校本）注出《廣異記》）

劉景復

吴泰伯廟，在閶門之西〔一〕。每春秋季，市肆皆率其黨，合牢醴，祈福於三讓王，多圖善馬、綵輿、女子以獻之，非其月亦無虚日。乙丑春，有金銀行首〔二〕糾合其徒，以輕綃畫美人侍婢〔三〕，捧胡琴以從，其貌出於舊繪者，名美人爲勝兒，蓋户牖牆壁間〔四〕前後所獻者，無以匹也。

女巫方舞，有進士劉景復，送客之金陵，置酒于廟之東通波館。忽〔五〕欠伸思寢，乃就榻。方寢，見紫衣冠者言曰：「讓王〔六〕奉屈。」劉生隨而至廟，周旋揖讓而坐。王語劉生曰：「適納一胡琴妓〔七〕，藝甚精而色殊麗。吾知子〔八〕善歌，故奉邀作《胡琴》一章，以寵其藝。」初生頗不甘，命酌人間酒一盃與飲〔九〕。逡巡酒至，并獻酒物，視之，乃適館中祖筵者也。生飲數盃，醉〔一〇〕而作歌曰：「繁絃已停雜吹歇，勝兒調弄邏逤發〔一一〕。四絃攏撚三四〔一二〕聲，唤起邊風駐寒月〔一三〕。大聲漕漕奔淈淈〔一四〕，浪蹙波翻倒溟涬〔一五〕。小絃切切怨颸颸〔一六〕，鬼泣神悲低悉窣〔一七〕。側〔一八〕腕斜挑掣流電，當胸直戛騰秋鶻〔一九〕。漢妃徒得端正名，秦女〔二〇〕虚誇有仙骨。我聞天寶年前事，涼州未作西戎窟〔二一〕。麻衣左衽皆漢民〔二二〕，不省胡塵蹔蓬勃〔二三〕。太平之末狂胡亂〔二四〕，犬豕崩騰恣唐突〔二五〕。玄宗未到萬里橋，東洛西京一時没。一朝漢民没爲虜[二六]，飲恨吞聲空咽嗢[二七]。時看漢月望漢天[二八]，怨氣衝星成彗孛[二九]。國門之西八九鎮，高城深壘閉閑卒。河湟咫尺不能收，挽粟推車徒矻矻[三〇]。今朝聞奏《凉州曲》[三一]，使我心魂[三二]暗超忽。勝兒若向[三三]邊塞彈，征人血淚應闌干。」

歌既成，劉生乘醉，落泊草扎[三四]而獻。王尋繹數四，召勝兒以授之。王之侍兒有不樂者，妬色形於坐中[三五]，恃酒，以金如意擊勝兒，面破[三六]，血淋襟袖。生乃驚起。明日視繪素，果有損痕。歌今傳於吴中。（中華書局版汪紹楹點校本《太平廣記》卷二八〇《夢五・鬼神上》引《纂異記》）

〔一〕在閶門之西　「閶門」原作「東閶門」，誤，明詹詹外史《情史類略》卷九《勝兒》，《合刻三志》志鬼類、《雪窗談異》卷八、清蓮塘居士《唐人説薈》第十六集、馬俊良《龍威秘書》四集、民國俞建卿《晉唐小説六十種》之《靈鬼志・勝兒》「東」作「蘇」。蘇，蘇州。按：南宋范成大《吴郡志》卷一二《祠廟》：「至德廟，即泰伯廟。東漢永興二年，郡守麋豹建於閶門外。《辨疑志》載：『吴閶門外有泰伯廟，廟東又有一宅，祀泰伯長子三郎。吴越錢武肅王始徙之城中。』《纂異記》又云：『吴泰伯廟在閶門西。』皮日休詩云：『一廟争祠兩讓君。』蓋并祠仲雍，舊矣。今廟在閶門内，東行半里餘，門有大橋，號至德橋。乾道元年，郡守沈度重建。」閶門未有東閶門之稱，據《吴郡志》删「東」字。元宋无《啽囈集・胡琴婢勝兒》附録、明徐伯齡《蟫精雋》卷一六《勝兒》、楊慎《升庵詩話》卷一二《胡琴婢勝兒》作「在閶門之東」。《太平寰宇記》卷九一《江南東道三・蘇州》：「閶門，吴城西門也。」作「東」誤。明鈔本錢穀編《吴都文粹續集》卷四六《胡琴婢勝兒》，題注「出宋無《啽囈集》」，乃作「在閶門之西」。《情史》改作「在蘇閶門之内」，誤。

〔二〕首　《太平廣記詳節》卷二四作「者」。

〔三〕以輕綃畫美人侍婢　原作「以綃畫美人」，據明鈔本、《廣記詳節》、南宋温豫《續補侍兒小名録》、周守忠《姬侍類偶》卷上引《纂異記》、《靈鬼志》補三字。《豔異編》卷二二《劉景復》、《情史》作「以輕綃畫美人侍女」，《啽囈集》、《蟫精雋》、《升庵詩話》、《吴都文粹續集》作「以輕綃畫侍婢」。

〔四〕間　原譌作「會」，據明鈔本、孫校本、《廣記詳節》、《小名録》、《姬侍類偶》、《靈鬼志》改。

〔五〕忽　原作「而」，據《四庫》本、《小名録》、《姬侍類偶》、《啽囈集》、《蟫精雋》、《升庵詩話》、《吴都文粹續集》、《靈鬼志》改。

〔六〕讓王　《啽囈集》作「襄王」，誤。按：讓王指泰伯。泰伯，又作太伯，周太王古公亶父長子，弟仲雍、季歷。《史記》卷三一《吴太伯世家》載：「吴太伯，太伯弟仲雍，皆周太王之子，而王季歷之兄也。季歷賢，而有聖子昌，太王欲立季歷以及昌，於是太伯、仲雍二人乃犇荆蠻，文身斷髮，示不可用，以避季歷。季歷果立，是爲王季，而昌爲文王。太伯之犇荆蠻，自號句吴。荆蠻義之，從而歸之千餘家，立爲吴太伯。」《正義》：「江熙云：太伯少弟季歷生文王昌，有聖德，太伯知其必有天下，故欲傳國於季歷。以太王病，託採藥於吴越，不反。太王薨而季歷立，一讓也；季歷薨而文王立，二讓也；文王薨而武王立，遂有天下，三讓也。又釋云：太王病，託採藥，生不事之以禮，一讓也；太王薨而不反，使季歷主喪，不葬之以禮，二讓也；斷髮文身，示不可用，使歷主祭祀，不祭之以禮，三讓也。」《論語·泰伯》：「子曰：泰伯其可謂至德也已矣，三以天下讓，民無得而稱焉。」後人取《莊子·讓王篇》意，尊稱泰伯爲讓王。《全唐詩》卷三一九麴信陵《吴門送客》：「亂山吴苑外，臨水讓王祠。」卷六二八陸龜蒙《和襲美泰伯廟》：「故國城荒德未荒，年年椒奠濕中堂。邇來父子争天下，不信人間有讓王。」

〔七〕妓　此字原脱，據《四庫》本、《小名録》、《姬侍類偶》、《唫囈集》、《蟫精雋》、《升庵詩話》、《吴都文粹續集》、《靈鬼志》補。

〔八〕吾知子《廣記詳節》、《小名録》、《姬侍類偶》、《唫囈集》、《蟫精雋》、《升庵詩話》、《吴都文粹續集》、《情史》、《靈鬼志》作「知吾子」。

〔九〕飲　原譌作「歌」，據《四庫》本、《廣記詳節》、《小名録》、《姬侍類偶》、《情史》、《靈鬼志》改。

〔一〇〕醉《豔異編》、《情史》作「微醉」。

〔一一〕邏沙發《小名録》、《靈鬼志》「發」作「撥」。《唫囈集》、《吴都文粹續集》、《全唐詩》卷八六八劉景復《夢爲吴泰伯作勝兒歌》作「邏娑撥」，《升庵詩話》作「邏婆撥」。按：邏沙，亦作「邏娑」、「邏莎」、「邏挲」，亦即邏些，唐時吐蕃都城，即今西藏拉薩。此代指用邏娑檀木所製胡琴，亦即琵琶。

〔一二〕三四　《唫蠆集》、《蟫精雋》、《升庵詩話》、《吴都文粹續集》、《全唐詩》作「三五」。

〔一三〕唤起邊風駐寒月　《小名録》、《唫蠆集》、《蟫精雋》、《升庵詩話》、《吴都文粹續集》、《靈鬼志》、《全唐詩》「寒」作「明」。《唫蠆集》、《蟫精雋》、《升庵詩話》「駐」譌作「駝」，《吴都文粹續集》作「馳」。

〔一四〕漕漕奔淈淈　「漕漕」，《四庫》本及諸書除《豔異編》、《情史》皆作「嘈嘈」。「淈淈」，《豔異編》、《情史》作「泥泥」，誤。按：漕漕，水聲。淈淈，水涌出貌。

〔一五〕浪蹙波翻倒溟渤　「翻」《唫蠆集》、《蟫精雋》、《升庵詩話》、《吴都文粹續集》作「間」。「渤」《四庫》本、《小名録》、《唫蠆集》、《蟫精雋》、《升庵詩話》、《吴都文粹續集》、《豔異編》、《情史》、《靈鬼志》、《全唐詩》均作「渤」。按：「渤」同「渤」，渤海。《玉篇》水部：「渤，海别名也。」

〔一六〕颼飀　《吴都文粹續集》作「颼颼」。

〔一七〕鬼泣神悲低悉窣　「窣」原作「率」，據明鈔本、《廣記詳節》、《豔異編》、《情史》、《靈鬼志》改。按：據《廣韻》，此歌除「歇」、「發」、「月」屬入聲「月」韻，其餘均屬入聲「没」韻，係「月」、「没」二韻通押。「窣」屬「没」韻，而「率」字所律切，屬「質」韻。《小名録》、《合刻三志》作「鬼哭神悲任悉窣」，《唫蠆集》、《升庵詩話》作「鬼哭神悲秋悉窣」，《蟫精雋》作「鬼哭神悲秋悉率」，《吴都文粹續集》作「鬼哭神愁秋悉窣」，其《四庫》本則作「鬼哭神悲秋蟋蟀」，《全唐詩》作「鬼哭神悲秋窸窣」，校：「秋，一作『任』。」悉窣、悉率義同，象聲詞。

〔一八〕側　《小名録》、《唫囈集》、《升庵詩話》、《吴都文粹續集》、《合刻三志》、《雪窗談異》、《全唐詩》作「倒」，《蟫精雋》作「玉」。

〔一九〕當胸直戛騰秋鶻　「胸」原作「秋」，據黄校本、《四庫》本、《筆記小説大觀》本改。按：作「秋」本句字重。《小名録》、《唫囈集》、《蟫精雋》、《升庵詩話》、《吴都文粹續集》、《靈鬼志》、《全唐詩》「當胸」作「春雷」。「鶻」，《吴都文粹續集》作「鵰」，出韻，誤也。

〔二〇〕秦女　《蟫精雋》作「秦皇」，誤。按：秦女指秦穆公女弄玉，嫁仙人蕭史成仙。見《列仙傳》卷上《蕭史》。

〔二一〕我聞天寶年前事涼州未作西戎窟　《小名録》、《唫囈集》、《蟫精雋》、《升庵詩話》、《吴都文粹續集》、《靈鬼志》、《全唐詩》「年前事」作「十年前」，《吴都文粹續集》「涼」作「梁」，下同，並誤。按：涼州安史亂後没入吐蕃，非在天寶十年。《新唐書》卷二二《禮樂志》：「安禄山反，涼州、伊州、甘州皆陷吐蕃。」《豔異編》、《情史》「未作西戎窟」譌作「水西作城窟」。

〔二二〕麻衣左衽皆漢民　「左」原譌作「右」，據《豔異編》、《情史》改。按：《尚書·畢命》：「四夷左衽，罔不咸賴。」《吴都文粹續集》明鈔本譌作「麻女右枉皆漢成」。按：《四庫》本《升菴集》卷五九《胡琴婢勝兒》改作「安居樂業皆細氓」，《吴都文粹續集》改作「纖歌妙舞揚昇平」，皆爲四庫館臣以犯滿人諱所改。

〔二三〕不省胡塵蹔蓬勃　「省」，《豔異編》、《情史》作「幸」。「胡」，《四庫》本《蟫精雋》及《吴都文粹續集》改作「烟」，《全唐詩》改作「沙」。「蓬」《廣記詳節》、《升庵詩話》、《靈鬼志》作「逢」。逢，通「蓬」。《吴都文粹續集》譌作「遲」。

〔二四〕狂胡亂　《吴都文粹續集》「亂」譌作「辭」。《四庫》本《蟫精雋》改作「狂寇亂」，《吴都文粹續集》改作「兵戈興」，《全唐詩》改作「狂奴亂」。

〔二五〕犬豕崩騰恣唐突　《升庵詩話》、《豔異編》、《吴都文粹續集》、《情史》「崩」作「奔」。《四庫》本《蟫精雋》改作「兵馬崩騰恣搪突」，《吴都文粹續集》改作「汗血奔騰恣唐突」。

〔二六〕一朝漢民没爲虜　《啽囈集》、《升庵詩話》、《吴都文粹續集》作「海内漢民皆入虜」。《四庫》本《蟫精雋》改作「海内士民皆被虜」，《四庫》本《吴都文粹續集》改作「海内臣民皆鼎沸」，《全唐詩》改作「漢士民皆没殊域」，校：「漢士民皆」「一作『一朝漢民』」。

〔二七〕咽嗢　《四庫》本、《小名録》、《合刻三志》、《雪窗談異》、《全唐詩》作「嗢咽」。按：嗢，今音「襪」，《廣韻》云烏没切，咽也，屬入聲「黠」韻及「没」韻。咽嗢，哽咽，抽泣。元稹《元氏長慶集》卷二四《縛戎人》：「華茵重席臥腥臊，病犬愁鴣聲咽嗢。」《松陵集》卷三皮日休《桃花塢》：「敲竹鬭錚摐，弄泉争咽嗢。」「咽」則屬入聲「屑」韻。嗢咽，意近咽嗢。《松陵集》卷一陸龜蒙《奉酬襲美先輩吴中苦雨一百韻見寄》：「低頭增歎詫，到口復嗢咽。」《豔異編》、《情史》、《唐人説薈》、《龍威秘書》、《晉唐小説六十種》作「嗚咽」，《蟫精雋》作「咽噎」。

〔二八〕時看漢月望漢天　《小名録》、《合刻三志》「天」作「民」。《四庫》本《吴都文粹續集》改作「時看明月望青天」。

〔二九〕怨氣衝星成彗孛　「成」字原脱，汪校本據明鈔本補。孫校本、《廣記詳節》、《唫囈集》、《升庵詩話》、《吴都文粹續集》亦作「成」。《四庫》本、《合刻三志》、《雪窗談異》「星」作「雲」，《四庫全書考證》卷七二：「『怨氣衝雲成彗孛』，刊本『雲』訛『星』，脱『成』字，『彗』訛『慧』，並據《纂異記》增改。」所據不詳。《小名録》「星」作「聲」。《蟫精雋》「怨」作「怒」。

〔三〇〕挽粟推車徒矻矻　「粟」，《豔異編》、《情史》作「索」。「矻矻」，《小名録》、《唫囈集》、《蟫精雋》、《升庵詩話》、《吴都文粹續集》、《靈鬼志》、《全唐詩》作「兀兀」。《四庫》本《吴都文粹續集》「徒矻矻」作「寧復邮」。

〔三一〕奏涼州曲　《唫囈集》、《升庵詩話》「奏」作「撥」，《蟫精雋》、《吴都文粹續集》作「撥梁州曲」。

〔三二〕魂　《唫囈集》、《蟫精雋》、《升庵詩話》、《吴都文粹續集》、《全唐詩》作「神」。

〔三三〕向　《吴都文粹續集》作「得」。

〔三四〕落泊草扎　「泊」原譌作「洎」，據《廣記詳節》改。落泊，灑脱之謂。《四庫》本、《豔異編》、《情史》、《唐人説薈》、《龍威秘書》作「筆」。《小名録》、《姬侍類偶》、《合刻三志》、《雪窗談異》作「落魄」。《四庫》本、《小名録》、《姬侍類偶》、《豔異編》、《情史》、《靈鬼志》「扎」作「札」，按：「扎」乃「札」之俗字。

〔三五〕妬色形於坐中　「中」原作「王」，連下讀，據明鈔本、孫校本、《廣記詳節》、《小名録》、《姬侍類偶》、《合刻三志》、《雪窗談異》改。《豔異編》、《情史》、《唐人説薈》、《龍威秘書》、《晉唐小説六十種》作「怒色形於面生」,「生」連下讀,劉生也。

〔三六〕面破　原作「首」,據明鈔本、孫校本、《廣記詳節》、《小名録》、《姬侍類偶》、《靈鬼志》改。《豔異編》、《情史》作「破」。

按:本篇載入《豔異編》卷二二、《情史類略》卷九,分别題《劉景復》、《勝兒》。又《合刻三志》志鬼類、《雪窗談異》卷八、《唐人説薈》第十六集、《龍威秘書》四集《晉唐小説暢觀》、《晉唐小説六十種》之《靈鬼志》(託名唐常沂撰),中亦有《勝兒》。

宋无《啽囈集·胡琴婢勝兒》,《吴郡文粹續集》據以引用。詩云:「吴俗祈恩泰伯祠,争圖輿馬獻新奇。大王三讓周天下,翻受《胡琴》寵勝兒。」《吴郡文粹續集》「大王」作「文王」,「受」作「愛」,誤也。

歌云「河湟咫尺不能收」,河湟指黄河、湟水流域。《新唐書》卷二一六下《吐蕃傳下》:「湟水出蒙谷,抵龍泉,與河合。……故世舉謂西戎地曰河湟。」河湟泛言涼州、鄯州、河州等廣大地區,安史之亂後陷入吐蕃,大中三年(八四九)收復。《舊唐書》卷一八下《宣宗紀》載:「(大中三年)十二月,追謚順宗曰至德大聖大安孝皇帝,憲宗曰昭文章武大聖孝皇帝。初以河湟收復,百寮請加徽號,帝曰:『河湟收復,繼成先志,朕欲追尊祖宗,以昭功烈。』」《資治通鑑》卷二四八大中三年:「閏十一月丁酉,宰相以克復河湟,請上尊號。上曰:『憲宗常有志復河湟,以中原方用兵,未遂而崩,今乃克成先志耳。』」實際宣宗三年只是收復部分州郡，《資治通鑑》卷二四九載：「（大中五年十月）張義潮發兵，略定其旁瓜、伊、西、甘、肅、蘭、鄯、河、岷、廓十州，遣其兄義澤奉十一州圖籍入見。」注：「十州并沙州爲十一州。」張義潮乃沙州刺史。

張生

有張生者，家在汴州中牟縣東北赤城坂。以饑寒，一旦別妻子遊河朔，五年方還。自河朔還汴州，晚出鄭州門，到板橋，已昏黑矣。乃下道，取陂中逕路而歸。忽於草莽中，見燈火熒煌，賓客五六人，方宴飲次。生乃下驢以詣之，相去十餘步，見其妻亦在坐中，與賓客語笑方洽。生乃蔽形於白楊樹間以窺之，見有長鬚者持盃：「請措大夫人歌。」

生之妻，文學之家，幼學詩書〔一〕，甚有篇詠。欲不爲唱，四座勤請，乃歌曰：「歎衰草，絡緯聲切切。良人一去不復還，今夕坐愁鬢如雪。」長鬚云：「勞歌一盃。」飲訖，酒至白面年少，復請歌，張妻曰：「一之謂甚，其可再乎？」長鬚持一籌筯云：「請置觥，有拒請歌者，飲一鍾。歌舊詞中笑語，准此罰。」于是張妻又歌曰：「勸君酒，君莫辭。落花徒繞〔二〕枝，流水無返期。莫恃少年時，少年能幾時。」酒至紫衣者，復持盃請歌。張妻不悅，沉吟良久，乃歌曰：「怨空閨，秋日亦難暮。夫壻斷音書，遙天雁空度。」酒至黑衣胡人，復請歌。張妻連唱三四曲，聲氣不續，沉吟未唱間，長鬚抛觥云：「不合推辭。」乃酌一鍾，張妻涕泣而飲，復唱送胡人酒，曰：「切切夕風急，露滋庭草濕。良人去不回，焉知掩閨泣。」又唱酒至綠衣少年，持盃曰：「夜已久，恐不得從容，即當暌索，無辭一曲，便望歌之。」又唱云：「螢火穿白楊，悲風入荒草。疑是夢中遊，愁迷故園道。」酒至張妻，長鬚歌以送之，曰：「花前始相見，花下又相送。何必言夢中，人生盡如夢。」酒至紫衣胡人，復請歌云：「須有艷意。」張妻低頭未唱間，長鬚又抛一觥。於是張生怒，捫足下得一瓦，擊之，中長鬚頭。再發一瓦，中妻額，闃然無所見。張君謂其妻已卒，慟哭連夜而歸。

及明至門，家人驚喜出迎。張君〔三〕問其妻，婢〔四〕僕曰：「娘子夜來頭痛。」張君入室，問其妻病之由，曰：「昨夜夢草莽之處，有六七人，遍令飲酒，各請歌，孥〔五〕凡歌六七曲，有長鬚者頻抛觥。方飲次，外有發瓦來，第二中孥額。因驚覺，乃頭痛。」張君因知昨夜所見，乃妻夢也。（中華書局版汪紹楹點校本《太平廣記》卷二八二《夢七·夢遊下》引《纂異記》）

〔一〕幼學詩書　明鈔本「書」作「禮」。《太平廣記詳節》卷二五，明陸楫等編《古今説海》説淵部別傳三、《五朝小説·唐人百家小説》紀載家、《重編説郛》弓一一五、《合刻三志》志夢類、《雪窗談異》卷一、《唐人説薈》第九集、《龍威秘書》四集、蟲天子《香豔叢書》七集卷四、《晉唐小説六十種》之《夢遊録·張生》及《豔異編》卷二三《夢遊部·張生》作「幼習詩禮」。

〔二〕繞　《廣記詳節》作「撓」。

〔三〕張君　原作「君」，《四庫》本作「張」，據明鈔本、《廣記詳節》、《説海》、《豔異編》、《唐人百家小説》、《重編説郛》、《合刻三志》、《雪窗談異》、《唐人説薈》、《龍威秘書》、《香豔叢書》、《晉唐小說六十種》補「張」字。

〔四〕婢　《廣記詳節》作「奴」。

〔五〕孥　《唐人説薈》、《龍威秘書》、《香豔叢書》、《晋唐小説六十種》作「奴」。下同。按：孥，通「奴」。

按：《古今説海》説淵部别傳三有《夢遊録》，不著撰人，六篇，全取自《太平廣記》卷二八一、卷二八二《夢遊》，而合爲一書。中第五篇即《張生》。《夢遊録》後又收入明鍾人傑等編《唐宋叢書》載籍、《合刻三志》志夢類、《五朝小説·唐人百家小説》紀載家、《重編説郛》弓一一五、《雪窗談異》卷一、《唐人説薈》第九集、《龍威秘書》四集、清蟲天子編《香豔叢書》七集卷四、《晋唐小説六十種》等，並妄題唐任蕃撰。《豔異編》卷二三《夢遊部》亦取入此六篇，不著撰人。

此作構思頗類白行簡《三夢記》劉幽求事及薛漁思《河東記·獨孤遐叔》（《太平廣記》卷二八一引）。今將二事引録於下：

《三夢記》（《説郛》卷四）：

天后時，劉幽求爲朝邑丞，常奉使夜歸。未及家十餘里，適有佛堂院，路出其側。聞寺中歌笑歡洽，寺垣短缺，盡得覩其中。劉俯身窺之，見十數人，兒女雜坐，羅列盤饌，環繞之而共食。見其妻在坐中語笑，劉初愕然，不測其故。久之，且思其不當至此，復不能捨之。又熟視容止言笑無異，將就察之，寺門閉，不得入。劉擲瓦擊之，中其罍洗，破迸走散，因忽不見。劉踰垣直入，與從者同視，殿廡皆無人，寺扃如故。劉訝益甚，遂馳歸。比至其家，妻方寢。聞劉至，乃叙寒暄訖。妻笑曰：「向夢中與數十人同遊一寺，皆不相識，會食於殿庭。有人自外以瓦礫投之，杯盤狼藉，因而遂覺。」劉亦具陳其見。蓋所謂彼夢有所往而此遇之也。

《河東記·獨孤遐叔》：

貞元中，進士獨孤遐叔，家于長安崇賢里，新娶白氏女。家貧下第，將遊劍南，與其妻訣曰：「遲可周歲歸矣。」遐叔至蜀，羈棲不偶，逾二年乃歸。至鄠縣西，去城尚百里，歸心迫速，取是夕及家，趨斜徑疾行。人畜既殆，至金光門五六里，天已暝，絶無逆旅，唯路隅有佛堂，遐叔止焉。時近清明，月色如晝，繫驢于庭外。入空堂中，有桃杏十餘株。夜深，施衾幬於西窗下，偃卧。方思明晨到家，因吟舊詩曰：「近家心轉切，不敢問來人。」至夜分不寐，忽聞牆外有十餘人相呼聲，若里胥田叟，將有供待迎接。須臾，有夫役數人，各持畚鍤箕箒，于庭中糞除訖，復去。有頃，又持牀席、牙盤、蠟炬之類，及酒具、樂器，闐咽而至。遐叔意謂貴族賞會，深慮爲其斥逐，乃潛伏屏氣，於佛堂梁上伺之。鋪陳既畢，復有公子、女郎共十數輩，青衣、黄頭亦十數人，步月徐來，言笑宴宴。遂于筵中間坐，獻酬縱横，履舄交錯。中有一女郎，憂傷摧悴，側身下坐，風韻若似遐叔之妻。窺之大驚，即下屋栿，稍於暗處，迫而察焉，乃真是妻也。方見一少年，舉盃矚之曰：「一人向隅，滿坐不樂。小人竊不自量，願聞金玉之聲。」其妻冤抑悲愁，若無所控訴，而强置於坐也。遂舉金爵，收泣而歌曰：「今夕何夕，存耶没耶？良人去兮天之涯，園樹傷心兮三見花。」滿座傾聽，諸女郎轉面揮涕。一人曰：「良人非遠，何天涯之謂乎？」少年相顧大笑。遐叔驚憤久之，計無所出，乃就階陛間，捫一大磚，向坐飛擊。磚纔至地，悄然一無所有。遐叔悵然悲惋，謂其妻死矣。速駕而歸，前望其家，步步悽咽。比平明，至其所居，使蒼頭先入，家人並無恙。遐叔乃驚愕，疾走入門，青衣報娘子夢魘方寤。遐叔至寢，妻卧猶未興，良久乃曰：「向夢與姑妹之黨，相與翫月，出金光門外，向一野寺。忽爲凶暴者數十輩，脇與雜坐飲酒。」又説夢中聚會言語，與遐叔所見並同。又云：「方飲次，忽見大磚飛墜，因遂驚魘殆絶，纔寤而君至，豈幽憤之所感耶？」

蔣琛

霅〔一〕人蔣琛，精熟二經，常教授於鄉里。每秋冬，於霅溪、太湖中流，設網罟以給食。既在四常〔二〕獲巨龜，以其質狀殊異，乃顧而言曰：「雖入余且〔三〕之網，俾免刳腸之患。既在四靈之列，得無愧於鄙叟乎？」乃釋之。龜及中流，凡返顧六七。後歲餘，一夕風雨晦冥，聞波間洶洶〔四〕聲，則前之龜扣舷人立而言曰：「今夕太湖、霅溪、松江神境會，川瀆諸長，亦聞應召，開筵解榻，密邇漁舟。以足下淹滯此地，持網且久，纖鱗細介，苦於數網，脱禍之輩，常貯懇誠，恐水族乘便，得肆胸臆。昔日恩遇，常貯〔五〕懇誠，由斯而來，冀答萬一。能退咫尺以遠害乎？」琛曰：「諾。」遂於安流中，纜舟以伺焉。

未頃〔六〕，有龜鼉魚鱉，不可勝計，周匝二里餘。蹙波爲城，遏浪爲地，闢三門，坦〔七〕通衢。異怪千餘，皆人質螭首，執戈戟，列行伍，守衛如有所待。續有蛟蜃數萬〔八〕，東西馳來，乃嘘氣爲樓臺，爲瓊宫珠殿，爲歌筵舞席，爲坐榻裀褥，頃刻畢備。其尊〔九〕罍器皿玩用之物，皆非人世所有。又有神魚數百，吐火珠，引甲士百餘輩，擁青衣黑冠者，由霅溪南津而出。復見水獸亦數百，銜耀〔一〇〕，引鐵騎二百餘，擁朱衣赤冠者，自太湖中流而來。至城門，下馬交拜。溪神曰：「一不展覿，五紀于兹。雖魚鴈不絶，而笑言久曠，勤企盛德，哀腸惄然。」湖神曰：「我心亦如之。」揖讓次，有老蛟前唱曰：「安流王〔一一〕上馬。」於是二神立候焉。則有衣虎豹之衣，朱其額，青〔一二〕其足，執蠟炬，引旌旗戈甲之卒，凡千餘，擁紫衣朱冠者，自松江西派〔一三〕而至。二神迎於門，設禮甚謹。敘暄涼竟，江神曰：「此去〔一四〕有將爲宰執者北渡，而神貌未揚，行李甚艱。恐神不識不知，事須帖〔一五〕屏翳收風，馮夷息浪。斯亦上帝素命，禮宜躬親。候吾子清塵〔一六〕，得免舉罰否。然竊於水濱拉得范相國來，足以補其尤矣。」乃有披褐者，仗劍而前，溪、湖神曰：「欽奉實久。」范君曰：「涼德未泯，吴人懷恩，立祠於江瀆〔一七〕，春秋設薄祀。爲村醪所困，遂爲江公驅來。唐突盛筵，益增慙慄〔一八〕。」於是揖讓入門。

既即席，則〔一九〕有老蛟前唱曰：「湘王去城二里。」俄聞軿闐車馬聲，則有緑衣玄冠者，氣貌甚偉，驅殿亦百餘。既升階，與三神相見，王〔二〇〕曰：「適輒與汨羅屈副使俱來。」乃有服飾與容貌慘悴者，傴僂而進。方即席，范相笑謂屈原曰：「被放逐之臣，負波濤之困，讒痕謗跡，骨銷未滅，何慘面目，更獵其盃盤？」屈原曰〔二一〕：「湘江之孤魂，魚腹之餘肉，焉敢將喉舌酬對相國乎？然吾聞穿七札之箭〔二二〕，不射籠中之鳥；剸洪鍾之劍，不剸几上之肉〔二三〕。且足下亡吴霸越，功成身退，逍遥〔二四〕于五湖之上，輝焕於萬古之後。故鄙夫竊仰重德盛名〔二五〕，不敢以常意奉待〔二六〕。何今日戲謔於綺席，恃意氣於放臣，則何異射病鳥於籠中，剸腐肉於几上？竊於君子惜金鏃與利刃也。」於是湘神動色，命酒罰范君。

君將飲，有女樂數十輩，皆執所習於舞筵。有俳優揚言曰：「皤皤美女，唱《公無渡河歌》。」其詞曰：「濁波揚揚〔二七〕兮凝曉霧，公無渡河兮公竟〔二八〕渡。風號水激〔二九〕兮呼不聞，提衣〔三〇〕看入兮中流去。浪排衣兮隨步没〔三一〕，沈屍深入兮蛟螭窟。蛟螭盡醉兮君血乾，推出黄沙兮泛君骨。當時君死兮〔三二〕妾何適，遂就波瀾〔三三〕兮合魂魄。願持精衛銜石心，窮取河源〔三四〕塞泉脉。」歌竟，俳優復揚言曰〔三五〕：「謝秋娘舞《採桑曲》。」凡十餘疊，曲韻哀怨。

舞未竟，外有〔三六〕宣言：「申徒先生從河上來，徐處士與鴟夷君自海濱至。」乃隨導而入。江、溪、湘、湖，禮接甚厚。屈大夫曰：「子非蹈雍〔三七〕、抱石、抉眼之徒與？」對曰：「然。」屈曰：「余得朋矣。」於是朱絃雅張，清管徐奏，酌瑶觥，飛玉觴，陸海珍味，靡不臻極。舞竟，俳優又揚言：「曹娥唱《怨江波》。」凡五疊，琛所記者唯三，其詞云：「悲風淅淅兮波緜緜，蘆花萬里兮凝蒼煙。虬螭窟宅兮淵且玄，排波疊浪兮沈我天。所覆不全兮身寧全，溢眸恨血兮徒漣漣。誓將柔荑抉〔三八〕鋸牙之喙，空水府而藏其腥涎。青娥翠黛兮沈江壖，碧雲斜月兮空嬋娟。呑聲飲恨兮語無力，徒揚哀怨兮登歌筵。」歌竟，四座爲之慘容。

江神把酒，太湖神起舞作歌，曰：「白露溥〔三九〕兮西風高，碧波萬里兮翻洪濤。莫言天下至柔者，載舟覆舟皆我曹。」江神傾盃，起舞作歌，曰：「君不見夜來渡口擁千艘，中載萬姓之脂膏。當樓船泛泛於疊浪，恨珠貝又輕於鴻毛。又不見朝〔四〇〕來津亭維一舠，中有一士青其袍。赴〔四一〕辛邑之良日，任波吼而風號。是知溺名溺利者，不免爲水府之腥臊。」湘王持盃，霅溪神歌曰：「山勢縈迴水脈分，水光山色翠連雲。四時盡入詩人詠，役殺吴興柳使君。」酒至霅〔四二〕溪神，湘王歌曰：「渺渺煙波接九嶷〔四三〕，幾人經此泣江蘺〔四四〕。年年緑水青山色，不改重華南狩時。」

於是范相國獻《境會夜宴》詩，曰：「浪闊波澄〔四五〕秋氣涼，沈沈〔四六〕水殿夜初長。自憐休退五湖客，何幸追陪百谷王。香裊碧雲飄綺〔四七〕席，觥飛白玉灧〔四八〕椒漿。酒酣獨泛扁舟去，笑入琴高不死鄉。」徐衍處士獻《境會夜宴并簡范》詩，曰：「珠光龍耀火燑燑，夜接朝雲〔四九〕宴渚宫。鳳管清吹淒極浦，朱絃閒奏冷秋空。論心幸遇同歸友〔五〇〕，揣分慙無輔佐功。雲雨各飛真境後，不堪波上起悲風。」

屈大夫左持盃，右擊盤，朗朗〔五一〕作歌曰：「鳳鶱鶱以降瑞兮，患山雞之雜飛。玉温温以呈器兮，因碔砆之争輝。當侯〔五二〕門之四闢兮，墐〔五三〕嘉謨之重扉。既瑞器而無庸〔五四〕兮，宜〔五五〕昏暗之相微。徒剡石以爲舟兮，顧沿流而志違〔五六〕。將刻木而作羽兮，與超騰之理非。矜孑孑於空闊〔五七〕兮，靡群援之可依〔五八〕。血淋淋而滂流兮，顧江魚之腹而將歸。西風蕭蕭兮湘水悠悠，白芷芳歇兮江蘺秋。日晼晼〔五九〕兮川雲收，棹歌〔六〇〕四起兮悲風幽。羈魂〔六一〕汩没兮我名永浮，碧波雖涸兮厥譽長流。向使甘言順〔六二〕行于曩昔，豈今日居君王之座頭？是知貪名徇禄而隨世磨滅者，雖正寢而死兮，無得與吾儔。當鼎足之嘉會兮，獲周旋於君侯。雕盤玉豆兮羅珍羞，金卮瓊〔六三〕斝兮方獻酬。敢寫心兮歌一曲，無誚余持盃以淹留。」

申徒先生〔六四〕獻《境會夜宴》詩，曰：「行殿秋未晚，水宫風初涼。誰言此中夜，得接朝宗行。靈鼉振鼙鼓，神龍耀煌煌。紅樓壓波起，翠幄連雲張。玉簫冷吟風〔六五〕，瑶瑟清含商〔六六〕。賢臻江湖叟，貴列川瀆王。諒予衰俗人，無能振〔六七〕穨綱。分辭昏〔六八〕亂世，樂寐蛟螭鄉。棲遲幽島間，幾見波成桑。爾來盡流俗，難與傾壺觴。今日登華筵，稍覺神揚揚。方歡〔六九〕滄浪侣，遽恐白日光。海人瑞錦前，豈敢言文章？聊歌靈境會，此會誠難忘。」

鴟夷君銜盃作歌曰：「雲集大野兮血波洶洶，玄黄交戰兮吴無全壟〔七〇〕。既霸業之將墜〔七一〕，宜嘉謨之不從。國步顛蹶兮吾道遘凶，處鴟夷之大困〔七二〕，入淵泉之九重。上帝愍余之非辜兮，俾大江鼓怒其冤蹤。所以鞭浪山而疾驅波岳，亦粗足展余拂〔七三〕鬱之心胷。當靈境之良宴兮，謬尊俎之相容。擊簫鼓兮撞歌鍾，吴謳越舞兮歡未極，遽軍城曉鼓之鼙。願保上善之柔德，何行樂之地兮難相逢。」

歌終，霅郡城樓早鼓絶，洞庭山寺晨鍾鳴。而飄風勃興，玄雲四起，波間車馬，音猶合沓〔七四〕。頃之，無所見。曙色既分，巨黿復延首於中流，顧眄琛而去。（中華書局版汪紹楹點校本《太平廣記》卷三〇九《神十九》引《集異記》，明鈔本作《纂異記》）

〔一〕霅　明鈔本、孫校本、《虞初志》卷八《蔣琛傳》作「吴」。按：霅，指唐代湖州烏程縣（今浙江湖州市），境内有霅溪。霅溪，苕溪下游。由苕溪（西苕溪）、餘不溪（東苕溪）、前溪、北流水匯流而成，北流入太湖。吴，吴縣，唐爲蘇州治所，即今江蘇蘇州市。後文云霅郡，即指湖州。作「吴」誤。

〔二〕常　《四庫》本、《虞初志》作「嘗」。常，通「嘗」。

〔三〕余且　《四庫》本作「豫且」。按：豫且見西漢劉向《説苑・正諫》及《史記》卷一二八《龜策列傳》褚先生補。《説苑》載豫且射魚（白龍所化），非網黿也。《史記》載：「宋元王二年，江使神黿使于河，至於泉陽，漁者豫且舉網得而囚之，置之籠中。夜半，黿來見夢於宋元王曰：『我爲江使於河，而幕網當吾路。泉陽豫且得我，我不能去。身在患中，莫可告語。王有德義，故來告訴。』元王惕然而悟。……」宋末王應麟《困學紀聞》卷一〇《地理》云：「豫且事有二。」引《説苑》及《史記・黿策傳》褚先生曰。豫且網黿先見於《莊子・外物》，作「余且」。云：「宋元君夜半而夢人被髮闚阿門，曰：『予自宰路之淵，予爲清江使河伯之所，漁者余且得予。』元君覺，使人占之，曰：『此神龜也。』君曰：『漁者有余且乎？』左右曰：『有。』君曰：『令余且會朝。』明日，余且朝，君曰：『漁何得？』對曰：『且之網得白龜焉，箕圓五尺。』君曰：『獻若之龜。』龜至，君再欲殺之，再欲活之，心疑。卜之曰：『殺龜以卜吉。』乃刳龜，七十二鑽，而無遺筴。仲尼曰：『神龜能見夢於元君，而不能避余且之網。知能七十二鑽，而無遺筴，不能避刳腸之患。如是，則知有所困，神有所不及也。』北魏酈道元《水經注》卷二四《睢水》：「昔宋元君夢江使乘輜車，被繡衣，而謁于元君，元君感衛平之言，而求之于泉陽男子余且，獻神龜于此矣。」本《史記》而亦作「余且」。四庫館臣妄改，不明典故也。

〔四〕波間洶洶　明鈔本作「波濤洶湧」。

〔五〕常貯　孫校本、《虞初志》「貯」作「懷」。明鈔本作「恒思」。

〔六〕未頃　明鈔本作「少頃」。按：未頃即少頃。

〔七〕坦　原作「垣」，據《虞初志》改。

〔八〕萬　原作「十」，據明鈔本、《虞初志》改。

〔九〕尊　陳校本作「罇」。按：尊、罇一義，又作「樽」，酒器也。

〔一〇〕銜耀　明鈔本、孫校本「銜」作「衝」。陳校本作「衛耀」，《虞初志》作「衝躍」。按：觀上下文「吐火珠」、「執蠟炬」之語，作「銜耀」爲是。銜耀，口中含物發光照耀也。

〔一一〕安流王　陳校本作「長沙王」。按：此爲松江神，不得稱「長沙王」，陳校本誤。

〔一二〕青　陳校本作「白」。

〔一三〕派　原譌作「泒」，據《四庫》本及明凌性德刊七卷本《虞初志》卷七《蔣氏傳》改。泒，音「古」，古水名。八卷本《虞初志》作「江」。

〔一四〕此去　陳校本作「明日」。

〔一五〕帖　《四庫》本作「詔」。按：帖，用如動詞，指令。

〔一六〕候吾子清塵　「候」明鈔本、《虞初志》作「後」。陳校本作「候後君清塵」。

〔一七〕瀆　明鈔本、陳校本作「濱」。按：瀆，水濱。

〔一八〕慄　明鈔本、八卷本《虞初志》作「懍」，陳校本作「悚」。

〔一九〕則　明鈔本作「又」。

〔二〇〕王　此字原無，據明鈔本補。

〔二一〕屈原曰　《四庫》本作「原正色曰」，《太平廣記鈔》卷五三《江湖溪三神》作「屈大夫曰」。按：「屈原曰」三字談愷刻本本（以下省稱談刻本）闕，汪校本據明鈔本、陳校本補。孫校本亦作「屈原曰」。《四庫》本及《廣記鈔》皆以意自補。

〔二二〕然吾聞穿七札之箭　「吾」原譌作「無」，據明鈔本、黃校本、《四庫》本、《筆記小説大觀》本及《虞初志》改。「然」《廣記鈔》作「雖然」。「札」八卷本《虞初志》作「湘」。按：札，甲之葉片。七札指七層鎧甲。《左傳》成公十六年：「潘尪之黨，與養由基蹲甲而射之，徹七札焉。」作「湘」譌。

〔二三〕几上之肉 《虞初志》「几」作「机」，八卷本下文同，七卷本則譌作「杌」。按：几，几案。机，砧板。几上肉、机上肉，意同。《三國志》卷一《魏書·文帝紀》黄初四年裴松之注引《魏書》：「又爲地道攻城，城中外雀鼠不得出入，此几上肉耳。」《三國志》卷二一《魏書·吴質傳》裴注引《吴質别傳》：「質案劍曰：『曹子丹，汝非屠几上肉，吴質吞爾不摇喉，咀爾不摇牙，何敢恃勢驕邪？』」「几」一本作「机」。《新唐書》卷一二〇《桓彦範傳》：「三思机上肉爾，留爲天子藉手。」

〔二四〕逍遥 明鈔本作「遨遊」，八卷本《虞初志》作「立筵」。

〔二五〕重德盛名 明鈔本、《虞初志》無「德盛」二字，陳校本無「重德」二字。

〔二六〕不敢以常意奉待 《虞初志》七卷本「待」作「侍」。明鈔本作「不敢以當盛意奉待」，八卷本《虞初志》同，唯「待」作「侍」。

〔二七〕揚揚 北宋郭茂倩《樂府詩集》卷二六王叡《公無渡河》、《永樂琴書集成》卷一一《箜篌引》引《炙轂子》（唐王叡撰）、《全唐詩》卷一九及卷五〇五王叡《公無渡河》作「洋洋」。按：《永樂琴書集成》引《炙轂子》曰：「太（按：當作『大』）中初《纂異録》中有《公無渡河歌》曰……」，《炙轂子》所引實出本篇，《樂府詩集》撰人署爲王叡大誤。

〔二八〕竟 《樂府詩集》、《琴書集成》、《全唐詩》卷一九作「苦」。

〔二九〕激 《全唐詩》卷五〇五校：「一作濄。」按：「濄」同「活」，水流聲。

〔三〇〕提衣 《樂府詩集》、《琴書集成》、《全唐詩》卷一九及卷五〇五作「提壺」。

〔三一〕浪排衣兮隨步没　《樂府詩集》、《全唐詩》卷一九及卷五〇五作「浪擺衣裳兮隨步没」，《琴書集成》作「浪擺衣裳兮隨没」。

〔三二〕兮　《樂府詩集》、《琴書集成》、《全唐詩》卷一九及卷五〇五無此字，下句「兮」字亦同。按：結末二句無「兮」字，疑前二句當亦無，蓋以七絶收束也。

〔三三〕瀾　《樂府詩集》、《全唐詩》卷五〇五作「濤」。

〔三四〕窮取河源　「取」字原闕，汪校本據陳校本補。黄校本作「窮兮河源」，《四庫》本、《筆記小説大觀》本、《廣記鈔》作「窮河源兮」。《四庫全書考證》卷七二：「『願持精衛銜石心，窮河源兮塞泉脉』，刊本『兮』字訛在『窮』字下，今改。」按：《四庫》本《廣記》底本爲談刻本，又以黄校本校改。此言刊本實係黄校本。《全唐詩》卷八六四水神《霅溪夜宴詩》「取」作「斷」。按：補「兮」補「斷」，皆屬妄補，此詩末二句皆爲七字句。

〔三五〕曰　此字原無，據明鈔本補。

〔三六〕有　明鈔本作「又」。

〔三七〕蹈雍　「雍」字原作「甕」。按：《史記》卷八三《鄒陽列傳》：「是以申徒狄自沈於河。」裴駰《集解》：「《漢書音義》曰殷之末世人。」司馬貞《索隱》：「《莊子》：申徒狄諫而不用，負石自投於河。韋昭云六國時人。《漢書》云自沈於雍河。服虔云雍州之河也。又《新序》作抱甕自沈於河，不同也。」（按：今本《新序·節士》作「遂負石沈于河」。）《文選》卷三九鄒陽《獄中上書自明》："是以申徒狄蹈雍之河。"李善注："《爾雅》曰：水自河出爲雍。言狄先蹈雍而後入河也。"是則"甕"乃"雍"字之譌，據改。

〔三八〕抉 《虞初志》作"拔"。

〔三九〕溥 《四庫》本、七卷本《虞初志》、《廣記鈔》作"溥"。按：溥，露多貌。《詩經·鄭風·野有蔓草》："野有蔓草，零露漙兮。"毛傳："漙漙然盛多也。"溥，通"敷"，分布。

〔四〇〕朝 原作"潮"，據明鈔本、《虞初志》、《全唐詩》改。

〔四一〕赴 《虞初志》作"走"。

〔四二〕雪 此字原脱，據陳校本、《虞初志》補。

〔四三〕九嶷 《虞初志》作"九嶽"，誤。

〔四四〕江蘺 "蘺"原譌作"籬"，據《四庫》本、《全唐詩》改。下同。按：江蘺，香草名，又名蘼蕪。《楚辭補注·離騷》："扈江離與辟芷兮，紉秋蘭以爲佩。"注："江離、芷，皆香草名。……《文選》離作蘺。"

〔四五〕澄 《虞初志》作"城"。

〔四六〕沈沈 明鈔本作"沅沅"，誤。

〔四七〕綺 原作"几"，明鈔本、《虞初志》作"綺"。按："几"字平聲，此處當仄，"綺"正仄聲也，且與下句"椒"相對，據改。

〔四八〕灧　《虞初志》七卷本、《全唐詩》作「豔」。

〔四九〕雲　《虞初志》作「行」。

〔五〇〕同歸友　《虞初志》作「歸同友」。按：《文選》卷一三梁謝惠連《雪賦》：「馳遥思於千里，願接手而同歸。」

〔五一〕朗朗　明鈔本作「朗然」。

〔五二〕侯　《虞初志》作「後」，誤。

〔五三〕墐　明鈔本作「殣」。按：墐，用泥土塗塞。作「殣」誤。

〔五四〕庸　明鈔本、《虞初志》作「用」，義同。

〔五五〕宜　陳校本作「且」。

〔五六〕志違　《虞初志》作「我遺」。

〔五七〕闊　原空闕，汪校本據明鈔本、陳校本補。《虞初志》亦作「闊」。黄校本、《四庫》本、《筆記小説大觀》本補作「舉」，《全唐詩》補作「江」。

〔五八〕群援之可依　八卷本《虞初志》譌作「群授之可衣」。

〔五九〕畹畹　明鈔本作「畹晚」。按：畹畹、畹晚義同，日暮也。

〔六〇〕歌　此字原脱，據陳校本、《虞初志》補。

〔六一〕魂　明鈔本、陳校本、《虞初志》作「骸」。

〔六二〕順　《全唐詩》作「盛」，誤。

〔六三〕瓊　明鈔本、陳校本、《虞初志》作「瑶」。

〔六四〕申徒先生　「徒」原作「屠」，前文作「徒」，據改。按：申徒先生名申徒狄，見西漢韓嬰《韓詩外傳》卷一等，詳見附録。

〔六五〕玉簫冷吟風　「玉」明鈔本作「笙」。「風」原作「秋」，據明鈔本、陳校本、《虞初志》改。按：「秋」與下句「商」意重。商者，秋也。《虞初志》作「玉簫吟冷風」。

〔六六〕清含商　陳校本、《虞初志》作「含清商」。按：「清含商」與「冷吟風」相對。古樂府有《清商曲》。

〔六七〕振　明鈔本、陳校本、《虞初志》作「正」。

〔六八〕昏　原譌作「皆」，據明鈔本、陳校本、《虞初志》改。

〔六九〕歡　明鈔本、八卷本《虞初志》作「灌」。

〔七〇〕龍　明鈔本、《虞初志》作「龍」。

〔七一〕既霸業之將墜　明鈔本末有「兮」字。按：此句與下句「宜嘉謨之不從」相對，不當有「兮」。

〔七二〕處鴟夷之大困　明鈔本「大困」作「困兮」改。按：此句與下句「入淵泉之九重」相對，明鈔本誤。

〔七三〕拂　《虞初志》作「怫」。拂，通「怫」。

〔七四〕沓　《虞初志》作「咂」，當爲「匝」之譌字。

按：本篇《廣記》談刻本注出《集異記》，誤，明鈔本作《纂異記》，是也。《永樂琴書集成》卷一一《箜篌引》引《炙轂子》曰：「太（按：當作大）中初《纂異録》中有《公無渡河》，歌曰：『濁波洋洋兮凝曉霧……』」其歌正在本篇中。觀其命意詞采，亦正李玫風調。《虞初志》卷八採入，題《蔣琛傳》（目録作《蔣氏傳》），不著撰人。凌性德編刊七卷本，編在卷七，題《蔣氏傳》，署名唐張泌，妄也。《百川書志》、《寶文堂書目》著録《蔣琛傳》，《百川書志》云一卷，皆不著撰人，當據《虞初志》。

文中蔣琛所見種種歷史人物及傳説人物，今皆考釋如左：

范蠡，其事《國語》，《韓詩外傳》，《史記》，東漢趙曄《吴越春秋》，袁康、吴平《越絶書》等皆有記。范蠡乃越王句踐大夫，助越滅吴，而後退隱江湖。《史記》卷四一《越王句踐世家》載：

范蠡事越王句踐，既苦身戮力，與句踐深謀二十餘年，竟滅吴，報會稽之恥，北渡兵於淮以臨齊、晋，號令中國，以尊周室，句踐以霸，而范蠡稱上將軍。還反國，范蠡以爲大名之下，難以久居，且句踐爲人可與同患，難與處安，爲書辭句踐……乃裝其輕寶珠玉，自與其私徒屬乘舟浮海以行，終不反。於是句踐表會稽山以爲范蠡奉邑。范蠡浮海出齊，變姓名，自謂鴟夷子皮，耕于海畔，苦身戮力，父子治産。居無幾何，致産數十萬。齊人聞其賢，以爲相。范蠡喟然嘆曰：「居家則致千金，居官則至卿相，此布衣之極也。久受尊名，不祥。」乃歸相印，盡散其財，以分與知友鄉黨，而懷其重寶，閒行以去，止于陶，以爲此天下之中，交易有無之路通，爲生可以致富矣。於是自謂陶朱公，復約要父子耕畜，廢居，候時轉物，逐什一之利。居無何，則致貲累巨萬。天下稱陶朱公。

又卷一二九《貨殖列傳》載：

范蠡既雪會稽之恥，乃喟然而歎曰：「計然之策七，越用其五而得意。既已施於國，吾欲用之家。」乃乘扁舟浮於江湖，變名易姓，適齊爲鴟夷子皮，之陶爲朱公。朱公以爲陶天下之中，諸侯四通，貨物所交易也。乃治産積居，與時逐而不責於人。故善治生者，能擇人而任時。十九年之中三致千金，再分散與貧交疏昆弟。此所謂富好行其德者也。後年衰老而聽子孫，子孫脩業而息之，遂至巨萬。故言富者皆稱陶朱公。

《吴越春秋》卷一〇《勾踐伐吴外傳》載：

二十四年九月丁未，范蠡辭於王……范蠡曰：「臣聞君子俟時，計不數謀，死不被疑，内不自欺。臣既逝矣，妻子何法乎？王其勉之，臣從此辭。」乃乘扁舟，出三江，入五湖，人莫知其所適。

《越絶書》卷一四《越絶德序外傳記第十八》載：

昔者越王句踐困於會稽，歎曰：「我其不伯乎？」欲殺妻子，角戰以死。蠡對曰：「殆哉！王失計也，愛其所惡。且吴王賢不離，不肖不去。若卑辭以地讓之，天若棄彼，彼必許。」句踐曉焉，曰：「豈然哉！」遂聽，能以勝，越王句踐即得平吴。春祭三江，秋祭五湖，因以其時爲之立祠，垂之來世，傳之萬載。……夫差狂惑，賊殺子胥；句踐至賢，種曷爲誅？范蠡恐懼，逃于五湖。

范蠡祠有多處。《水經注》卷三一《淯水》：

淯陽……城側有范蠡祠。蠡，宛人，祠即故宅也。（按：宛即今河南南陽市。）

《太平寰宇記》卷一四二《鄧州·穰縣》：

范蠡祠，即蠡之故宅地也。蠡死後，三户人迄今祀之，今祠甚嚴。（按：穰縣即今河南鄧州市。）

南宋施宿等《嘉泰會稽志》卷八《寺院·諸暨縣》：

有范蠡祠，相傳云范蠡宅也。

《吴郡志》卷一三《祠廟下》：

三高祠，在吴江縣垂虹橋南，即王氏臞庵之雪灘也。……三高者，范蠡、張翰、陸龜蒙也。此祠人境俱勝，名聞天下。

又卷三〇《土物下》引《地理志》：

海杏，大杏也。范蠡宅在湖中，有海杏大如拳。

屈原，《史記》卷八四《屈原列傳》云：

屈原者，名平，楚之同姓也。爲楚懷王左徒。博聞彊志，明於治亂，嫻於辭令。入則與王圖議國事，以出號令；出則接遇賓客，應對諸侯。王甚任之。上官大夫與之同列，爭寵而心害其能。懷王使屈原造爲憲令，屈平屬草稾，未定。上官大夫見而欲奪之，屈平不與，因讒之曰：「王使屈平爲令，衆莫不知，每一令出，平伐其功，以爲非我莫能爲也。」王怒而疏屈平。屈平疾王聽之不聰也，讒諂之蔽明也，邪曲之害公也，方正之不容也，故憂愁幽思而作《離騷》。離騷者，猶離憂也。……屈平既嫉之，雖放流，睠顧楚國，繫心懷王，不忘欲反，冀幸君之一悟，俗之一改也。其存君興國而欲反覆之，一篇之中三致志焉。然終無可柰何，故不可以反，卒以此見懷王之終不悟也。……懷王以不知忠臣之分，故內惑於鄭袖，外欺於張儀，疏屈平而信上官大夫、令尹子蘭。……令尹子蘭聞之大怒，卒使上官大夫短屈原於頃襄王，頃襄王怒而遷之。屈原至於江濱，被髮行吟澤畔。顏色憔悴，形容枯槁。漁父見而問之曰：「子非三閭大夫歟？何故而至此？」屈原曰：「舉世混濁而我獨清，衆人皆醉而我獨醒，是以見放。」漁父曰：「夫聖人者，不凝滯於物，而能與世推移。舉世混濁，何不隨其流而揚其波？衆人皆醉，何不餔其糟而啜其醨？何故懷瑾握瑜，而自令見放爲？」屈原曰：「吾聞之，新沐者必彈冠，新浴者必振衣，人又誰能以身之察察，受物之汶汶者乎？寧赴常流而葬乎江魚腹中耳，又安能以皓皓之白，而蒙世之温蠖乎？」乃作《懷沙》之賦……於是懷石，遂自投汨羅以死。

《公無渡河歌》，西晉崔豹《古今註》卷中《音樂第三》云：

《箜篌引》。朝鮮津卒霍里子高妻麗玉所作也。子高晨起，刺船而濯，有一白首狂夫，被髮提壺，亂河流而渡，其妻隨而止之，不及，墮河水死。於是援箜篌而鼓之，作《公無渡河》之曲，聲甚悽愴，曲終自投河而死。霍里子高還，以其聲語其妻麗玉。玉傷之，乃引箜篌而寫其聲，聞者莫不墮淚飲泣焉。麗玉以其曲傳鄰女麗容，名之曰《箜篌引》。

《樂府詩集》卷二六《相和歌辭·箜篌引》云：

一曰《公無渡河》。崔豹《古今注》曰：「《箜篌引》者，朝鮮津卒霍里子高妻麗玉所作也。子高晨起刺船，有一白首狂夫，被髮提壺，亂流而渡，其妻隨而止之，不及，遂墮河而死。於是援箜篌而歌曰：『公無渡河，公竟渡河。墮河而死，將奈公何！』聲甚悽愴。曲終亦投河而死。子高還，以語麗玉。麗玉傷之，乃引箜篌而寫其聲，聞者莫不墮淚飲泣。麗玉以其曲傳鄰女麗容，名曰《箜篌引》。」

《樂府詩集》下録王叡詩，實即《纂異記》本篇皤皤美女所唱《公無渡河歌》：

濁波洋洋兮凝曉霧，公無渡河兮公苦渡。風號水激兮呼不聞，提壺看入兮中流去。浪擺衣裳兮隨步没，沉屍深入兮蛟螭窟。蛟螭盡醉兮君血乾，推出黄沙兮泛君骨。當時君死妾何適，遂就波瀾合魂魄。願持精衛銜石心，窮取河源塞泉脈。

《永樂琴書集成》卷一一《箜篌引》云：

《琴書》曰：《箜篌引》亦曰《公無渡河引》。舊説朝鮮津卒霍里子高妻麗玉所作也。子高晨起刺船，有白首狂夫，被髮提壺，亂流而渡，其妻呼而止之，不及，遂溺死。妻乃援箜篌而歌曰：「公無渡河，公竟渡之。公墜而死，當柰公何！」聲甚悲悽。曲終亦投河而死。子高還，以語妻麗玉。麗玉傷之，乃引琴寫其聲，聞者莫不流涕嗚咽。故曰《箜篌引》。

《炙轂子》曰：太中初《纂異録》中有《公無渡河歌》曰：「濁波洋洋兮凝曉霧，公無渡河兮公苦渡。風號水激兮呼不聞，提壺看入兮中流去。浪擺衣裳兮隨没，沉屍深入兮蛟螭窟。蛟螭盡醉兮君血乾，推出黄沙兮泛君骨。當時君死妾何適，遂就波瀾合魂魄。願持精衛銜石心，窮取河源塞泉脉。

謝秋娘，唐段安節《樂府雜録·望江南》：

始自朱崖李太尉鎮潮西日，爲亡妓謝秋娘所撰。本名《謝秋娘》，後改此名。

《太平御覽》卷五六八引《樂府雜録》曰：

《望江南》者，因朱崖李太尉鎮浙而（當作西）日爲亡姬謝秋娘所撰。後進入教坊，遂改名，一名《夢江南曲》也。

申徒先生，古書多有記。《莊子·大宗師》：

若狐不偕、伯夷、叔齊、箕子、胥餘、申徒狄，是役人之役，適人之適，而不自適其適者也。（唐成玄英疏：「紀他者，姓紀名他，湯時逸人也。聞湯讓務光，恐及乎己，遂將弟子陷於窾水而死。申徒狄聞之，因以踣河。」陸德明《釋文》：「申徒狄，殷時人，負石自沈於河。」）

又《盜跖》：

申徒狄諫而不聽，負石自投於河，爲魚鼈所食。

《荀子》卷二《不苟篇》：

故懷負石而赴河，是行之難爲者也，而申徒狄能之。（唐楊倞注：「申徒狄恨道不行，發憤而負石自沈於河。」）

《楚辭·九章·橘頌》：

望大河之洲渚兮，悲申徒之抗迹。（王逸注：「申徒狄也。遭遇闇君。遁世離俗，自擁石赴河，故言抗迹也。」

《韓詩外傳》卷一第二十六章：

申徒狄非其世，將自投於河。崔嘉聞而止之曰：「吾聞聖人仁士之於天地之間也，民之父母也。今爲濡足之故，不救溺人，可乎？」申徒狄曰：「不然。昔桀殺關龍逢，紂殺王子比干，而亡天下。吴殺子胥，陳殺泄冶，而滅其國。故亡國殘家，非無聖智也，不用故也。」遂抱石而沉於河。君子聞之曰："廉矣。如仁與智，則吾未之見也。"《詩》曰："天實爲之，謂之何哉！"

又卷三第三十三章：

夫負石而赴河，此行之難爲者也，而申徒狄能之。

《史記》卷八三《鄒陽列傳》：

是以申徒狄自沈於河，徐衍負石入海。不容於世，義不苟取，比周於朝，以移主上之心。

《漢書》卷五一《鄒陽傳》：

是以申徒狄蹈雍之河，徐衍負石入海。（服虔曰："殷之末世介士也。雍之河，雍州之河也。"師古曰："雍者，河水溢出爲小流也。言狄初因蹈雍，遂入大河也。《爾雅》曰『水自河出爲雍』，又曰『江有沲，河有雍』。雍音於龍反。服虔曰雍州之河，非也。"（按：《蔣琛》云"蹈雍"即本此。）

西漢劉向《新序》卷三《雜事》：

是以申徒狄蹈流之河，徐衍負石入海。

又卷七《節士》，本《韓詩外傳》，文字幾同，"抱石"作"負石"。

徐處士，即徐衍。《史記·鄒陽列傳》："徐衍負石入海。"《集解》："《列士傳》曰：『周之末世人。』"《漢書·鄒陽傳》："徐衍負石入海。"服虔曰："周之末世人也。"師古曰："負石者，欲速沈也。"

按：《蔣琛》所云「蹈雍、抱石、抉眼之徒」，申徒、徐衍均有抱石或負石之事，此則獨指徐衍也。**鴟夷君**，即伍子胥，亦即所謂「抉眼之徒」者。《史記》卷六六《伍子胥列傳》：

伍子胥諫曰：「夫越，腹心之病，今信其浮辭詐僞而貪齊。破齊，譬猶石田，無所用之。……願王釋齊而先越，若不然，後將悔之無及。」而吴王不聽，使子胥於齊。子胥臨行，謂其子曰：「吾數諫王，王不用，吾今見吴之亡矣。汝與吴俱亡，無益也。」乃屬其子於齊鮑牧，而還報吴。吴太宰嚭既與子胥有隙，因讒曰：「子胥爲人剛暴，少恩，猜賊，其怨望恐爲深禍也。……夫爲人臣，内不得意，外倚諸侯，自以爲先王之謀臣，今不見用，常鞅鞅怨望，願王早圖之。」吴王曰：「微子之言，吾亦疑之。」乃使使賜伍子胥屬鏤之劍，曰：「子以此死。」伍子胥仰天歎曰：「嗟乎！讒臣嚭爲亂矣，王乃反誅我。我令若父霸，自若未立時，諸公子争立，我以死争之於先王，幾不得立。若既得立，欲分吴國予我，我顧不敢望也。然今若聽諛臣言以殺長者。」乃告其舍人曰：「必樹吾墓上以梓，令可以爲器。而抉吾眼縣吴東門之上，以觀越寇之入滅吴也。」乃自剄死。吴王聞之大怒，乃取子胥尸盛以鴟夷革，浮之江中。吴人憐之，爲立祠於江上，因命曰胥山。

《左傳》哀公十一年：

吴將伐齊，越子率其衆以朝焉。王及列士皆有饋賂，吴人皆喜，唯子胥懼曰：「是豢吴也夫。」諫曰：「越在，我心腹之疾也。壤地同而有欲於我。夫其柔服，求濟其欲也，不如早從事焉。得志於齊，猶獲石田也，無所用之。越不爲沼，吴其泯矣。使醫除疾，而曰必遺類焉者，未之有也。盤庚之誥曰：『其有顛越不共，則劓殄無遺育，無俾易種于兹邑。』是商所以興也。今君易之，將以求大，不亦難乎？」弗聽，使於齊，屬其子於鮑氏，爲王孫氏。反役，王聞之，使賜之屬鏤以死。將死，曰：「樹吾墓檟，檟可材也。吴其亡乎，三年其始弱矣，盈必毁，天之道也。」

《楚辭章句》卷一六西漢劉向《九歎·遠逝》：

吴子胥之抉眼兮，王子比干之横廢。

《吴越春秋》卷五《夫差内傳》：

吴王聞子胥之怨恨也，乃使人賜屬鏤之劍。子胥受劍，徒跣褰裳下堂，中庭仰天呼怨。……遂伏劍而死。吴王乃取子胥屍，盛以鴟夷之器，投之於江中……即斷其頭，置高樓上……乃棄其軀，投之江中。子胥因隨流揚波，依潮來往，蕩激崩岸。

又卷一〇《勾踐伐吴外傳》：

吴王大懼，夜遁。越王追奔攻吴，兵入於江陽松陵，欲入胥門。來至六七里，望吴南城，見伍子胥頭巨若車輪，目若耀電，鬚髮四張，射於十里。越軍大懼，留兵。即日夜半，暴風疾雨，雷奔電激，飛石揚砂，疾如弓弩。越軍壞敗松陵，却退。兵士僵斃，人衆分解，莫能救止。范蠡、文種乃稽顙肉袒，拜謝子胥，願乞假道。子胥乃與種、蠡夢，曰：「吾知越之必入吴矣，故求置吾頭於南門，以觀汝之破吳也。惟欲以窮夫差，定汝入我之國。吾心又不忍，故爲風雨，以還汝軍。然越之伐吳，自是天也，吾安能止哉？越如欲入，更從東門。我當爲汝開道貫城，以通汝路。」於是越軍明日更從江出，入海陽於三道之翟水，乃穿東南隅以達。越軍遂圍吳，守一年，吳師累敗，遂棲吳王於姑胥之山。……遂伏劍自殺。

《論衡·書虚》：

傳書言：吳王夫差殺伍子胥，煮之於鑊，乃以鴟夷橐投之於江。子胥恚恨，驅水爲濤，以溺殺人。今時會稽、丹徒大江，錢唐浙江，皆立子胥之廟，蓋欲慰其恨心，止其猛濤也。

《太平廣記》卷二九一《伍子胥》談刻本闕出處，黄校本作《錢唐志》，《四庫》本、《筆記小説大觀》本「唐」作「塘」。今見於前蜀杜光庭《録異記》卷七《異水》：

錢塘江潮頭，昔伍子胥累諫吳王忤旨。賜屬鏤劍而死。臨終戒其子曰：「懸吾首於南門，以觀越兵來伐吳。以鮧魚皮裹吾屍投於江中，吾當朝暮乘潮，以觀吳之敗。」自是自海門山潮頭洶湧，高數百尺，越錢唐，過漁浦，方漸低小。朝暮再來，其聲震怒，雷奔電激，聞百餘里。時有見子胥乘素車白馬，在潮頭之中。因立廟以祠焉。

廬州城内，淝河岸上，亦有子胥廟。每朝暮潮時，淝河之水亦鼓怒而起，至其廟前，高一尺，廣十餘丈，食頃乃定。俗云與錢唐潮水相應焉。

曹娥，《後漢書》卷八四《列女傳》：

孝女曹娥者，會稽上虞人也。父盱，能絃歌，爲巫祝。漢安二年五月五日，於縣江泝濤婆娑迎神，溺死，不得屍骸。娥年十四，乃沿江號哭，晝夜不絶聲。旬有七日，遂投江而死。至元嘉元年，縣長度尚改葬娥於江南道傍，爲立碑焉。

唐李賢注：

娥投衣於水，祝曰：「父屍所在衣當沈。」衣隨流至一處而沈，娥遂隨衣而没。「衣」字或作「瓜」，見項原《列女傳》也。（按：《隋書》卷三三《經籍二》雜傳類著録《列女後傳》十卷，項原撰。）

《太平御覽》卷三一、卷四一五引西晋虞預《會稽典録》，事同《後漢書》。

《御覽》卷九七八引夏侯曾先《會稽記》：

曹娥父溺死，娥見瓜浮其處，即得父屍。

《異苑》卷一〇：

孝女曹娥者，會稽上虞人也。父盱，能絃歌，爲巫。漢安帝二年五月五日，於縣江泝濤迎婆娑神，溺死，不得屍骸。娥年十四，乃緣江號哭，晝夜不絶聲，七日遂投江而死。三日後，與父尸俱出。至元嘉元年，縣長度尚，改葬娥於江南道傍，爲立碑焉。陳留蔡邕字伯喈，避難過吴，讀《曹娥碑》文，以爲詩人之作，無詭妄也。因刻石，旁作「黄絹幼婦，外孫虀臼」八字。魏武見而不能了，以問羣僚，莫有解者。有婦人浣于江渚，曰：「第四車解。」既而禰正平也，衡即以離合義解之。或謂此婦人即娥靈也。

《水經注》卷四〇《漸江水》：

江之道南有《曹娥碑》，娥父盱，迎濤溺死，娥時年十四，哀父尸不得，乃號踴江介，因解衣投水，祝曰：「若值父尸，衣當沈；若不值，衣當浮。」裁落便沈，娥遂于沈處赴水而死。縣令度尚，使外甥邯鄲子禮爲碑文，以彰孝烈。

《晉書》卷九四《隱逸·夏統傳》：

統曰：「……又孝女曹娥，年甫十四，貞順之德過越梁宋，其父墮江不得尸，娥仰天哀號，中流悲歎，便投水而死。父子喪尸，後乃俱出。國人哀其孝義，爲歌《河女》之章。……」

《後漢書·列女傳》注引《會稽典録》曰：

上虞長度尚弟子邯鄲淳，字子禮。時甫弱冠，而有異才。尚先使魏朗作《曹娥碑》，文成未出。會朗見尚。尚與之飲宴，而子禮方至督酒。尚問朗碑文成未，朗辭不才，因試使子禮爲之，操筆而成，無所點定。朗嗟歎不暇，遂毁其草。其後蔡邕又題八字曰：「黄絹幼婦，外孫虀臼。」

三國魏邯鄲淳《曹娥碑》（元陳仁子輯《文選補遺》卷四〇）曰：

孝女曹娥者，上虞曹盱之女也。其先與周同祖，末胄荒沈，爰兹適居。盱能撫節按歌，婆娑樂神。以漢安二年五月時迎伍君，逆濤而上，爲水所淹，不得其屍。時娥年十四，號慕思盱，哀吟澤畔，旬有七日，遂自投江以死。經五日，抱父屍出。漢安迄于元嘉元年，青龍在辛卯，莫之有表。度尚設祭誄之，辭曰：「伊惟孝女，曄曄之姿。偏其返而，令色孔儀。窈窕淑女，巧笑倩兮。宜其家室，在洽之陽。待禮未施，嗟喪慈父。彼蒼伊何，無父孰怙。訴神告哀，赴江永號。視死如歸，是以眇然。輕絶投入，沙泥翩翩。孝女載沈載浮，或泊洲嶼，或在中流，或趨湍瀨，或逐波濤。千夫失聲悼痛，萬餘觀者填道，雲集路衢，泣淚掩涕，驚動國都。是以哀姜哭市，杞崩城隅。或有剋面㓟耳，引鏡用刀，坐臺待水，抱樹而燒。於戲！孝女德茂，此儔何者？大國防禮自修，豈況庶賤！露屋草茅，不扶自直，不斲自雕，越梁過宋，比之有殊。哀此貞厲，千載不渝，嗚呼哀哉！

亂曰：名勒金石，質之乾坤。歲數歷祀，立廟起墳。光于后土，顯昭天人。生賤死貴，利之義門。何悵華落，雕零早分。葩豔窈窕，永世配神。若堯二女，爲湘夫人。時效髣髴，以詔後昆。

吴興柳使君，即柳惲，《梁書》卷二一、《南史》卷三八有傳。《梁書》云：

柳惲，字文暢，河東解人也。少有志行，好學，善尺牘。……惲立行貞素，以貴公子早有令名，少工篇什。始爲詩曰：「亭皋木葉下，隴首秋雲飛。」琅邪王元長見而嗟賞，因書齋壁。至是預曲宴，必被詔賦詩。嘗奉和高祖《登景陽樓》中篇云：「太液滄波起，長楊高樹秋。翠華承漢遠，雕輦逐風遊。」深爲高祖所美，當時咸共稱傳。……復爲吴興太守六年，爲政清静，民吏懷之。於郡感疾，自陳解任，父老千餘人拜表陳請，事未施行。天監十六年卒，時年五十三，贈侍中、中護軍。

《隋書》卷三五《經籍志四》别集類注云：「梁有《中護軍柳惲集》十二卷。」

南宋陳景沂編《全芳備祖》後集卷一二引《吴興記》云：

湖州有白蘋洲，在苕溪東南一里，乃越女采蘋處。梁時柳惲爲吴興守賦詩，因以得名。

《御定佩文齋廣羣芳譜》卷九〇引《吴興志》作：

白蘋洲，在霅溪東南一里，乃越女采蘋處。梁柳惲爲守時，賦詩云：「汀洲採白蘋，日暮江南春。」因以得名。

琴高，見《列仙傳》卷上《琴高》：

琴高者，趙人也，以鼓琴爲宋康王舍人。行涓、彭之術，浮遊冀州、涿郡之間。二百餘年後，辭入涿水中，取龍子。與諸弟子期曰：「皆潔齋待於水傍，設祠。」果乘赤鯉來出坐祠中。旦有萬人觀之，留一月餘，復入水去。

三史王生

有王生者，不記其名。業三史，博覽甚精。性好誇炫，語甚容易，每辯〔一〕古昔，多以臆斷。有旁議者〔二〕，必大言折之。嘗遊沛，因醉入高祖廟。顧其神座，笑而言曰：「提三尺劍，滅暴秦，翦强楚，而不能免其母『烏老』之稱，徒歌『大風起兮雲飛揚』，曷能威加四海哉！」徘徊庭廡間，肆目久之，乃還所止。

是夕纔寐，而卒見十數騎，擒至廟庭。漢祖按劍大怒〔三〕曰：「史籍未覽數紙，而敢褻黷尊神！『烏老』之言，出自何典？若無所據，爾罪難逃。」王生頓首曰：「臣嘗覽大王本紀，見司馬遷及班固書云母劉媪〔四〕，而注云『烏老反』，釋云：『老母之稱也。』見之於史，聞之於師，載之於籍，炳然明如白日，非臣下敢出於胷襟爾。」漢祖益怒，曰：「朕沛中泗水亭長碑〔五〕，昭然俱載矣。曷以外族温〔六〕氏，而妄稱『烏老』乎？讀錯本書，且不見〔七〕義，敢恃酒喧於殿庭！宜〔八〕付所司，劾犯上之罪。」

語未終，而西南〔九〕有清道者，揚言「太公來」。方及階，顧王生曰：「斯何人，而見辱之甚也？」漢祖降階，對曰：「此虚妄侮慢之人也，罪當斬之。」王生遑〔一〇〕目太公，遂厲聲而言曰：「臣覽史籍，見侮慢其君親者，尚無所貶。而賤臣戲語於神廟，豈期肆於市朝哉！」漢祖又怒曰：「在典册豈載侮慢君親者？當試徵之。」王生曰：「臣敢徵大王，可乎？」漢祖曰：「然。」王生曰：「王即位，會群臣，置酒前殿，獻太上皇壽，有之乎？」漢祖曰：「有之。」「既獻壽，乃曰：『大人常以臣無賴，不事産業，不如仲力。今某之業，孰與仲多？』有之乎？」漢祖曰：「有之。」「殿上群臣皆呼萬歲，大笑爲樂，有之乎？」曰：「有之。」王生曰：「是侮慢其君親矣。」太公曰：「此人理不可屈，宜速逐〔二〕之。不爾，必遭杯羹之讓也。」漢祖默然良久，曰：「斬此物，污我三尺劍〔三〕。」令捽髮者摑之。一摑惘然〔三〕而蘇，東方明矣。以鏡視腮，有若指蹤，數日方滅。（中華書局版汪紹楹點校本《太平廣記》卷三一〇《神二十》引《纂異記》）

〔一〕辯　明鈔本、陳校本作「辨博」。

〔二〕有旁議者　原作「旁有議者」，據明鈔本、舊題唐杜荀鶴《松窗雜録》（元陶宗儀《説郛》卷四）乙改。

〔三〕大怒　明鈔本作「怒視」。

〔四〕見司馬遷及班固書云母劉媪　「書」字原無，據明鈔本、《松窗雜録》補。《松窗雜録》「劉」下有「氏」字。按：《史記》卷八《高祖本紀》：「母曰劉媪。」《漢書》卷一上《高帝紀上》作「母媪」。

〔五〕朕沛中泗水亭長碑　「沛中」原作「中外」，《松窗雜録》作「沛中」。按：《史記》卷八《高祖本紀》「母曰劉媪」司馬貞《索隱》:「今近有人云『母温氏』。貞時打得班固泗水亭長古石碑文,其字分明作『温』字,云『母温氏』。」此其所本。「中外」無解,據《松窗雜録》改。

〔六〕温　《松窗雜録》作「媪」,誤。

〔七〕見　《松窗雜録》作「知其」。

〔八〕宜　此字原無,據陳校本、《松窗雜録》補。

〔九〕西南　明鈔本作「南」。

〔一〇〕逞　明鈔本作「張」。

〔一一〕逐　《松窗雜録》作「遣」。

〔一二〕劍　原作「刃」,據孫校本、《松窗雜録》改。按:《史記·高祖本紀》:「於是高祖嫚駡之曰:『吾以布衣提三尺劍取天下,此非天命乎?命乃在天,雖扁鵲何益!』」

〔一三〕惘然　《松窗雜録》作「雺然」。

按:談刻本《廣記》原注出《纂要記》,「要」字乃「異」字之譌,汪校本徑改。三史,即《史記》、《漢書》、《後漢書》。唐代制科有三史科。《舊唐書》卷一六《穆宗紀》載:長慶三年二月,「諫議大夫殷侑奏禮部貢舉請置三傳、三史科,從之」。卷一八九下《儒學下·馮伉傳》:「建中四年,又登博學三史科。」北宋王溥《唐會要》卷七七《貢舉下·科目雜録》:「太和元年十月,中書門下奏……其三禮、三傳、一史、三史，明習律令等，如白身，並令國學及州府，同明經一史、三禮、三傳，同進士三史，當年關送吏部，使授第二任官。」

高祖，本篇所叙皆據《史記》卷八《高祖本紀》及注：

高祖，沛豐邑中陽里人，姓劉氏，字季，父曰太公，母曰劉媪。（《集解》：孟康曰：「……媪，母别名也，音烏老反。」《索隱》：韋昭云：「媪，婦人長老之稱。」皇甫謐云：「媪蓋姓王氏。」……今近有人云「母温氏」。貞時打得班固泗水亭長古碑文，其字分明作「温」字，云「母温氏」。）

高祖以亭長爲縣送徒酈山，徒多道亡。自度比至皆亡之，到豐西澤中，止飲，夜乃解縱所送徒。曰：「公等皆去，吾亦從此逝矣。」徒中壯士願從者十餘人。高祖被酒，夜徑澤中，令一人行前。行前者還報曰：「前有大蛇當徑，願還。」高祖醉曰：「壯士行，何畏！」乃前，拔劍擊斬蛇。（《索隱》：《漢舊儀》云「斬蛇劍長七尺」。又高祖云「吾以布衣提三尺劍取天下」。二文不同者，崔豹《古今注》「當高祖爲亭長，理應提三尺劍耳。及貴，當别得七尺寶劍」，故《舊儀》因言之。《正義》：按：其蛇大，理須别求是劍斬之。三尺劍者，常佩之劍。）蛇遂分爲兩，（《索隱》：謂斬蛇分爲兩段也。）徑開。行數里，醉，因卧。後人來至蛇所，有一老嫗夜哭。人問何哭，嫗曰：「人殺吾子，故哭之。」人曰：「嫗子何爲見殺？」嫗曰：「吾子，白帝子也，化爲蛇，當道，今爲赤帝子斬之，故哭。」人乃以嫗爲不誠，欲告之，嫗因忽不見。後人至，高祖覺。後人告高祖，高祖乃心獨喜，自負，諸從者日益畏之。

九年……未央宫成。高祖大朝諸侯羣臣，置酒未央前殿。高祖奉玉卮，起爲太上皇壽，曰：「始大人常以臣無賴，不能治産業，不如仲力。今某之業所就孰與仲多？」殿上羣臣皆呼萬歲，大笑爲樂。

十二年……高祖還歸，過沛，留。置酒沛宫，悉召故人父老子弟縱酒，發沛中兒得百二十人，教之歌。酒酣，高祖擊筑，自爲歌詩曰：「大風起兮雲飛揚，威加海内兮歸故鄉，安得猛士兮守四方！」令兒皆和習之。高祖乃起舞，慷慨傷懷，泣數行下。

進士張生

進士張生，善鼓琴，好讀孟軻書。下第遊蒲關，入舜城。日將暮，乃排闥聳轡争進，因而馬蹶。頃之馬斃，生無所投足，遂詣廟吏，求止一夕。吏指簷廡下曰：「捨此無所詣矣。」遂止。初〔一〕夜方寢，見絳衣者二人，前言曰：「帝召書生。」生遽往。帝問曰：「業何道藝之人？」生對曰：「臣儒家子，常習孔孟書。」帝曰：「孔聖人也，朕知久矣。孟是何人，得與孔同科而語？」生曰：「孟亦傳聖人意也，祖尚〔二〕仁義，設禮樂而施〔三〕教化。」帝曰：「著書乎？」生曰：「著書七篇，二百餘章〔四〕。蓋與孔門之徒難疑荅問，及魯論齊論，俱善言也。」帝曰：「記其文乎？」曰：「非獨曉其文，抑亦深其義。」帝乃令生朗念，傾耳聽之。念「萬章問：『舜往於田，號泣於旻天，何爲其號泣也？』孟子曰：『怨慕也。』萬章問曰：『父母愛之，喜而不忘；父母惡之，勞而不怨。然則舜怨乎？』荅曰：『長息問於公明高曰：「舜往於田，則吾得聞命矣。號泣於旻天，怨於父母，則吾不知也。」』」

帝止生之誦〔五〕，憮然嘆曰：「蓋有不知而作之者，亦此之謂矣。朕捨天下千八百二十載，暴秦竊位，毒痡〔六〕四海，焚我典籍，泯我帝圖，蒙蔽群言，逞恣私欲。百代之後，經史差〔七〕謬，辭意相反〔八〕，鄰於詼諧。常聞贊唐堯之美曰：『垂衣裳而天下理。』蓋明無事也。然則平章百姓，協和萬邦，至於滔天懷山襄陵，下民其咨，夫如是，則與垂衣之義乖矣。亦聞贊朕之美曰：『無爲而治。』乃〔九〕載於典則，云：『賓四門，齊七政，類上帝，禋六宗，望山川，徧群神，流共工，放驩兜，殛鯀，竄三苗。』夫如是，與無爲之道遠矣。今又聞號泣于旻天，怨慕也，非朕之所行。夫莫之爲而爲之者天也，莫之致而致之者命也。朕泣者，怨己之命，不合於父母，而訴於旻天也。何萬章之問，孟軻不知其對！傳聖人之意，豈宜如是乎！」嗟不能已。

久之，謂生曰：「吾聞君子無故不徹琴瑟，子學琴乎〔一〇〕？」曰：「嗜之而不善。」帝乃顧左右取琴，曰：「不聞鼓五絃，歌《南風》，奚足以光其歸路！」乃撫琴以歌之曰：「南風薰薰兮草芊芊〔一一〕，妙有之音兮歸清絃。蕩蕩之教兮由自然，熙熙之化兮吾道全。薰薰兮思〔一二〕何傳！」歌訖，鼓琴爲《南風》弄，音韻清暢，爽朗心骨。生因發言〔一三〕曰：「妙哉！」乃遂驚悟。（中華書局版汪紹楹點校本《太平廣記》卷三一〇《神二十》引《纂異記》）

〔一〕初　明鈔本作「祠」，屬上讀。

〔二〕尚　陳校本作「述」。

〔三〕施　陳校本、《永樂琴書集成》卷一七引《異聞録》作「敦」。

〔四〕七篇二百餘章　原誤作「七千二百章」。按：今本《孟子》有《梁惠王》、《公孫丑》、《滕文公》、《離婁》、《萬章》、《告子》、《盡心》七篇，凡二百六十章。《四庫》本改作「七篇二百餘章」，姑從改。

〔五〕誦　原作「詞」，據明鈔本改。

〔六〕痛　陳校本作「痛」。痛，危害。

〔七〕差　明鈔本作「紊」，陳校本作「妄」。

〔八〕反　原譌作「及」。王夢鷗《纂異記校釋》：「『及』字諸本並同，但以文義衡之，當爲『反』字之訛。古籍『反』『及』二字互誤，其例繁多。」説是，今改。

〔九〕乃　明鈔本作「及」。

〔一〇〕吾聞君子無故不徹琴瑟子學琴乎　原作「學琴乎」，據《琴書集成》補。按：《禮記·曲禮下》：「士無故不徹琴瑟。」《詩經·鄭風·雞鳴》：「琴瑟在御，莫不静好。」毛傳：「君子無故不徹琴瑟。」

〔一一〕兮草芊芊　《琴書集成》作「萬物洋洋」，當誤。

〔一二〕思　陳校本作「恩」。

〔一三〕發言　明鈔本作「歎」。

按：本篇《廣記》諸本俱注「出《纂異記》」，唯明鈔本作《原化記》。其風格全類《三史王生》，託神鬼論史也，其出李玫《纂異記》無疑。《廣記》標目原作《張生》，與《廣記》卷二八二所引本書另篇同題，今加「進士」二字别焉。

蒲關舜城，唐宋書多有記。李吉甫《元和郡縣圖志》卷一二《河中府·河東縣》載：「州城，即蒲坂城也，城中有舜廟，城外有舜宅及二妃壇。」又，「舜祠，在州理舜城中。貞觀十一年詔致祭，以時灑埽。」《舊唐書》卷一五《憲宗紀下》：「（元和八年四月）庚申，河中尹張弘靖奏修古舜城。」《唐會要》卷八六《城郭》：「（元和）八年，河東節度使張宏靖奏修古舜城，從之。」南宋洪邁《容齋續筆》卷一二《古跡不可考》云：

舜都蒲坂，實今之河中所謂舜城者，宜歷世奉之唯謹。按張芸叟《河中五廢記》云：「蒲之西門所由而出者，兩門之間，即舜城也，廟居其中。唐張宏靖守蒲，嘗修飾之。至熙寧之初，垣墉尚固，曾不五年，而爲埏陶者盡矣。舜城自是遂廢。……」

《唐孫樵集》卷八有《舜城碑》一文，曰：「帝承天休，纂堯之勳。啓宫于蒲，守不以城。……」文長不録。

「**萬章問**」云云，見《孟子·萬章上》，原文作：

萬章問曰：「舜往于田，號泣于旻天，何爲其號泣也？」孟子曰：「怨慕也。」（注：言舜自怨遭父母見惡之厄，而思慕也。）萬章曰：「父母愛之，喜而不忘；父母惡之，勞而不怨。然則舜怨乎？」曰：「長息問於公明高曰：『舜往于田，則吾既得聞命矣。號泣于旻天于父母，則吾不知也。』公明高曰：『是非爾所知也。』（注：長息，公明高弟子。公明高，曾子弟子。旻天，秋也。幽，陰氣也，故訴于旻天。高非息之問不得其義，故曰非爾所知。）夫公明高以孝子之心，爲不若是恝。（注：恝，無愁之貌。孟子以萬章之問，難自距之，故爲言高、息之問對如此。夫公明高以爲孝子不得意於父母，自當怨悲，豈可恝恝然無憂哉！因爲萬章具陳其意。）我竭力耕田，共爲子職而已矣。父母之不我愛，於我何哉？（注：我共人子之事，而父母不我愛，於我之身獨有何罪哉？自求責於已而悲感焉。）

「**垂衣裳而天下理**」，見《周易·繫辭下》：「黄帝、堯、舜垂衣裳而天下治，蓋取諸乾坤。」韓康伯注：「垂衣裳以辨貴賤，乾尊坤卑之義也。」《論衡·自然》：「垂衣裳者，垂拱無爲也。」

「**平章百姓，協和萬邦**」，見《尚書·虞書·堯典》：「克明俊德，以親九族。九族既睦，平章百姓。（孔傳：「百姓，百官。」）百姓昭明，協和萬邦。黎民於變，時雍羲和。」

「**至於滔天懷山襄陵，下民其咨**」，見《尚書·虞書·堯典》：「帝曰：『咨四岳，（孔傳：四岳即上羲和之四子，分掌四岳之諸侯，故稱焉。）湯湯洪水方割，蕩蕩懷山襄陵，浩浩滔天，下民其咨，有能俾乂。』（孔傳：俾，使。乂，治也。）僉曰：『於，鯀哉！』」

《尚書·夏書·益稷》：「帝曰：『來禹，汝亦昌言。』禹拜曰：『都帝，予何言？予思日孜孜。』皋陶曰：『吁！如何？』禹曰：『洪水滔天，浩浩懷山襄陵，下民昏墊。予乘四載，隨山刊木。暨益奏庶鮮食，（孔傳：奏謂進於民，鳥獸新殺曰鮮。與益槎木獲鳥獸，民以進食。）予決九川，距四海……』」（孔傳：距，至也。決九州名川，通之至海。）

又《史記》卷二《夏本紀》：「當帝堯之時，鴻水滔天，浩浩懷山襄陵，下民其憂。堯求能治水者，羣臣四嶽皆曰鯀可。」

「無爲而治」，語見《論語·衛靈公》：「子曰：無爲而治者其舜也與？夫何爲哉？恭己正南面而已矣。」何晏《集解》：「言任官得其人，故無爲而治。」

「**賓四門**」云云，見《尚書·虞書·舜典》：

五典克從，（孔傳：五典，五常之教，父義，母慈，兄友，弟恭，子孝。）納于百揆。百揆時叙（孔傳：揆，度也。度百事，總百官。）賓于四門，四門穆穆，（孔傳：穆穆，美也。四門，四方之門。）納于大麓，烈風雷雨弗迷。（孔傳：麓，録也。納舜使大録萬幾之政，陰陽和，風雨時，各以其節，不有迷錯愆伏。）……正月上日，受終于文祖。（孔傳：上日，朔日也。終謂堯終帝位之事，文祖者，堯文德之祖廟。）在璿璣玉衡，以齊七政。（孔傳：在，察也。七政，日月五星各異政。）肆類于上帝，（孔傳：肆，遂也。類謂攝位事。）禋于六宗（孔傳：六謂四時也，寒暑也。）望于山川，徧于羣神。

《五百家註昌黎先生文集》卷一四《進士策問十三首》其十一亦云：

問：夫子言「堯舜垂衣裳而天下理」，又曰「無爲而理者，其舜也歟」。《書》之説堯曰「親九族」，又曰「平章百姓」，又曰「協和萬邦」，又曰「曆象日月星辰，敬授人時」，又曰「洪水懷山襄陵，下民其咨」。夫親九族，平百姓，和萬邦，則天道，授人時，愁水禍，非無事也，而其言曰「垂衣裳而天下理者」何也？於舜則曰「慎五典」，又曰「叙百揆」，又曰「賓四門」，又曰「齊七政」，又曰「類上帝，禋六宗，望山川，徧羣臣」，又曰「協時月正日，同律度量衡，五載一巡狩」，又曰「分十二州，隨山濬川，恤五刑，典三禮，彰施五色，出納五言」。嗚呼！何其勤且煩如是？而其言曰「無爲而理者」何也？將亦有深詞隱義不可曉邪？抑其年代已遠失其傳邪？二三子其辨焉。

「**流共工**」云云，見《尚書·虞書·舜典》：「流共工于幽洲，放驩兜于崇山，竄三苗于三危，殛鯀于羽山。四罪而天下咸服。」

「**君子無故不徹琴瑟**」，見《禮記·曲禮下》：「君無故玉不去身，大夫無故不徹縣，士無故不徹琴瑟。」

《**南風**》，見《禮記·樂記》：「昔者舜作五弦之琴，以歌《南風》。」《韓詩外傳》卷四第七章：「傳曰：舜彈五絃之琴，以歌《南風》，而天下治。」《史記》卷二《樂記》：「昔者舜作五弦之琴，以歌《南風》。」《集解》：鄭玄曰：「《南風》，長養之風也，言父母之長養己也。其辭未聞也。」王肅曰：「《南風》，育養民之詩也。其辭曰：『南風之薰兮，可以解吾民之愠兮。』」《索隱》：此詩之辭出《尸子》及《家語》。《正義》：《世本》神農作琴，今云舜作者，非謂舜始造也。改用五弦琴，特歌《南風》詩，始自舜也。

戰國尸佼《尸子·綽子》：「舜曰：『南風之薰兮，可以解吾民之慍兮。』舜不歌禽獸而歌民。」（《文選》卷一八嵇康《琴賦》注：《尸子》曰：「舜作五絃之琴，以歌《南風》：『南風之薰兮，可以解吾民之慍。』是舜歌也。」）

《孔子家語》卷八《辯樂解》：

昔者舜彈五絃之琴，造《南風》之詩。其詩曰：「南風之薰兮，可以解吾民之慍兮。南風之時兮，可以阜吾民之財兮。」唯脩此化，故其興也勃焉，德如泉流，至于今，王公大人述而弗忘。

韋鮑生

酒徒鮑生，家富畜妓。開成初，行歷陽道中，止定山寺。遇外弟韋生，下第東歸，同憩水閣。鮑置酒，酒酣，韋謂鮑曰：「樂妓數輩焉在？得不有攜挈〔一〕者乎？」鮑生曰：「幸各無恙。然滯維揚日，連斃數駟。後乘既闕，不果悉從，唯與夢蘭、小倩〔二〕俱，今亦可以佐歡〔三〕矣。」頃之，二雙鬟抱胡琴、方響而至，遂坐鮑生之右〔四〕，摐絲〔五〕擊金，響亮溪谷。酒闌，鮑謂韋曰：「出城〔六〕得良馬乎？」對曰：「予春初塞遊，自鄜、坊歷烏延，抵平夏，止靈、鹽〔七〕而迴。部落駔駿獲數疋，龍形〔八〕鳳頸，鹿脛鳧膺，眼〔九〕大足輕，脊平肋密者，皆有之。」鮑撫掌大悦。乃停杯命燭，閲馬於軒〔一〇〕檻前數匹，與向來誇誕，十未盡其八九。韋戲鮑曰：「能以人換，任選殊尤。」鮑欲馬之意頗切，密遣四絃〔一一〕，更衣盛粧。頃之乃至，命捧酒勸韋生〔一二〕，歌一曲以送之，云：「白露濕庭砌，皓〔一三〕月臨前軒。此時頗〔一四〕留恨，含思獨無言。」又歌送鮑生酒云：「風颭荷珠難〔一五〕暫圓，多生信有短因緣〔一六〕。西樓〔一七〕今夜三更月，還照離人泣斷絃。」韋乃召御者，牽紫叱撥以酬之。鮑意未滿，往復之説〔一八〕，紊然無章。

有紫〔一九〕衣冠者二人，導從甚衆，自水閣之西，升階而來。鮑、韋以寺當星使交馳之路，疑大寮夜至，乃恐悚入室，闔户以窺之。而盃盤狼籍，不暇收拾。時紫衣〔二〇〕即席，相顧笑曰：「此即向來聞〔二一〕妾换馬之筵。」因命酒對飲。一人鬚髯甚長，質貌甚偉，持盃望月，沉吟久之，曰：「足下盛賦〔二二〕云：『斜漢左界，北陸南躔。白露曖空，素月流天。』可得光前絶後矣。」對曰〔二三〕：「殊不見賞『風霽地表〔二四〕，雲斂天末。洞庭始波，木葉微脱』！」長鬚〔二五〕云：「數年來在長安，蒙樂遊王〔二六〕引至南宫，入都堂，與劉公幹、鮑明遠看試秀才。予竊入司文之室，於燭下窺能者制作。見屬對頗切，而賦有蜂腰鶴膝之病，詩有重頭重尾之犯。若如足下『洞庭』、『木葉』之對，爲紕謬矣。小子拙賦云：『紫臺稍遠，燕山〔二七〕無極。涼〔二八〕風忽起，白日西匿。』則『稍遠』、『忽起』之聲，俱遭黜退矣。不亦異哉！」

顧謂長鬚〔二九〕曰：「吾聞古之諸侯，貢士于天子，尊賢勸善者也。故一適謂之好德，再適謂之尊賢，三適謂之有功，乃加九錫；不貢士，一黜爵，再黜地，三黜爵地〔三〇〕。夫古之求士也如此，猶恐搜山之不高，索林之不深〔三一〕，尚有遺漏者，乃每歲季春，開府庫，出幣帛，周天下而禮聘之。當是時，儒墨之徒，豈盡出矣！智謀之士，豈盡舉矣！山林川澤，豈無遺矣！日月照臨，豈得盡其所矣！天子求之既如此，諸侯貢之又如此，聘禮復如此，尚有栖栖于巖谷，鬱鬱不得志者。吾聞今之求聘之禮缺矣〔三二〕，貢舉之道隳矣。賢不肖同途焉，才不才汩汩焉。隱巖穴者，自童髦〔三三〕窮經，至於白首焉；懷方策者，自壯歲力學，訖于没齒焉〔三四〕。雖〔三五〕每歲鄉里薦之于州府，州府貢之于有司，有司考之詩賦，蜂腰鶴膝，謂不中度，聲音清濁〔三六〕，謂不協〔三七〕律。雖有周、孔之賢聖，班、馬之文章，不由此製作，靡得而達矣。然皇王帝霸之道，興亡理亂之體，其可聞乎？今足下何乃贊揚今之小巧，而隳張〔三八〕古之大體？況予乃『愬〔三九〕皓月長歌』之手，豈能歡〔四〇〕于雕文刻句者哉！今珠露既清，桂〔四一〕月如晝，吟咏時發，盃觴間行，能援筆〔四二〕聯句，賦今之體調一章，以樂長夜否？」曰：「何以爲題？」長鬚云：「便以《妾換馬》爲題，仍以『捨彼傾城，求其駿足』爲韻。」

命左右折庭前芭蕉一片〔四三〕，啓書囊，抽毫以操之，各占一韻。長鬚者唱云：「彼佳人兮如瓊之瑛〔四四〕，此良馬兮負駿之名。將有求于逐日〔四五〕，故何惜于傾城〔四六〕？香暖深閨，未厭夭桃之色〔四七〕；風清廣陌，曾憐〔四八〕噴玉之聲。」紫衣〔四九〕曰：「原夫人以矜〔五〇〕其容，馬乃稱其德。既各從〔五一〕其所好，諒何求而不克！長跪而別，姿容休耀其金鈿；右牽而來，光彩頓生於玉勒。」長鬚〔五二〕曰：「步及〔五三〕庭砌，効〔五四〕當軒墀。望新恩，懼非吾偶也；戀舊主，疑借人乘之。香散緑騣〔五五〕，意已忘于鬢髮〔五六〕；汗流紅頷〔五七〕，愛無異於凝脂。」紫衣曰：「是知事有興廢，用有取捨。彼以絶代之容爲鮮矣，此以軼群之足爲貴者。買笑之恩既盡，有類夢焉〔五八〕；據鞍之力尚存，猶希進也。」賦四韻訖〔五九〕，芭蕉盡。

韋生〔六〇〕發篋取紅箋，跪獻於廡下。二公大驚曰：「幽顯路殊，何見逼之若是？然吾子非後有爵禄，不可與鄙夫相遇。」謂生〔六二〕曰：「異日主文柄，較量俊秀輕重，無以小巧爲意也。」言訖，二公行十餘步間，忽不知其所在矣。（中華書局版汪紹楹點校本《太平廣記》卷三四九《鬼三十四》引《纂異記》）

〔一〕挈　此字原無，據孫校本、陳校本、《太平通載》卷六五引《太平廣記》、《古今説海》説淵部别傳四十四《韋鮑二生傳》、《逸史搜奇》丙集四《韋鮑二生》、《才鬼記》卷六引《纂異記》及《唐人説薈》第十五集、《龍威秘書》四集、《晋唐小説六十種》之《才鬼記·酒徒鮑生》補。

〔二〕倩　明鈔本作「清」。

〔三〕歡　《説海》、《逸史搜奇》作「觀」。

〔四〕鮑生之右　「鮑生」上原有「韋生」，據明鈔本、孫校本、《太平通載》、《説海》、《逸史搜奇》、《才鬼記》、《唐人説薈》、《龍威秘書》、《晋唐小説六十種》删。《説海》、《逸史搜奇》「右」作「左」。

〔五〕摐絲　《説海》、《逸史搜奇》「摐」作「縱」。摐絲，彈撥絲絃，此指琵琶絃也。

〔六〕出城　明鈔本作「弟」。

〔七〕靈鹽　「鹽」原譌作「武」，據孫校本、《説海》、《逸史搜奇》改。《太平通載》譌作「監」。按：靈州，治回樂縣（今寧夏靈武市西南）。鹽州，在靈州東，治五原縣（今陝西定邊縣）。

〔八〕形　明鈔本作「影」。

〔九〕眼　《説海》、《逸史搜奇》作「跟」。按：跟，足跟，指蹄。《相馬書》（《重編説郛》弓一〇七）：「蹄大欲直。」又：「眼似垂鈴。」作「眼」、作「跟」皆通。

〔一〇〕軒　原譌作「輕」，據明鈔本、孫校本、陳校本、《四庫》本及南宋計有功《唐詩紀事》卷五二《張祜》、《太平通載》、《説海》、《逸史搜奇》、《才鬼記》、《唐人説薈》、《龍威秘書》、《晉唐小説六十種》改。

〔一一〕密遣四絃　《姬侍類偶》卷上《夢蘭換馬》引《纂異記》作「乃命夢蘭」。《古今事文類聚》後集卷一六《以妾易馬》及《韻府羣玉》卷一八《紫叱撥》引《異聞録》「四絃」作「女妓善四絃者」。

〔一二〕命捧酒勸韋生　明鈔本、《太平通載》作「乃命捧酒獻韋生」，陳校本作「乃命酒奉獻韋生」。

〔一三〕皓　《全唐詩》卷八〇〇鮑家四絃《送韋生酒》校：「一作素。」《萬首唐人絶句》卷二二鮑生妾《送韋生酒》作「素」。

〔一四〕頗　孫校本、陳校本、《唐詩紀事》、《唐人絶句》、《太平通載》、《説海》、《逸史搜奇》、《全唐詩》作「去」。

〔一五〕難　南宋葉廷珪《海録碎事》卷七下引鮑生妾詩、《唐詩紀事》作「雖」。

〔一六〕多生信有短因緣　《唐人絶句》卷六五鮑生妾《歌送酒》、《全唐詩》「生」作「情」。「短」《全唐詩》作「好」。

〔一七〕樓　《唐詩紀事》作「橋」。

〔一八〕説　明鈔本作「際」。

〔一九〕紫　明鈔本無此字。

〔二〇〕紫衣　明鈔本作「二人」。

〔二一〕聞　《説海》、《逸史搜奇》作「捐」。《才鬼記》、《唐人説薈》、《龍威秘書》、《晋唐小説六十種》作「指」。

〔二二〕足下盛賦　明鈔本作「予已成賦」，誤。按：長鬚者所誦「斜漢左界」等四句及下文另一紫衣所云「風霽地表」等四句乃謝莊《月賦》中句，長鬚者乃是江淹，作《恨賦》。此處爲江淹贊賞謝莊《月賦》，非謝莊自誦其作，否則不得如下文自贊「光前絶後」，而謝莊亦不得有「殊不見賞」之語也。

〔二三〕對曰　「曰」原譌作「月」，據明鈔本、孫校本、《唐詩紀事》、《太平通載》、《説海》、《逸史搜奇》、《才鬼記》改。按：據下文所引賦句，長鬚者乃《恨賦》作者江淹，此處對者乃《月賦》作者謝莊，下文稱作「紫衣」。《太平廣記鈔》卷五七《韋鮑二生》改作「年少者曰」，下文「紫衣」均作「少年」。按：《才鬼記》卷六引《纂異記》，末注：「長鬚者爲江文通，紫衣者爲謝希逸，《廣記》有誤。」按《廣記》叙江、謝二人所言，確有含混處。

〔二四〕殊不見賞風霽地表　「殊」《唐詩紀事》作「何」。殊，竟然。「風」《文選》卷一三謝莊《月賦》原作「氣」。

〔二五〕鬚　明鈔本作「髯」，下同。

〔二六〕樂遊王　「遊」明鈔本作「隨」，「王」陳校本作「主」。

〔二七〕燕山　《文選》卷一六江淹《恨賦》原作「關山」。

〔二八〕涼　《恨賦》原作「搖」。

〔二九〕顧謂長鬚　「顧」字原無，據孫校本、《説海》、《逸史搜奇》、《才鬼記》補。《説海》、《逸史搜奇》「謂」下有「前」字。

〔三〇〕黜爵地　明鈔本作「兼之」。

〔三一〕深　陳校本、《説海》、《逸史搜奇》作「遠」。

〔三二〕矣　原作「是」，據明鈔本、孫校本、陳校本、《太平通載》、《説海》、《逸史搜奇》、《才鬼記》改。

〔三三〕童髦　明鈔本、孫校本、陳校本、《太平通載》、《説海》、《逸史搜奇》「髦」作「髮」。按：童髦，童年。髦，古代兒童髮式。《詩經·鄘風·柏舟》：「髧彼兩髦。」毛傳：「髦者，髮至眉，子事父母之飾。」魏劉邵《人物志》卷下《七繆》：「夫幼智之人，材智精達，然其在童髦，皆有端緒。」

〔三四〕焉　此字原無，據孫校本、《太平通載》、《説海》、《逸史搜奇》、《才鬼記》補。

〔三五〕雖　《太平通載》作「須」。

〔三六〕聲音清濁　原作「彈聲韻之清濁」，據《説海》、《逸史搜奇》改。《才鬼記》作「聲韻清濁」。

〔三七〕協　此字談刻本原闕，汪校本據明鈔本補「中」字。按：「中」與前文「中度」重複，據孫校本、陳校本、《説海》、《逸史搜奇》、《才鬼記》改。

〔三八〕隳張　明鈔本「張」作「上」，與下文「古」字連讀，誤。按：隳張，毀壞。北宋宋敏求編《唐大詔令集》卷五八《王摶工部侍郎制》：「而又朋附近臣，隳張大體。」

〔三九〕愬　明鈔本作「望」，誤。按：「愬皓月而長歌」乃謝莊《月賦》中句。李善注：「《毛詩》曰：『如彼愬風。』毛萇曰：『愬，向之也。』」

〔四〇〕歡　汪校本據明鈔本改作「拘」。按：歡，使之喜歡，取悦。作「歡」不誤。《太平通載》、《説海》、《逸史搜奇》、《才鬼記》亦作「歡」。

〔四一〕桂　《唐詩紀事》作「佳」。

〔四二〕援筆　明鈔本、孫校本、陳校本「筆」作「管」。按：《韓詩外傳》卷二：「叔敖治楚三年而楚國霸，楚史援筆而書之於策。」

〔四三〕庭前芭蕉一片　《紺珠集》卷一《異聞實録·妾换馬》作「庭下舊葉」，施元之等《施註蘇詩》卷二一《張近幾仲有龍尾子石硯以銅劍易之》註引李玫《異聞實録》作「亭下舊葉」。

〔四四〕彼佳人兮如瓊之瑛　《説海》、《逸史搜奇》、《才鬼記》「佳」作「美」。《紺珠集》、《類説》卷一九《異聞録·妾换馬》、《唐詩紀事》、《説海》、《逸史搜奇》、《唐人説薈》、《龍威秘書》、《晋唐小説六十種》「瑛」作「英」。按：瓊瑛，瓊玉之光彩。瓊英，瓊花。

〔四五〕逐日　《唐詩紀事》作「駿足」。按：逐日，典出東漢郭憲《洞冥記》，《太平御覽》卷八九七引《洞冥記》佚文：「修彌國有馬如龍，騰虛逐日。」

〔四六〕故何惜于傾城　《唐詩紀事》「故」作「亦」，《説海》、《逸史搜奇》「于」作「乎」，陳校本「故何」作「何故」。《紺珠集》、《類説》作「豈得吝於傾城」。

〔四七〕未厭夭桃之色　原作「永厭桃花之色」，據《紺珠集》、《類説》、《唐詩紀事》、《説海》、《逸史搜奇》改。陳校本「永」亦作「未」，明鈔本、孫校本、《才鬼記》「桃花」亦作「夭桃」。按：《詩經·周南·桃夭》：「桃之夭夭，灼灼其華。」

〔四八〕憐　《類説》作「聆」。

〔四九〕紫衣　原作「希逸」，《唐詩紀事》同，謝莊字也。此乃《廣記》編者所改。《説海》、《逸史搜奇》稱謝莊爲「紫衣」，據改。下同。

〔五〇〕矜　明鈔本作「稱」。

〔五一〕從　明鈔本作「投」。

〔五二〕長鬚　原作「文通」，《唐詩紀事》同。亦均爲《廣記》所改。據《才鬼記》、《唐人説薈》、《龍威秘書》改。江淹字文通。《説海》、《逸史搜奇》作「紫衣」，誤。按：《説海》、《逸史搜奇》「噴玉之聲」下脱「紫衣曰原夫」五字，而以「人以矜其容」云云爲長鬚者語，故以以下「步及庭砌」云云誤爲紫衣語。下文「紫衣」則誤作「長鬚」。

〔五三〕及　《紺珠集》作「至」，《類説》作「反」，同「返」。

〔五四〕効　《紺珠集》、《類説》、《事文類聚》作「立」。

〔五五〕駿　《紺珠集》作「駥」（《四庫》本作「騣」），《唐詩紀事》、《事文類聚》作「騣」，俱同「鬃」，馬鬃也。《説海》、《逸史搜奇》、《唐人説薈》、《龍威秘書》作「驄」，同「驄」，青白雜色之馬。

〔五六〕鬒髮　「鬒」原作「鬢」，《紺珠集》、《類説》、《唐詩紀事》、《事文類聚》、《才鬼記》作「鬒」，義勝，據改。按：女子頭髮黑而稠密曰鬒。

〔五七〕領　《類説》、《事文類聚》作「頰」。

〔五八〕有類夢焉　原作「有類卜之」，《唐詩紀事》「卜」作「求」。據《説海》、《逸史搜奇》、《才鬼記》、《唐人説薈》、《龍威秘書》、《晉唐小説六十種》改。

〔五九〕賦四韻訖　前原有「文通」二字，據《説海》、《逸史搜奇》、《才鬼記》、《唐人説薈》、《龍威秘書》、《晉唐小説六十種》刪。

〔六〇〕韋生　明鈔本作「韋鮑」。

〔六一〕生　明鈔本作「韋」。

按：《廣記》談刻本題《韋鮑生妓》，明鈔本及《太平通載》卷六五引《太平廣記》無「妓」字，今從。本篇《古今説海》取入，編在説淵部別傳四十四，改題《韋鮑二生傳》，不著撰人。《逸史搜奇》丙集四《韋鮑二生》，乃取《説海》。《才鬼記》卷六亦載，末注出處《纂異記》，題《謝希逸江文通》。又《唐人説薈》第十五集、《龍威秘書》四集《晉唐小説暢觀》、《晉唐小説六十種》之《才鬼記》，託名唐鄭蕡纂，亦取本篇，題《酒徒鮑生》。朝鮮人編《删補文苑楂橘》卷二亦採入，題《韋鮑生》，不著撰人，文同談刻本。《施註蘇詩》卷二一《張近幾仲有龍尾子石硯以銅劍易之》註節引李玫《異聞實録》，末云：「《纂異記》亦云。」誤爲二書。《紺珠集》卷一《異聞實録》、《類説》卷一九《異聞録》，皆宋人改題也。南宋王十朋《東坡先生詩集註》卷三〇同詩宋援註節引《異聞集》，「集」當作「録」。清褚人穫《堅瓠三集》卷一《愛妾換馬》引述此事，云「事見唐陳翰《異聞録》及《才鬼記》」，乃誤以《異聞録》即陳翰《異聞集》。《紺珠集》、《類説》本皆節録，題《妾換馬》，今引録於下。《紺珠集》云：

酒徒鮑生多聲妓，外弟韋生好乘駿馬，經行四方，各求其好。一日，相遇於途，宿於山寺。各出所有，互易之，乃以女妓善四絃者，換紫叱撥。會飲未終，有二人造席，「適聞以妾換馬，可作題共聯賦否？」乃折庭下舊葉書之。一云：「彼佳人兮如瓊之英，此良馬兮負駿之名。將有求於逐日，豈得吝於傾城？香暖深閨，未厭夭桃之色；風清廣陌，曾憐噴玉之聲。」一曰：「步至庭砌，立當軒墀。望新恩，懼非吾偶也；戀舊主，疑借人乘之。香散緑鬉，意以忘於鬒髮；汗流紅頷，愛無異於凝脂。」賦文多，不載。二客自稱江淹、謝莊也。

《類説》云：

酒徒鮑生多蓄聲妓，外弟韋生好乘駿馬，遊行四方，各求所好。一日，相遇於山寺，兩易所好，乃以女妓善四絃者換紫叱撥。忽有二人造席，衣冠甚古，遂與共飲。二客曰：「適聞以妾換馬，可作題共聯賦否？」乃折庭下芭蕉書之。一云：「彼佳人兮如瓊之英，彼良馬兮負駿之名。將有求於逐日，豈得吝於傾城？香暖深閨，未厭夭桃之色；風清廣陌，曾聆噴玉之聲。」一曰：「步反庭砌，立當軒墀。望新恩，懼非吾偶也；戀舊主，疑借人乘之。香散緑駿，意已忘於鬟髮；汗流紅頰，愛無異於凝脂。」賦文多，不載。二客自稱江淹、謝莊。

《唐詩紀事》卷五二《張祜》云：

世傳韋鮑二生以妾換馬之事云：韋生下第東歸，同憩水閣。鮑有美妾，韋有良馬。鮑以夢蘭、小倩佐歡，飲酣停盃，閲馬軒檻。韋曰：「能以人換，任選殊尤。」鮑欲馬之意頗切，祕遣四絃更衣盛裝，頃之而至。乃命勸韋酒，歌云：「白露濕庭砌，皓月臨前軒。此時去留恨，含思獨無言。」又歌送鮑生酒云：「風颭荷珠難暫圓，多生信有短因緣。西橋今夜三更月，還照離人泣斷絃。」韋乃命牽紫叱撥以酬之。俄有紫衣冠二人，自閣西升階而來，二生恐悚，闔户窺之。一人長鬚，云：「足下賦云：『斜漢左界，北陸南躔。白露曖空，素月流天。』可謂光絶。對曰：「何不見賞『風霽地表，雲斂天末，洞庭始波，木葉微脱』？今佳月如晝，可以爲賦。」長鬚曰：「向聞妾換馬之事，可以爲題，以『彼傾城，求其駿足』爲韻。」長鬚曰：「彼佳人兮如瓊之英，此良馬兮負駿之名。將有求於駿足，亦何惜於傾城？香暖深閨，未厭夭桃之色；風清廣陌，曾憐噴玉之聲。」希逸曰：「原夫人以矜其容，馬乃稱其德。既各從其所好，諒何求而不克！長跪而別，姿容休耀其金鈿；右牽而來，光彩頓生於玉勒，」文通曰：「步及庭砌，効當軒墀。望新恩，懼非吾偶也；戀舊主，疑借人乘之。香散緑騣，意已忘於鬐鬣；汗流紅頷，愛無異於凝脂。」希逸曰：「是知事有廢興，用有取捨。彼以絶代之容爲鮮矣，此以軼羣之足爲貴也。買笑之恩既盡，有類求之；據鞍之力尚存，猶希進也。」賦訖，行十餘步而失。故祐有《愛妾換馬》之什云：「綺閣香銷華厩空，忍將行雨換追風。休憐柳葉雙眉緑，却愛桃花兩耳紅。侍宴永辭春色裏，趁朝休立漏聲中。恩勞未盡情先盡，暗泣西風兩意同。」

《愛妾換馬》，古曲也。《樂府詩集》卷七三《雜曲歌辭十三》有此曲，引《樂府解題》云：「《愛妾換馬》，舊説淮南王所作，疑淮南王即劉安也。古辭今不傳。」凡收梁簡文帝、劉孝威、庾肩吾、隋僧法宣各一首，唐張祜二首。

《獨異志》卷中載曹彰以美妾換馬之事，云：

後魏曹彰性倜儻，偶逢駿馬，愛之，其主所惜也。彰曰：「余有美妾可換，惟君所選。」馬主因指一妓，彰遂換之。馬號曰白鶻。後因獵，獻於文帝。

江淹、謝莊，傳見《梁書》卷一四、《宋書》卷八五。《文選》卷一三收謝希逸《月賦》，卷一六收江文通《恨賦》、《别賦》。《江淹傳》略云：

江淹，字文通，濟陽考城人也。少孤貧好學，沉靖少交遊。起家南徐州從事，轉奉朝請。宋建平王景素好士，淹隨景素在南兗州。……尋舉南徐州秀才，對策上第，轉巴陵王國左常侍。景素爲荆州，淹從之鎮。……及鎮京口，淹又爲鎮軍參軍事，領南東海郡丞。……黜爲建安吴興令。淹在縣三年。昇明初，齊帝輔政，聞其才，召爲尚書駕部郎、驃騎參軍事。……是時軍書表記，皆使淹具草。相國建，補記室參軍事。建元初，又爲驃騎建安王記室，帶東武令，參掌詔册，并典國史。尋遷中書侍郎。永明初，遷驃騎將軍，掌國史。出爲建武將軍、廬陵内史。視事三年，還爲驍騎將軍，兼尚書左丞，尋復以本官領國子博士。少帝初，以本官兼御史中丞。……明帝即位，爲車騎臨海王長史。俄除廷尉卿，加給事中，遷冠軍長史，加輔國將軍。出爲宣城太守，將軍如故。在郡四年，還爲黄門侍郎、領步兵校尉，尋爲祕書監。……東昏末，淹以祕書監兼衛尉，固辭不獲免，遂親職。……頃之，又副領軍王瑩。及義師至新林，淹微服來奔，高祖板爲冠軍將軍，祕書監如故，尋兼司徒左長史。中興元年，遷吏部尚書。二年，轉相國右長史，冠軍將軍如故。天監元年，爲散騎常侍、左衛將軍，封臨沮縣開國伯，食邑四百户。……其年，以疾遷金紫光禄大夫，改封醴陵侯。四年卒，時年六十二。高祖爲素服舉哀，賻錢三萬，布五十匹。謚曰憲伯。淹少以文章顯，晚節才思微退，時人皆謂之才盡。凡所著述百餘篇，自撰爲前後集，并《齊史》十志，並行於世。

《謝莊傳》略云：

謝莊，字希逸，陳郡陽夏人，太常弘微子也。年七歲，能屬文，通《論語》。及長，韶令美容儀。太祖見而異之，謂尚書僕射殷景仁、領軍將軍劉湛曰：「藍田出玉，豈虚也哉！」初爲始興王濬後軍法曹行參軍，轉太子舍人，廬陵王文學，太子洗馬，中舍人，廬陵王紹南中郎諮議參軍。又轉隨王誕後軍諮議，並領記室。……（元嘉）二十九年，除太子中庶子。……元凶弒立，轉司徒左長史。……世祖踐阼，除侍中。……孝建元年，遷左衛將軍。……其年拜吏部尚書。……三年，坐辭疾多，免官。大明元年，起爲都官尚書，奏改定刑獄。……遷右衛將軍，加給事中。……五年，又爲侍中，領前軍將軍。……改領游擊將軍，又領本州大中正、晉安王子勛征虜長史、廣陵太守，加冠軍將軍。改爲江夏王義恭太宰長史，將軍如故。六年，又爲吏部尚書，領國子博士，坐選公車令張奇免官。……仍除長史、臨淮太守，未拜，又除吴郡太守。莊多疾，不樂去京師，復除前職。前廢帝即位，以爲金紫光禄大夫。……（太宗）及即位，以莊爲散騎常侍、光禄大夫，加金章紫綬，領尋陽王師，頃之，轉中書令，常侍，王師如故。尋加金紫光禄大夫，給親信二十人，本官並如故。泰始二年卒，時年四十六，追贈右光禄大夫，常侍如故，謚曰憲子。所著文章四百餘首，行於世。

江淹、謝莊皆高官，此文言其紫衣，乃用唐制，三品以上服紫也。江淹卒年六十二，謝莊四十六，故言江淹長鬚也。

「**古之諸侯，貢士于天子**」云云，乃取自《漢書》卷六《武帝紀》：

古者諸侯貢士，壹適謂之好德，再適謂之賢賢，三適謂之有功，乃加九錫。不貢士，壹則黜爵，再則黜地，三則黜爵地畢矣。

《禮記正義·射義》孔穎達《正義》曰：

案：《書傳》云：「古者諸侯之於天子也，三年一貢士。一適謂之好德，再適謂之賢賢，三適謂之有功。有功者，天子賜以衣服、弓矢，再賜以秬鬯，三賜以虎賁百人，號曰命諸侯。」不云益地者，文不具矣。《書傳》又云：「貢士一不適謂之過（注云謂三年時也），再不適謂之敖（注云謂六年時也），三不適謂之誣（注云謂九年時也）。一絀以爵，再絀以地，三絀而地畢。」注云凡十五年，鄭以此故知三歲而貢士也。

《書傳》即《尚書大傳》，漢初伏勝撰，已佚，《四庫全書》收清孫之騄輯本。卷三《晉傳》云：

古者諸侯之於天子，三年一貢士。一適謂之攸好德，再適謂之賢賢，三適謂之有功。有功者，天子賜之車服、弓矢，號曰命諸侯。有不貢士，謂之不率正。一不適謂之過，再不適謂之傲，三不適謂之誣。誣者天子絀之，一絀以爵，再絀以地，三絀而爵地畢也。

「乃每歲季春，開府庫，出幣帛，周天下而禮聘之」，見《禮記·月令》：

季春之月……天子布德行惠，命有司發倉廩，賜貧窮，振乏絶。開府庫，出幣帛，周天下，勉諸侯，聘名士，禮賢者。

逐日，言馬行迅捷，古書多有此語。《太平御覽》卷八九七引《洞冥記》曰（今本無）：

脩弥國有馬如龍，騰虚逐日。兩足倚行，或藏形於空中，惟聞聲耳。時得天馬汗血，是其類也。

《太平御覽》卷二五二引梁庾肩吾《爲南康王讓丹陽尹表》曰：

臣聞劍鏤七星，非有司天之用；縑圖五嶽，寧識崇朝之雲。是知策彼泥龍，不能令其逐日；乘斯流馬，安可使其奔電？

唐歐陽詢《藝文類聚》卷四引周庾信《三月三日華林園馬射賦》曰：

玉律調鍾，金錞節鼓，於是咀銜拉鐵，逐日追風。

夭桃之色，見《詩經·周南·桃夭》：「桃之夭夭，灼灼其華。」毛傳：「興也。桃有華之盛者，夭夭，其少壯也，灼灼，華之盛也。」

噴玉之聲，見《穆天子傳》卷五：「黄之池，其馬歕沙，皇人威儀。黄之澤，其馬歕玉，皇人壽穀。」歕，同「噴」。噴玉，形容馬噴鼻聲之動聽如玉聲也。

戀舊主，《文選》卷二〇曹植《上責躬應詔詩表》：「不勝犬馬戀主之情。」卷一〇晉潘岳《西征賦》：「猶犬馬之戀主，竊託慕於闕庭。」

疑借人乘之，見《論語·衛靈公》：「有馬者，借人乘之，今亡矣。」何晏《集解》：「包曰：有馬不能調良，則借人乘習之。孔子自謂及見其人如此，至今無有矣。」

噴玉泉幽魂

會昌元年春，孝廉許生，下第東歸。次壽安，將宿于甘泉，至〔一〕甘棠館西一里已來，逢白衣叟，躍青驄，自西而來。徒〔二〕從極盛，醺顔怡怡，朗吟云：「春草萋萋〔三〕春水緑，野棠開盡飄香玉。繡嶺宫前鶴髪人〔四〕，猶唱開元太平曲。」生策馬前進，問其姓名，叟微笑不答，又吟一篇云：「厭世逃名者，誰能答姓名。曾聞三樂否，看取路傍情〔五〕。」生知其鬼物矣，遂不復問，但繼後而行。凡二三里，日已暮矣。至噴玉泉牌堠之西，叟笑謂生曰：「吾聞三四〔六〕君子，今夕〔七〕追舊遊于此泉。吾昨已被召，自此南去，吾子不可連騎也。」生固請從，叟不對而去。生縱轡以隨之。

去甘棠一里餘，見車馬導從，填隘路歧，生仄蓋〔八〕而進。既至泉亭，乃下馬，伏于叢棘之下，屏氣以窺之。見四丈夫，有少年神貌揚揚者，有短小器宇落落者，有長大少髭髯者，有清瘦言語及瞻視疾速者，皆金紫，坐於泉之北磯。叟既至，曰：「玉川來何遲？」叟曰：「適傍石墨澗尋賞，憩馬甘棠館亭，于西楹偶見詩人題一章。駐步〔九〕吟諷，不覺良久。」座首者曰：「是何篇什，得先生賞歎之若是？」叟曰：「此詩有似爲席中一二公，有其題而晦其姓名，憐其終章〔一〇〕皆有意思。」乃曰：「浮雲淒慘日微明，沈痛將軍負罪名。白晝叫閽無近戚，縞衣飲氣有門生〔一一〕。佳人暗泣填宮淚，厩馬連嘶換主聲。六合茫茫皆〔一二〕漢土，此身無處哭田横。」座中聞之，皆以襟袖掩面，如欲慟絶〔一三〕。神貌揚揚者云：「我知作詩人矣，得非伊水之上，受我推食脱衣之士乎？」

久之，白衣叟命飛盃，凡數十巡〔一四〕，而座中欷歔〔一五〕未已。白衣叟曰：「再經舊遊，無以自適。宜賦篇詠，以代管絃。」命左右取筆硯，乃出題云：「《噴玉泉感舊遊書懷》，各七言長句〔一六〕。」白衣叟倡云：「樹色川光向晚〔一七〕晴，舊曾遊處事分明。鼠穿月榭荆榛合，草掩花園畦壠平。迹陷黄沙仍未寤〔一八〕，罪標青簡竟何名。傷心谷口東流水，猶噴當時寒玉聲。」少年神貌揚揚者詩云：「鳥啼鶯語思何窮，一世榮華一夢中。李固有冤藏蠹簡，鄧攸無子續清風。文章高韻傳流水，絲管遺音託草蟲。春月不知人事改，閑垂光影照洿宫。」短小器宇落落者詩云：「桃蹊〔一九〕李徑盡荒涼，訪舊尋新益自傷。雖有衣衾藏李固，終無表疏雪王章。羈魂尚覺霜風冷，朽骨徒驚月桂香。天爵竟爲人爵悮〔二〇〕，誰能高叫問蒼蒼？」清瘦及瞻視疾速者詩云：「落花寂寂草綿綿，雲影〔二一〕山光盡宛然。壞室基摧新石鼠，瀦宫水引故山泉。青雲自致慙天爵，白首同歸感昔賢。惆悵林間中夜月，孤光曾照讀書〔二二〕筵。」長大少鬚髯〔二三〕者詩云：「新荆棘路舊衡門，又駐高車會一樽。寒骨未〔二四〕沾新雨露，春風不長敗蘭蓀。丹誠豈分埋幽壤，白日終希照覆盆。珍重昔年金谷友，共來泉際話孤魂〔二五〕。」

詩成，各自吟諷，長號數四，響動巖谷。逡巡，怪鳥鴟梟〔二六〕，相率啾唧；大狐〔二七〕老狸，次第鳴叫。頃之，騾脚自東而來，金鐸之聲，振于坐中。各命僕馬，頗甚草草，慘無言語，掩泣攀鞍，若煙霧狀，自庭而散。生于是出叢棘，尋舊路。匹馬齕草于澗側，蹇童美寢于路隅。未明，達甘泉店。店媪詰冒夜，生具以對媪〔二八〕。媪曰：「昨夜三更〔二九〕，走馬挈壺，就我買酒，得非此耶？」開櫃視〔三〇〕，皆紙錢也。（中華書局版汪紹楹點校本《太平廣記》卷三五〇《鬼三十五》引《纂異録》校録，明許自昌刻本、陳校本作《纂異記》）

〔一〕至　原作「店」，連上讀，據孫校本、陳校本、《古今説海》説淵部別傳十八《甘棠靈會録》、《才鬼記》卷六《甘棠靈會録》（未注《廣異記》，誤）改。

〔二〕徒　明鈔本、孫校本作「行」。

〔三〕萋萋　《類説》卷一九《異聞録·白衣叟吟》、《説海》作「凄凄」。按：《楚辭·招隱士》：「王孫遊兮不歸，春草生兮萋萋。」當作「萋萋」。

〔四〕人　明鈔本作「翁」。

〔五〕曾聞三樂否看取路傍情　談刻本「看」原譌作「春」，汪校本徑改，明鈔本、孫校本作「看」。《全唐詩》卷五六二李玖（玫）《噴玉泉冥會詩》「三」作「王」，「看」作「眷」。按：三樂出《列子·天瑞》：「吾樂甚多：天生萬物，唯人爲貴，而吾得爲人，是一樂也。男女之別，男尊女卑，故以男爲貴，吾既得爲男矣，是二樂也。人生有不見日月，不免襁褓者，吾既已行年九十矣，是三樂也。」作「王」譌。

〔六〕四　明鈔本、孫校本、陳校本、《説海》、《太平通載》卷六五引《太平廣記》作「數」。

〔七〕夕　原作「日」，據明鈔本、陳校本、《説海》、《太平通載》改。

〔八〕仄蓋　「仄」原作「麾」，據《説海》、《才鬼記》改。按：仄，側也。車多路擠，故側車而進。孫校本作「反」，蓋「仄」之譌字。《太平通載》作「廢蓋」，則撤去車蓋也。

〔九〕步　原作「而」，據明鈔本、孫校本、陳校本、《説海》、《太平通載》改。

〔一〇〕章　孫校本、陳校本、《説海》、《太平通載》作「篇」。

〔一一〕有門生　「有」原作「只」，據明鈔本改。「門生」《説海》作「書生」。按：此詩乃李玫作。少年神貌揚揚者乃舒元輿。大和中李玫習業於龍門天竺寺，曾得舒元輿知遇之恩，故得謂門生。作「書生」亦通。

〔一二〕皆　原作「悲」，據陳校本、《説海》、《太平通載》、北宋錢易《南部新書》壬卷、南宋劉克莊《後村詩話》前集卷一、《全唐詩》改。

〔一三〕絶　原作「哭」，據陳校本、《説海》、《太平通載》改。

〔一四〕數十巡　原作「數巡巡」，據明鈔本、孫校本、陳校本、《説海》、《才鬼記》、《太平通載》改。《合刻三志》志鬼類、《雪窗談異》卷八、《唐人説薈》第十六集、《龍威秘書》四集、《晋唐小説六十種》之《靈鬼志・許生》作「數巡」。

〔一五〕欷歔　明鈔本作「談謔」，誤。

〔一六〕長句　明鈔本作「當可」。

〔一七〕晚　陳校本、《説海》、《才鬼記》作「曉」。

〔一八〕寤　明鈔本、陳校本、《説海》、《太平通載》作「悟」，義同，醒悟也。

〔一九〕蹊　孫校本作「溪」，誤。按：蹊，小徑。《史記》卷一〇九《李將軍列傳》：「桃李不言，下自成蹊。」

〔二〇〕悮　《説海》、《才鬼記》、《太平通載》、《全唐詩》作「誤」。悮，同「誤」。

〔二一〕影　明鈔本作「采」，孫校本、陳校本、《説海》、《太平通載》作「彩」。

〔二二〕讀書　陳校本、《太平通載》作「講書」。按：清瘦及瞻視疾速者乃王涯，有文名。王涯未曾任侍講之職，不得言「講書」。《説海》亦作「讀書」。

〔二三〕鬚髯　明鈔本無「髯」字。《説海》、《才鬼記》作「髮鬚」。

〔二四〕未　明鈔本作「永」，誤。

〔二五〕共來泉際話孤魂　孫校本作「共營泉祭話孤魂」，誤。《全唐詩》「孤」作「幽」，誤。按：此律前已有「幽」字，不當重用。

〔二六〕怪鳥鴟梟　明鈔本、陳校本、《太平通載》「鳥」作「鶚」。《説海》、《才鬼記》作「鬼車怪鶚」。

〔二七〕大狐　《説海》、《才鬼記》作「哀猿」。

〔二八〕對媪　「對」明鈔本作「告」。「媪」王夢鷗《纂異記校釋》以爲衍字。

〔二九〕三更　孫校本、《説海》、《太平通載》作「三使」。按：噴玉泉夜會者，凡一叟四丈夫，不得只三使，當譌。

〔三〇〕視　明鈔本、陳校本下有「之」字。

按：據《南部新書》壬卷，本篇原題《噴玉泉幽魂》。《廣記》體例，多以人名標目，故改作《許生》。《古今説海》説淵部别傳家十八據《廣記》録入，而别制篇名，曰《甘棠靈會録》。《才鬼記》卷六題同，文字則非盡本《説海》，又多據《廣記》校改，出處誤作《廣異記》。《合刻三志》志鬼類、《雪窗談異》卷八、《唐人説薈》第十六集、《龍威秘書》四集《晉唐小説暢觀》、《晉唐小説六十種》之《靈鬼志》（託名唐常沂撰），中亦有《許生》，微有删削。

《紺珠集》卷一《異聞實録·甘棠館詩》、《類説》卷一九《異聞録·白衣叟吟》節録頗略。《紺珠集》云：

會昌中，許孝廣（廉）路由甘棠館，逢白衣叟，乘馬高吟：「春草萋萋春水緑，野棠開盡飄香玉。繡嶺宫前鶴髮人，猶唱開元太平曲。」許異其詩，逐問之，忽入一林，遂不見。

《類説》云：

會昌中，許孝廉路由甘棠館，逢白衣叟，乘馬高吟曰：「春草凄凄春水緑，野棠開盡飄香玉。繡嶺宫前鶴髮人，猶唱開元太平曲。」許異之，追入林，不見。

《南部新書》壬卷載：

李紋者，早年受王涯恩。及爲歙州巡官時，涯敗，因私爲詩以弔之。末句曰：「六合茫茫皆漢土，此身無處哭田横。」乃有人欲告之。因而《纂異記》記中有《噴玉泉幽魂》一篇，即甘露之四相也。玉川先生，盧仝也。仝亦涯客，性僻面黑，常閉於一室中，鑿壁穴以送食。大和九年十一月二十日夜，偶宿涯館，明日左軍屠涯家族，隨而遭戮。

按「李紋」乃「李玫」之譌，形似也。錢易所記主要依據《纂異記》此篇，然有誤解。施恩於李玫者乃舒元輿及李訓，非王涯也。《纂異記·齊君房》云：「大和元年，李玫習業在龍門天竺寺。」龍門山一名伊闕山，在洛陽城南，臨伊水。而其時李訓正居洛中。《舊唐書》卷一六九《李訓傳》載：寶曆中訓長流嶺表，會赦得還，丁母憂，居洛中。大和八年，自流人補四門助教。會赦乃指文宗大和元年（八二七）正月乙巳大赦改元。同卷《舒元輿傳》載：大和五年八月，元輿改授著作郎，分司東都。時李訓丁母憂在洛，與元輿相得甚歡。本篇少年神貌揚揚者云：「我知作詩人矣，得非伊水之上，受我推食脱衣之士乎？」作詩人指在甘棠館亭西楹題「浮雲凄慘日微明」云云之詩人，實即作者李玫自況，而少年神貌揚揚者即舒元輿，則知李玫久居龍門習業，受恩於元輿也。而白衣叟云「此詩有似爲席中一二公」，則亦兼得李訓關照。李玫詩「六合茫茫皆漢土，此身無處哭田横」，意在悼念舒元輿、王涯、李訓、賈餗四相。全詩見載於本篇，而《纂異記》作於大中初，然則非如《南部新書》所言大和九年四相於「甘露之變」被宦官所殺後，李玫「私爲詩以弔之」也。

白衣叟，即玉川子盧仝，一生未仕，故曰白衣。卜居洛陽，故其鬼與四相同聚壽安縣噴玉泉。錢易謂仝亦涯客，偶宿涯館，左軍屠涯家族，隨而遭戮。實則盧仝早在元和七八年（八一二、八一三）即故去（參見《唐才子傳校箋》卷五《盧仝》）。盧仝被殺於王涯家，未見唐人記載，而説見南宋晁公武《郡齋讀書志》別集類云：

《盧仝詩》一卷，右唐盧仝，范陽人。隱少室山，號玉川子。徵諫議不起。《唐史》稱韓愈爲河南令，愛其詩，厚禮之。嘗作《月蝕》詩，以譏元和逆黨，愈稱其工。後死于甘露之禍。

劉克莊《後村詩話》前集卷一云：

唐人多傳盧仝因留宿王涯第中，遂預甘露之禍。仝老無髪，閹人於腦後加釘焉，以爲添丁之讖。或言好事者爲之。仝處士，與人無怨，何爲有此謗？然平時切齒元和逆黨，《月蝕》一詩膾炙人口，意者羣閹因此害之。

《唐才子傳》卷五《盧仝》亦載仝死於甘露之變，云：

元和間，月蝕，仝賦詩，意譏切當時逆黨，愈極稱工，奄人稍恨之。時王涯秉政，胥怨於人。及禍起，仝偶與諸客會食涯書館中，因留宿。吏卒掩捕，仝曰：「我盧山人也，於衆無怨，何罪之有？」吏曰：「既云山人，來宰相宅，容非罪乎？」蒼忙不能自理，竟同甘露之禍。仝老無髪，奄人於腦後加釘。先是生子名添丁，人以爲讖云。

噴玉泉，本篇叙事，由白衣叟導入壽安甘棠館西噴玉泉。壽安，縣名，在洛陽西南數十里處，今河南宜陽縣。《大唐傳載》云：「壽安縣有噴玉泉，石溪皆山水之勝絶也。貞元中李賓客洞爲縣令，乃剗翳薈，開徑隧，人方聞而異焉。太和初博陵崔蒙爲主簿，標堠於道周，人方造而遊焉。」本篇云及噴玉泉牌堠，即太和初崔蒙主簿標堠於道周者。此後噴玉泉方成遊覽勝地，故本篇云爲四相舊遊之地。

白衣叟「春草萋萋春水緑」之詩，《萬首唐人絶句》卷六六輯入，題甘棠叟一首。南宋周弼編《三體唐詩》卷三、元楊士弘編《唐音》卷一四皆作李洞詩，題《繡嶺宫》，《全唐詩》卷七二三李洞卷亦收，題《繡嶺宫詞》。按：《唐才子傳》卷九云李洞昭宗時凡三上不第，寓蜀而卒，鄭谷有詩哭之，是則洞在李玫後，不當爲洞詩也。乃緣貞元李洞辟噴玉泉，遂誤將白衣叟詩屬之李洞，而又誤爲唐末李洞也。

蘇軾於白衣叟此詩頗爲欣賞，北宋阮閲《詩話總龜》後集卷四二引東坡云：「余與魯直、壽朋、天啓會于伯時齋舍，此一卷皆仙鬼所作，或夢中所作也。」（南宋胡仔《苕溪漁隱叢話》前集卷五八亦引）首即爲「春草萋萋春水緑」一絶。明胡應麟《少室山房筆叢》卷三七《二酉綴遺下》云「鬼詩極有佳者」，七言絶中所舉之例亦有此詩。

「六合茫茫皆漢土，此身無處哭田橫」，典出《漢書》卷三三《田儋傳》：

田儋，狄人也，故齊王田氏之族也。儋從弟榮，榮弟橫，皆豪桀，宗彊，能得人。……漢滅項籍，漢王立爲皇帝，彭越爲梁王。橫懼誅，而與其徒屬五百餘人入海，居隝中。高帝聞之，以橫兄弟本定齊，齊人賢者多附焉，今在海中不收，後恐有亂，乃使使赦橫罪而召之。……橫乃與其客二人乘傳詣雒陽。至尸鄉厩置，橫謝使者曰：「人臣見天子，當洗沐。」止留。謂其客曰：「橫始與漢王俱南面稱孤，今漢王爲天子，而橫乃爲亡虜，北面事之，其媿固已甚矣。又吾亨人之兄，與其弟併肩而事主，縱彼畏天子之詔，不敢動摇，我獨不媿於心乎？且陛下所以欲見我，不過欲壹見我面貌耳，陛下在雒陽，今斬吾頭，馳三十里間，形容尚未能敗，猶可知也。」遂自剄，令客奉其頭，從使者馳奏之高帝。高帝曰：「嗟乎，有以！起布衣，兄弟三人更王，豈非賢哉！」爲之流涕，而拜其二客爲都尉，發卒二千，以王者禮葬橫。既葬，二客穿其冢旁，皆自剄從之。高帝聞而大驚，以橫之客皆賢者，「吾聞其餘尚五百人在海中」，使使召至，聞橫死，亦皆自殺。於是乃知田橫兄弟能得士也。

甘露之變，本篇歷史背景乃大和九年甘露之變。**四丈夫**，影宰相王涯、舒元輿、李訓、賈餗，均被宦官所殺。關於甘露之變，《舊唐書》卷一七下《文宗紀下》載：

（大和九年十一月）壬戌，中尉仇士良率兵誅宰相王涯、賈餗、舒元輿、李訓，新除太原節度王璠，郭行餘、鄭注、羅立言、李孝本、韓約等十餘家，皆族誅。時李訓、鄭注謀誅內官，詐言金吾仗舍石榴樹有甘露，請上觀之。内官先至金吾仗，見幕下伏甲，遽扶帝輦入内，故訓等敗流血塗地。京師大駭，旬日稍安。

又卷一八四《宦官·王守澄傳》載：

訓欲盡誅宦官，乃與金吾將軍韓約、新除太原節度使王璠、新除邠寧節度使郭行餘、權御史中丞李孝本、權京兆尹羅立言謀。其年十一月二十一日，上御宣政殿，百寮班定，韓約不奏平安，乃奏曰：「臣當仗廨内石榴樹，夜來降甘露，請陛下幸仗舍觀之。」帝乘輦趨金吾仗。中尉仇士良與諸官先往石榴樹觀之，伺知其詐，又聞幕下兵仗聲，蒼黄而還，奏曰：「南衙有變。」遂扶帝輦入閤門。李訓從輦大呼曰：「邠寧、太原之兵，何不赴難？衛乘輿者，人賞百千。」於是誰何之卒及御史臺從人，持兵入宣政殿院，宦官死者甚衆。輦既入閤門，内官呼萬歲。俄而士良等率禁兵五百餘人，露刃出東上閤門，逢人即殺，王涯、賈餗、舒元輿、李訓等四人宰相及王璠、郭行餘等十一人，屍横闕下。

李訓等四人，《舊唐書》卷一六九皆有傳。傳中皆言及甘露之變中被殺之情，李訓、王涯二傳尤詳。訓傳曰：

李訓，肅宗時宰相揆之族孫也。始名仲言，進士擢第。形貌魁梧，神情灑落，辭敏智捷，善揣人意。寶曆中……長流嶺表，會赦得還。丁母憂，居洛中。……大和八年，自流人補四門助教，召入内殿，面賜緋魚。其年十月，遷國子《周易》博士，充翰林侍講學士。……九年七月，改兵部郎中、知制誥，充翰林學士。九月，遷禮部侍郎、同平章事，仍賜金紫之服。……訓既秉權衡，即謀誅内豎。……是月二十一日，帝御紫宸。班定，韓約不報平安，奏曰：「金吾左仗院石榴樹，夜來有甘露，臣已進狀訖。」……李訓奏曰：「甘露降祥，俯在宫禁，陛下宜親幸左仗觀之。」班退，上乘軟舁出紫宸門，由含元殿東階昇殿。……上令宰相兩省官先往視之，既還，曰：「臣等恐非真甘露，不敢輕言。言出，四方必稱賀也。」上曰：「韓約妄耶？」乃令左右軍中尉、樞密内臣往視之。既去，訓召王璠、郭行餘曰：「來受敕旨。」璠恐悚不能前，行餘獨拜殿下。時兩鎮官健，皆執兵在丹鳳門外，訓已令召之，唯璠從兵入，邠寧兵竟不至。中尉、樞密至左仗，聞幕下有兵聲，驚恐走出。閽者欲扃鎖之，爲中人所叱，執關而不能下。内官迴奏，韓約氣懾汗流，不能舉首。中官謂之曰：「將軍何及此耶？」又奏曰：「事急矣，請陛下入内。」即舉軟輿迎帝。訓殿上呼曰：「金吾衛士上殿來，護乘輿者，人賞百千。」内官決殿後罘罳，舉輿疾趨。訓攀呼曰：「陛下不得入内。」金吾衛士數十人，隨訓而入。羅立言率府中從人自東來，李孝本率臺中從人自西來，共四百餘人，上殿縱擊，内官死傷者數十人。訓時愈急，邐迤入宣政門，帝瞋目叱訓，内官郄志榮奮拳擊其胸，訓即僵仆於地。帝入東上閤門，門即闔，内官呼萬歲者數四。須臾，内官率禁兵五百人，露刃出閤門，遇人即殺。宰相王涯、賈餗、舒元輿方中書會食，聞難出走，諸司從吏死者六七百人。是日，訓中拳而仆，知事不濟，乃單騎走入終南山，投寺僧宗密。訓與宗密素善，欲剃其髮匿之，從者止之，乃趨鳳翔，欲依鄭注。出山爲盩厔鎮將宗楚所得，械送京師。至昆明池，訓恐入軍别受擄掠，乃謂兵士曰：「所在有兵，得我者即富貴，不如持我首行，免被奪取。」乃斬訓，持首而行。訓弟仲景，再從弟户部員外郎元皋，皆伏法。

李訓「形貌魁梧」，四丈夫中長大少髭髯者即李訓也。其詩云「新荆棘路舊衡門，又駐高車會一樽」，「珍重昔年金谷友」，「共來泉際話孤魂」，儼然主人口吻，蓋緣李訓嘗久居洛中也。《新唐書》卷一七九《李訓傳》載：「從父逢吉爲宰相，以仲言陰險善謀事，厚昵之。坐武昭獄，流象州。文宗嗣位，更赦還，以母喪，居東都。」赦還乃指文宗大和元年正月乙巳大赦改元。又據《舊唐書》卷一六七《李逢吉傳》，逢吉大和五年八月爲太子太師、東都留守、東畿汝防禦使。大和中訓赦歸及丁母憂住洛，當曾居於噴玉泉。

金谷友，用石崇典。金谷在今河南洛陽市西北，有水，名金谷水、金谷澗，西晋石崇於此建金谷園。酈道元《水經注》卷一六《穀水》：「穀水又東，左會金谷水，水出太白原。東南流歷金谷，謂之金谷水，東南流逕晋衛尉卿石崇之故居。」劉義慶《世説新語・品藻》劉孝標注引石崇《金谷詩叙》曰：

余以元康六年，從太僕卿出爲使持節監青徐諸軍事、征虜將軍。有别廬在河南縣界金谷澗中，或高或下，有清泉茂林，衆果竹柏藥草之屬，莫不畢備。又有水碓、魚池、土窟，其爲娱目歡心之物備矣。時征西大將軍祭酒王詡當還長安，余與衆賢共送往澗中，晝夜遊宴，屢遷其坐。或登高臨下，或列坐水濱。時琴瑟笙筑，合載車中，道路並作。及住，令與鼓吹遞奏，遂各賦詩，以叙中懷。

或不能者，罰酒三斗。感性命之不永，懼凋落之無期，故具列時人官號、姓名、年紀，又寫詩著後。後之好事者，其覽之哉！凡三十人……

《文選》卷二〇載潘岳《金谷集作詩》一首，李善注引石崇《金谷詩序》，文簡。

《舒元輿傳》曰：

舒元輿者，江州人，元和八年登進士第，釋褐諸府從事。大和初，入朝爲監察，轉侍御史。……元輿自負奇才，鋭於進取，乃進所業文章，乞試効用，宰執謂其躁競。五年八月，改授著作郎，分司東都。時李訓丁母憂在洛，與元輿性俱詭激，乘險蹈利，相得甚歡。及訓爲文宗寵遇，復召爲尚書郎。九年，以右司郎中知臺雜。七月，權知中丞事。九月，拜御史中丞，兼判刑部侍郎。是月，以本官同平章事，與訓同知政事。而深謀詭算，熒惑主聽，皆生於二凶也。訓竊發之日，兵自内出。元輿易服單馬出安化門，爲追騎所擒，送左軍族誅之。

據《新唐書》卷一七九《舒元輿傳》，元輿科考前上書論貢士，俄擢高第。此書載於《唐文粹》卷二六上、《全唐文》卷七二七，題《上論貢士書》，中云：「前年臣年二十三，學文成立，爲州縣察臣，臣得備下土貢士之數。」元輿元和八年（八一三）登進士第，前年指前一年，即去年，元和七年也。上書時年二十四，大和九年被殺年四十六，猶爲少壯也。詩云「文章高韻傳流水，絲管遺音託草蟲」，言其善詩文，故有進文於宰執之事。

「李固有冤藏蠹簡，鄧攸無子續清風」，分别用東漢李固、晉鄧攸典。

《後漢書》卷六三《李杜列傳》載：

李固字子堅，漢中南鄭人。……及沖帝即位，以固爲太尉，與梁冀參録尚書事。明年帝崩……固以清河王蒜年長有德，欲立之……冀不從，乃立樂安王子纘，年八歲，是爲質帝。……冀忌帝聰慧，恐爲後患，遂令左右進鴆。……（冀）乃説太后先策免固，竟立蠡吾侯，是爲桓帝。後歲餘，甘陵劉文、魏郡劉鮪各謀立蒜爲天子，梁冀因此誣固與文、鮪共爲妖言，下獄。門生勃海王調貫械上書，證固之枉，河内趙承等數十人亦要鈇鑕詣闕通訴，太后明之，乃赦焉。及出獄，京師市里皆稱萬歲。冀聞之大驚，畏固名德終爲己害，乃更據奏前事，遂誅之，時年五十四。……州郡收固二子基、兹於偃城，皆死獄中。小子燮得脱亡命。冀乃封廣（胡廣）、戒（趙戒）而露固尸於四衢，令有敢臨者加其罪。固弟子汝南郭亮，年始成童，遊學洛陽，乃左提章鉞，右秉鈇鑕，詣闕上書，乞收固屍。不許，因往臨哭，陳辭於前，遂守喪不去。……南陽人董班亦往哭固，而殉尸不肯去。太后憐之，乃聽得襚斂歸葬。二人由此顯名，三公並辟。班遂隱身，莫知所歸。

《晉書》卷九〇《良吏·鄧攸傳》載：

鄧攸字伯道，平陽襄陵人也。……永嘉末，没于石勒。……石勒過泗水，攸乃斫壞車，以牛馬負妻子而逃。又遇賊，掠其牛馬，步走，擔其兒及其弟子綏。度不能兩全，乃謂其妻曰：「吾弟早亡，唯有一息，理不可絶，止應自棄我兒耳。幸而得存，我後當有子。」妻泣而從之，乃棄之。其子朝棄而暮及。明日，攸繫之於樹而去。……攸棄子之後，妻不復孕。過江，納妾，甚寵之。訊其家屬，説是北人遭亂，憶父母姓名，乃攸之甥。攸素有德行，聞之感恨，遂不復畜妾，卒以無嗣。時人義而哀之，爲之語曰：「天道無知，使鄧伯道無兒。」弟子綏服攸喪三年。

「鄧攸無子」言舒元輿無子，此事無從考證。

《王涯傳》曰：

王涯，字廣津，太原人。父晃。涯貞元八年進士擢第，登宏辭科。釋褐藍田尉。二十年十一月，召充翰林學士，拜右拾遺、左補闕、起居舍人，皆充内職。元和三年，爲宰相李吉甫所怒，罷學士，守都官員外郎，再貶虢州司馬。五年，入爲吏部員外。七年，改兵部員外郎、知制誥。九年八月，正拜舍人。十年，轉工部侍郎、知制誥，加通議大夫、清源縣開國男，學士如故。十一年十二月，加中書侍郎、同平章事。十三年八月，罷相，守兵部侍郎，尋遷吏部。穆宗即位，以檢校禮部尚書、梓州刺史、劍南東川節度使。……(長慶)三年，入爲御史大夫。敬宗即位，改户部侍郎、兼御史大夫，充鹽鐵轉運使，俄遷禮部尚書，充職。寶曆二年，檢校尚書左僕射、興元尹、山南西道節度使，就加檢校司空。大和三年正月，入爲太常卿。……四年正月，守吏部尚書、檢校司空，復領鹽鐵轉運使。其年九月，守左僕射，領使。……七年七月，以本官同平章事，進封代國公，食邑二千户。八年正月，加檢校司空、門下侍郎、弘文館大學士、太清宫使。九年五月，正拜司空，仍令所司册命，加開府儀同三司，仍兼領江南榷茶使。十一月二十一日，李訓事敗，文宗入内，涯與同列歸中書會食。未下飭，吏報有兵自閤門出，逢人即殺。涯等蒼惶步出，至永昌里茶肆，爲禁兵所擒，并其家屬奴婢，皆繫於獄。仇士良鞫涯反狀，涯實不知其故，械縛既急，搒笞不勝其酷，乃令手書反狀，自誣與訓同謀。獄具，左軍兵馬三百人領涯與王璠、羅立言，右軍兵馬三百人領賈餗、舒元輿、李孝本，先赴郊廟，徇兩市，乃腰斬於子城西南隅獨柳樹下。涯以榷茶事，百姓怨恨，詬駡之，投瓦礫以擊之。中書房吏焦寓、焦璿，臺吏李楚等十餘人，吏卒争取殺之，籍没其家。涯子工部郎中、集賢殿學士孟堅，太常博士仲翔，其餘稚小妻女，連襟係頸，送入兩軍，無少長盡誅之。自涯已下十一家，資貨悉爲軍卒所分。涯積家財鉅萬計，兩軍士卒及市人亂取之，竟日不盡。涯博學好古，能爲文，以辭藝登科，踐揚清峻，而食權固寵，不遠邪佞之流，以至赤族。涯家書數萬卷，侔於秘府。前代法書名畫，人所保惜者，以厚貨致之；不受貨者，即以官爵致之。厚爲垣，竅而藏之複壁。至是，人破其垣取之，或剔取函奩金寶之飾與其玉軸而棄之。涯之死也，人以爲冤。昭義節度使劉從諫三上章，求示涯等三相罪名，仇士良頗懷憂恐。初宦官縱毒，凌藉南司。及從諫奏論，凶焰稍息，人士賴之。

四丈夫中清瘦及瞻視疾速者乃王涯。其詩云「白首同歸感昔賢」，「白首同歸」用《文選》卷二〇潘岳《金谷集作詩》「投分寄石友，白首同所歸」典，然亦蓋謂己白首也。王涯貞元八年（七九二）進士擢第，至大和九年（八三五）已四十餘年，固得謂白首也。《新唐書》卷一七九《王涯傳》載涯被殺前「年過七十」。《世説新語·仇隟》載：

孫秀既恨石崇不與綠珠，又憾潘岳昔遇之不以禮。後秀爲中書令，岳省内見之，因喚曰：「孫令，憶疇昔周旋不？」秀曰：「中心藏之，何日忘之？」岳於是始知必不免。後收石崇、歐陽堅石，同日收岳。石先送市，亦不相知。潘後至，石謂潘曰：「安仁，卿亦復爾邪？」潘曰：「可謂『白首同所歸』。」潘《金谷集詩》云：「投分寄石友，白首同所歸。」乃成其讖。

涯博學能文，藏書數萬，《全唐詩》卷三四六編詩一卷。其詩云「孤光曾照讀書筵」，固爲讀書飽學之士也。

《賈餗傳》曰：

賈餗，字子美，河南人。祖渭，父寧。餗進士擢第，又登制策甲科，文史兼美。四遷至考功員外郎。長慶初，策召賢良，選當時名士考策，餗與白居易俱爲考策官，選文人以爲公。尋以本官知制誥，遷庫部郎中，充職。四年，爲張又新所構，出爲常州刺史。大和初，入爲太常少卿。二年，以本官知制誥。三年七月，拜中書舍人。四年九月，權知禮部貢舉。五年，牓出後，正拜禮部侍郎。凡典禮闈三歲，所選士七十五人，得其名人多至公卿者。七年五月，轉兵部侍郎。八年十一月，遷京兆尹、兼御史大夫。九年四月，檢校禮部尚書、潤州刺史、浙西觀察使。制出未行，拜中書侍郎、同平章事，進金紫階，封姑臧男，食邑三百户。未幾，加集賢殿學士，監修國史。其年十一月，李訓事發，兵交殿廷，禁軍肆掠，餗易服步行出内，潛身人間。翌日，自投神策軍，與王涯等皆族誅。餗雖中立自持，然不能以身犯難，排斥姦孅，脂韋其間，遂至覆族。逢時多僻，死非其罪，世多冤之。

四丈夫中剩短小器宇落落者，必賈餗也。賈餗河南人，治今河南洛陽市。其詩云：「桃蹊李徑盡荒涼，訪舊尋新益自傷。」言於故鄉甘棠館所覩所感也。又云「**雖有衣衾藏李固，終無表疏雪王章**」，李固見前，王章事見《漢書》卷七六《王章傳》：

王章字仲卿，泰山鉅平人也。……成帝立，徵章爲諫大夫，遷司隸校尉，大臣貴戚敬憚之。王尊免後，代者不稱職，章以選爲京兆尹。時帝舅大將軍王鳳輔政，章雖爲鳳所舉，非鳳專權，不親附鳳。會日有蝕之，章奏封事，召見，言鳳不可任用，宜更選忠賢。上初納受章言，後不忍退鳳。章由是見疑，遂爲鳳所陷，罪至大逆。……後章仕宦歷位，及爲京兆，欲上封事，妻又止之曰：「人當知足，獨不念牛衣中涕泣時邪？」章曰：「非女子所知也。」書遂上，果下廷尉獄，妻子皆收繫。章小女年可十二，夜起號哭曰：「平生獄上呼囚，數常至九，今八而止。我君素剛，先死者必君。」明日問之，章果死。妻子皆徙合浦。……章爲京兆二歲，死不以其罪，衆庶冤紀之……

《後村詩話》前集卷一又云：

《太平廣記》載孝廉許生遇四丈夫與白衣叟會飲於甘棠館西噴玉泉，四人謂叟曰：「玉川來何遲？」叟舉壁間所見詩。座中聞之，皆掩面欲慟。已而叟與四人者各賦一篇。蓋王涯、賈餗、舒元輿、李訓與仝之鬼也。按甘露之謀，涯、餗不與，元輿、訓雖疏狂敗事，其志與陳蕃、竇武、宋申錫何異？得罪於羣閹則有之，於社稷無負也。身與其宗既葅醢於寺人之手，終唐之世，名與叛逆同科。

孫秀既恨石崇不與緑珠，又憾潘岳昔遇之不以禮。後秀爲中書令，岳省内見之，因唤曰：「孫令，憶疇昔周旋不？」秀曰：「中心藏之，何日忘之？」岳於是始知必不免。後收石崇、歐陽堅石，同日收岳。石先送市，亦不相知。潘後至，石謂潘曰：「安仁，卿亦復爾邪？」潘曰：「可謂『白首同所歸』。」潘《金谷集詩》云：「投分寄石友，白首同所歸。」乃成其讖。

涯博學能文，藏書數萬，《全唐詩》卷三四六編詩一卷。其詩云「孤光曾照讀書筵」，固爲讀書飽學之士也。

《賈餗傳》曰：

賈餗，字子美，河南人。祖渭，父寧。餗進士擢第，又登制策甲科，文史兼美。四遷至考功員外郎。長慶初，策召賢良，選當時名士考策，餗與白居易俱爲考策官，選文人以爲公。尋以本官知制誥，遷庫部郎中，充職。四年，爲張又新所構，出爲常州刺史。大和初，入爲太常少卿。二年，以本官知制誥。三年七月，拜中書舍人。四年九月，權知禮部貢舉。五年，牓出後，正拜禮部侍郎。凡典禮闈三歲，所選士七十五人，得其名人多至公卿者。七年五月，轉兵部侍郎。八年十一月，遷京兆尹、兼御史大夫。九年四月，檢校禮部尚書、潤州刺史、浙西觀察使。制出未行，拜中書侍郎、同平章事，進金紫階，封姑臧男，食邑三百户。未幾，加集賢殿學士，監修國史。其年十一月，李訓事發，兵交殿廷，禁軍肆掠，餗易服步行出内，潛身人間。翌日，自投神策軍，與王涯等皆族誅。餗雖中立自持，然不能以身犯難，排斥姦纖，脂韋其間，遂至覆族。逢時多僻，死非其罪，世多冤之。

四丈夫中剩短小器宇落落者，必賈餗也。賈餗河南人，治今河南洛陽市。其詩云：「桃蹊李徑盡荒涼，訪舊尋新益自傷。」言於故鄉甘棠館所覩所感也。又云「雖有衣衾藏李固，終無表疏雪王章」，李固見前，王章事見《漢書》卷七六《王章傳》：

> 王章字仲卿，泰山鉅平人也。……成帝立，徵章爲諫大夫，遷司隸校尉，大臣貴戚敬憚之。王尊免後，代者不稱職，章以選爲京兆尹。時帝舅大將軍王鳳輔政，章雖爲鳳所舉，非鳳專權，不親附鳳。會日有蝕之，章奏封事，召見，言鳳不可任用，宜更選忠賢。上初納受章言，後不忍退鳳。章由是見疑，遂爲鳳所陷，罪至大逆。……後章仕宦歷位，及爲京兆，欲上封事，妻又止之曰：「人當知足，獨不念牛衣中涕泣時邪？」章曰：「非女子所知也。」書遂上，果下廷尉獄，妻子皆收繫。章小女年可十二，夜起號哭曰：「平生獄上呼囚，數常至九，今八而止。我君素剛，先死者必君。」明日問之，章果死。妻子皆徙合浦。……章爲京兆二歲，死不以其罪，衆庶冤紀之……

《後村詩話》前集卷一又云：

> 《太平廣記》載孝廉許生遇四丈夫與白衣叟會飲於甘棠館西噴玉泉，四人謂叟曰：「玉川來何遲？」叟舉壁間所見詩。座中聞之，皆掩面欲慟。已而叟與四人者各賦一篇。蓋王涯、賈餗、舒元輿、李訓與仝之鬼也。按甘露之謀，涯、餗不與，元輿、訓雖疏狂敗事，其志與陳蕃、竇武、宋申錫何異？得罪於羣閹則有之，於社稷無負也。身與其宗既葅醢於寺人之手，終唐之世，名與叛逆同科。

僅嘗收葬，羣閹又使人發之，投骨渭水。子孫或逃依劉從諫，苟活旦暮，甚可憐矣。及澤、潞平，被害無噍類，詔書猶謂之逆賊之後，此何理也？李文饒實當國，政刑如此，豈畏閹人耶？抑有宿憾於涯輩耶？至昭宗危亂中，始有雪涯等之詔。噴玉泉詩云：「李固有冤藏蠹簡，鄧攸無子續清風。」又云：「雖有衣衾藏李固，終無表疏雪王章。」皆有可傳誦。白衣叟所舉壁間詩云：「六合茫茫皆漢土，此身無處哭田横。」妙甚！此必是涯、元輿門生故吏所作。

昭宗詔雪涯等，在天復元年（九〇一）四月。《資治通鑑》卷二六二：「甲戌，上謁太廟。丁丑，赦天下，改元。雪王涯等十七家。」注：「崔胤將誅宦官，故先雪王涯等。」《唐會要》卷六五《内侍省》：「光化中，昭宗授政于宰相崔允（當作胤），尤忌宦官。于是左右軍容使劉季述、王仲先，深不自安，幽帝于東内，册皇太子裕監國。崔允（胤）乃外協朱氏，密圖匡復，潛構護駕監州雄毅軍使孫德昭，誅季述等。昭宗返政，改元天復。至三年，大懲其弊，收中官第五可範已下七百餘人，于内侍省同日誅之。諸道監軍使亦令勦戮。炎炎之勢，因斯息矣。」按：據《資治通鑑》卷二四九載，大中八年（八五四）「上（宣宗）以甘露之變惟李訓、鄭注當死，自餘王涯、賈餗等無罪，詔雪其冤」。則此前宣宗已有詔雪王涯、賈餗等人之事。

唐蘇鶚《杜陽雜編》卷中亦言及大和九年仇士良誅王涯等事，云：

大和九年，誅王涯、鄭注後，仇士良專權恣意，上頗惡之。或登臨遊幸，雖百戲駢羅，未嘗爲樂，往往瞠目獨語，左右莫敢進問。因題詩曰：「輦路生春草，上林花滿枝。憑高何限意，無復侍臣知。」

上於内殿前看牡丹，翹足憑欄，忽吟舒元輿《牡丹賦》云：「俯者如愁，仰者如語，合者如咽。」吟罷，方省元輿詞，不覺嘆息良久，泣下沾臆。時有宫人沈阿翹，爲上舞《河滿子》，調聲風態，率皆宛暢。曲罷，上賜金臂環。即問其從來，阿翹曰：「妾本吴元濟之妓女，濟敗，因以聲得爲宫人。」俄遂進白玉方響，云本吴元濟所與也，光明皎潔，可照十數步。言其犀槌，即響犀也。凡物有聲，乃響應其中焉。架則雲檀香也，而文彩若雲霞之狀，芬馥着人，則彌月不散。制度精妙，固非中國所有。上因令阿翹奏《凉州曲》，音韻清越，聽者無不凄然。上謂之天上樂，乃選内人，與阿翹爲弟子焉。

北宋張君房《麗情集》亦載，《類説》卷二九《麗情集·文宗詩》云：

文宗與宰相謀誅宦官，事洩番爲内官所殺。上登臨游幸，未嘗爲樂，往往瞠目獨語。因題詩殿柱曰：「輦路生春草，上林花滿枝。凭高何限意，無復侍臣知。」明日，便殿觀牡丹，云：「俯者如愁，仰者如悦，開者如笑，合者如咽。」吟罷，方省舒元輿詞也，歎息泣下，命樂適情。宫人沈翹翹舞《河滿子》詞云：「浮雲蔽白日。」上曰：「汝知書耶？此是《文選》《古詩》第一首，念君臣值姦邪所蔽，正是今日。」乃賜金臂環。翹翹善玉方響，以響犀爲椎，紫檀爲架。後出宫，歸秦城，奉使日東。翹翹將玉方響登樓，撰一曲名《憶秦郎》。

文宗與李訓等謀誅宦官失敗，反受宦官脅迫於十一月、十二月連下《誅王涯等告諸陵詔》、《誅王涯等德音》、《誅王涯鄭注後德音》三詔（《唐大詔令集》卷一二五），其慘沮之情可想而知。五年後，即開成五年正月，文宗崩於大明宮太和殿，壽享三十三。史臣歎曰：「帝以累世變起禁闈，尤側目於中官，欲盡除之。然訓、注狂狡之流，制御無術，矢謀既誤，幾致顛危。所謂『有帝王之道，而無帝王之才』，雖旰食焦憂，不能弭患，惜哉！」

浮梁張令

浮梁張令，家業蔓延江淮間。累金積粟，不可勝計。秩滿如京師，常先一程置頓〔一〕，海陸珍美畢具。至華陰，僕夫施幄幙，陳樽罍〔二〕，庖人炙羊方熟。有黄衫者，據盤而坐，僕夫連叱，神色不撓。店嫗曰：「今五坊弋羅之輩，横行關内，此其流也，不可與競。」僕夫方欲求其帥〔三〕以責之，而張令至，具以黄衫者告。張令曰：「勿叱。」召黄衫者問曰：「來自何方？」黄衫但唯唯耳。促煖酒，酒至，令以大金鍾飲之，雖不謝，似有愧色。飲訖，顧炙羊，著目不移〔四〕。令自割以勸之，一足〔五〕盡，未有飽色。令又以奩中餤十四五啖之〔六〕。凡飲二斗餘。

酒酣，謂令曰：「四十年前，曾于東店得一醉飽，以至今日。」令甚訝，乃勤懇問姓氏。對曰：「某非人也，蓋直旬〔七〕送關中死籍之吏耳。」令驚問其由，曰：「太山召人魂，以〔八〕將死之籍付諸嶽，俾其捕送〔九〕耳。」令曰：「可得一觀乎？」曰：「便〔一〇〕窺亦無患。」於是解革〔一一〕囊，出一軸，其首云：「太山主者牒金天府。」其第二行云：「貪財好殺，見利忘義人，前浮梁縣令張某。」即張君〔一二〕也。令見名，乞〔一三〕告使者曰：「修短有限〔一四〕，誰〔一五〕敢惜死。但某方强仕〔一六〕，不爲死備，家業浩大，未有所付，何術得延其期？某囊橐中計所直不下數十萬，盡可以獻於執事。」使者曰：「一飯之恩，誠〔一七〕宜報答。百萬之貺〔一八〕，某何用焉？今有仙官劉綱，謫在〔一九〕蓮花峯。足下宜匍匐徑往，哀訴〔二〇〕奏章，捨此則無計矣。某昨聞金天王與南嶽博戲不勝，輸二十萬，甚被逼逐〔二一〕。足下可詣嶽廟，厚數以許之，必能施力于仙官。縱力不及，亦得路於蓮花峯下。不爾，荆榛蒙密，川谷阻絕，無能往者。」

令于是齋牲牢，馳詣嶽廟，以千萬許之。然後直詣蓮花峯，得幽徑，凡數十里，至峯下。轉東南，有一茅堂，見道士隱几而坐。問令曰：「腐骨穢肉，魂亡神耗者，安得來此？」令曰：「鐘鳴漏盡，露晞〔二二〕頃刻。竊聞仙官能復精魂于朽骨，致肌肉于枯骸，既有好生之心，豈惜奏章之力？」道士曰：「吾頃爲隋〔二三〕朝權臣一奏，遂謫居此峯。爾何德於予〔二四〕，欲陷吾爲寒山之叟乎？」令哀祈愈切，仙官神色甚怒。俄有使者齎一函而至，則金天王之書札〔二五〕也。仙官覽書，笑曰：「關節既到，難爲不應。」召使者反報，曰：「莫〔二六〕又爲上帝譴責否？」乃啓玉函，書一通，焚香再拜以遣之。凡食頃，天符乃降，其上署「徹」字。仙官復焚香再拜以啓之，云：「張某棄背祖宗，竊假名位，不顧禮法，苟竊〔二七〕官榮。而又鄙僻多藏，詭詐無實。百里之任，已是叨居；千乘之富，全〔二八〕因苟得。今按〔二九〕罪已實，待戮餘魂，何爲奏〔三〇〕章，求延厥命？但以扶危拯溺者，大道所尚；紓刑宥過者，玄門是宗。狗爾一眖，全我〔三一〕弘化，希其悛惡，庶乃自新。貪生者量延五年，奏章者不能無罪。」

仙官覽畢，謂令曰：「大凡世人之壽，皆可致百歲〔三二〕。而以喜怒哀樂，役心之源〔三三〕；愛惡嗜欲，伐性之根〔三四〕。而又揚己之能，掩彼之長。顛倒方寸，頃刻萬變。神倦思怠，難全天和。如彼淡泉，汩〔三五〕於五味。欲致〔三六〕不壞，其可得乎？勉遵〔三七〕歸途，無墮〔三八〕吾教。」令拜辭〔三九〕，舉首〔四〇〕，已失所在。

復尋舊路，稍覺平易。行十餘里，黄衫吏迎前而賀。令曰：「將欲奉報，願知姓字。」吏曰：「吾姓鍾，生爲宣城縣脚力。亡于華陰〔四一〕，遂爲幽冥所録。遞符之役，勞苦如舊。」令曰：「何以免〔四二〕執事之困？」曰：「但酧金天王願日〔四三〕，請置予爲閽人〔四四〕，則吾飽神盤子〔四五〕矣。文符已違半日〔四六〕，難更淹留，便與執事别。」入廟南柘林〔四七〕三五步而没。是夕，張令駐車華陰，決東歸。計酬金天王願，所費數逾二萬〔四八〕，乃語其僕曰：「二萬可以贍吾十舍之資糧矣，安可受祉于上帝，而私賂〔四九〕於土偶人乎？」明旦，遂乘而東去，旬餘至偃師。是夕，止于縣館〔五〇〕。見黄衫舊吏，齎牒排闥而進，叱張令曰：「何虚妄之若是！今禍至矣。由爾償三峯之願不果決〔五一〕，俾吾答一飯之恩無始終〔五二〕。悒悒之懷，如痛毒螫。」言訖，失所在。頃刻，張令有疾，留書遺妻子，未訖〔五三〕而終。（據中華書局版汪紹楹點校本《太平廣記》卷三五〇《鬼三十五》引《纂異記》校録）

〔一〕置頓　原作「致頓」，王夢鷗《纂異記校釋》：「『致頓』當作『置頓』。《隋書·煬帝紀》：『每之一所，輒數道置頓。』」按：王説是，今改。置頓，設置安頓食宿住所也，史傳言置頓者極夥。又如《陳書》卷一三《魯悉達傳》：「悉達分給糧廪，其所濟活者甚衆，仍於新蔡置頓以居之。」《舊唐書》卷九《玄宗紀下》：「辰時至咸陽望賢驛置頓。」卷一二《德宗紀上》：「丁卯，車駕幸梁州，留戴休顔守奉天，以御史中丞齊映爲沿路置頓使。」《唐大詔令集》卷五《改元太和赦》：「所沿山陵造作及橋道致頓所，並以内庫錢物充用。」亦譌作「致頓」，《册府元龜》卷九〇所載太和元年大赦制乃作「所緣山陵造作及橋道置頓所資，並以内庫錢物充用」。

〔二〕罍　原作「壘」。王夢鷗校：「『壘』當爲『罍』。」説是，今改。罍，酒器也。

〔三〕其帥　《稗海》八卷本《搜神記》卷六「德化張令」作「人」。按：「德化張令」即據本篇，改「浮梁」爲「德化」。

〔四〕著目不移　明鈔本作「目不少移」。

〔五〕一足　八卷本《搜神記》作「至」。

〔六〕令又以奩中餤十四五啖之　八卷本《搜神記》作「令又於大盒中取餅十四五枚以餤（同啖）之」。按：餤，指餤餅，即餡餅。

〔七〕直旬　原脱「旬」字，據明鈔本、孫校本、《古今説海》説淵部别傳四十五《張令傳》、《逸史搜奇》戊集五《張令》補。按：直旬，謂每隔一旬（十日）當差。八卷本《搜神記》作「冥司」。

〔八〕以　此字原脱，據明鈔本、孫校本、陳校本、《説海》、《逸史搜奇》補。

〔九〕俾其捕送　原作「俾某部送」，明鈔本、陳校本、《説海》、《逸史搜奇》作「俾其捕送」。按：俾某部送，乃言太山（泰山）冥神派我（黄衫冥吏）將死籍按地區交送諸嶽神。俾其捕送，則謂太山神將死籍按地區送達諸嶽，由嶽神按死籍將將死之人拘捕。後文云黄衫吏死於華陰而成冥吏，然則其爲西嶽華山冥吏。華山嶽神接到太山神死籍，派其執行拘捕任務。文中金天王即華山嶽神。《舊唐書》卷八《玄宗紀上》載：先天二年九月「癸丑，封華嶽神爲金天王」。據明鈔本、《説海》、《逸史搜奇》改。《四庫》本《説海》改作「俾某捕送」，誤。

〔一〇〕便　孫校本、陳校本、《説海》、《逸史搜奇》作「略」。

〔一一〕革　八卷本《搜神記》作「草」。

〔一二〕張君　八卷本《搜神記》下有「名」字。

〔一三〕乞　明鈔本、陳校本、《説海》、《逸史搜奇》、八卷本《搜神記》作「泣」。

〔一四〕限　《説海》、《逸史搜奇》作「命」。

〔一五〕誰　明鈔本作「豈」。

〔一六〕强仕　明鈔本作「圖仕」，八卷本《搜神記》作「强壯」。按：强仕，指四十歲。《禮記·曲禮上》：「四十曰强，而仕。」

〔一七〕誠　明鈔本作「思」。

〔一八〕貺　明鈔本作「賜」。貺，賜也。

〔一九〕在　明鈔本作「居」。

〔二〇〕訴　明鈔本作「祈」。

〔二一〕逐　明鈔本、《説海》、《逸史搜奇》作「迫」。

〔二二〕露晞　孫校本、陳校本、《説海》、《逸史搜奇》作「亡在」。按：《古今註》卷中《音樂》：「《薤露》、《蒿里》，並喪歌也。……一章曰：『薤上朝露何易晞，露晞明朝還復滋，人死一去何時歸。』」露晞，喻死亡。

〔二三〕隋　八卷本《搜神記》作「漢」。按：劉綱見於東晋葛洪《神仙傳》卷六，乃上虞縣令，當爲東漢人。疑作「漢」是。

〔二四〕何德於予　明鈔本作「何得復請」。

〔二五〕書扎　孫校本、陳校本作「書禮」。書禮，書信與禮物。

〔二六〕莫　陳校本作「恐」，《説海》、《逸史搜奇》作「不知」。

〔二七〕竊　明鈔本作「求」。孫校本、陳校本作「偷」。

〔二八〕全　原譌作「今」，據明鈔本、孫校本、陳校本、《説海》、《逸史搜奇》改。八卷本《搜神記》作「實」。

〔二九〕今按　「今」原譌作「令」，據明鈔本、陳校本、《説海》、《逸史搜奇》、八卷本《搜神記》改。「按」

明鈔本、陳校本、《説海》、《逸史搜奇》作「案」。按：按，審訊。《舊唐書》卷九一《桓彦範傳》：「敬暉等既未經鞫問，不可即肆誅夷，請差御史按罪，待至，準法處分。」案，通「按」。

〔三〇〕奏　明鈔本、孫校本、《説海》、《逸史搜奇》、八卷本《搜神記》作「來」。

〔三一〕全我　談刻本原作「俄全」，汪校本據明鈔本改作「我全」。按：孫校本、《説海》、《逸史搜奇》、八卷本《搜神記》作「全我」，是也，據改。

〔三二〕皆可致百歲　孫校本、《説海》、《逸史搜奇》「致」作「數」。八卷本《搜神記》作「可數百歲而已」。

〔三三〕役心之源　原作「汩没心源」（按：「汩」當作「汩」，沉迷也），據八卷本《搜神記》改。按：「役心之源」與下文「伐性之根」相對。

〔三四〕伐性之根　「性」原作「生」，據孫校本、陳校本、八卷本《搜神記》改。按：《韓詩外傳》卷九第十九章：「徼幸者，伐性之斧也。嗜慾者，逐禍之馬也。」明鈔本作「戕伐本根」，《説海》、《逸史搜奇》作「戕伐性根」，則與「汩没心源」相對。

〔三五〕汩　原譌作「汩」，今改。汩，攪渾。

〔三六〕致　孫校本作「至」，《説海》、《逸史搜奇》作「其」。

〔三七〕遵　原作「導」，據明鈔本、孫校本、陳校本、《説海》、《逸史搜奇》改。

〔三八〕無墮　明鈔本作「勿忘」。

〔三九〕辭　明鈔本作「謝」。

〔四〇〕首　八卷本《搜神記》作「足」。

〔四一〕華陰　孫校本作「華陽」，誤。按：華陰，縣名，即今陝西華陰市。唐屬華州。華山在華陰縣之北，山北曰陰。

〔四二〕免　原譌作「勉」，據《四庫》本、《説海》、《逸史搜奇》、八卷本《搜神記》改。

〔四三〕日　原譌作「曰」，據孫校本、《説海》、《逸史搜奇》改。

〔四四〕請置予爲閽人　「予」原作「子」，據孫校本、《説海》、《逸史搜奇》、八卷本《搜神記》改。明鈔本作「請置祭于閽人」。

〔四五〕神盤子　《説海》、《逸史搜奇》「子」作「惠」。八卷本《搜神記》作「飧」。明鈔本此三字作「子之神盤」。按：神盤子，指享神之食物供品。《全唐詩》卷三〇一王建《華嶽廟》：「女巫遮客買神盤，争取琵琶廟裏彈。」北宋范致明《岳陽風土記》：「有疾病者，多就水際設神盤以祀神。」

〔四六〕文符已違半日　原作「天符已違半日」，《説海》、《逸史搜奇》作「文符已遣半日」，據改「天」爲「文」。八卷本《搜神記》作「符已違半日」。按：符、文符指金天王之拘魂文書，非上帝之天符。明鈔本作「天符限已違」。

〔四七〕廟南柘林　明鈔本「柘」作「松」。八卷本《搜神記》作「庄南柏樹」。

〔四八〕萬　八卷本《搜神記》作「千」，下同。

〔四九〕賂　原作「謁」，據明鈔本改。

〔五〇〕遂乘而東去旬餘至偃師是夕止于縣館　原作「遂東至偃師，止于縣館」，據八卷本《搜神記》補七字。

〔五一〕決　此字原無，據明鈔本、孫校本、陳校本、《説海》、《逸史搜奇》補。

〔五二〕無始終　八卷本《搜神記》無「始」字。王夢鷗校：「『始』字衍。」按：始終，偏義複詞，偏指終也。《太平廣記》卷一五三引《續定命録·裴度》：「及昇台衮，討淮西，立大勳，出入六朝，登庸授鉞，門館僚吏，雲布四方，其始終遐永也如此。」

〔五三〕未訖　八卷本《搜神記》作「未盈半幅」。

按：《古今説海》説淵部别傳四十五《張令傳》，不著撰人，即據《廣記》所引而録。《説海》本又爲《逸史搜奇》所採，戊集五《張令》是也。

《嵩岳嫁女》中劉君（漢武帝）云：「浮梁縣令求延年矣。以其人因賄賂履官途，以苛虐爲官政，生情於案牘，忠恕之道蔑聞，唯錐於貨財，巧僞之計更作，自貽覆餗，以促餘齡。但以蓮花峯叟狥從於人，奏章甚懇，特紓死限，量延五年。」即本篇所載之事。觀此，在原書中本篇當在《嵩岳嫁女》之前。

金天王，即華山神，唐人多言之。《舊唐書》卷八《玄宗紀上》：「（先天二年九月）癸丑，封華嶽神爲金天王。」《唐大詔令集》卷七四蘇頲《封華嶽神爲金天王制》，作於先天二年八月二日。《舊唐書》卷二三《禮儀志三》亦作八月，云：「玄宗乙酉歲生，以華岳當本命。先天二年七月正位，八月癸丑，封華岳神爲金天王。開元十年，因幸東都，又於華岳祠前立碑，高五十餘尺。又於嶽上置道士觀，修功德。至天寶九載，又將封禪於華岳，命御史大夫王鉷開鑿險路以設壇場，會祠堂災而止。」

《稗海》所收八卷本《搜神記》卷六採入此篇，作德化張令。全文如下：

昔德化張令，家業蔓延江淮間。累金積粟，不可勝數。秩滿歸京，僕馬壯健，囊橐敦厚，常先一程致頓，海陸珍美必挈而行。至華陰，僕夫施幄幙，陳罇俎。旣（既）竟，庖豕炙羊始熟。有黃衫者一人，據盤而坐，僕連叱，神色不撓。店媪曰：「今五方弋羅之輩，橫行關内，此其流也，不可與競。」僕夫方欲求人以責之，而張令至，具以事告。令曰：「容之，勿逐也。」乃揖而問曰：「來在何方？」黃衫者不言，但唯唯耳。促暖酒，酒至，令以大金盤飲之，雖不謝，似有愧色。飲訖，顧炙羊，目不暫捨。令自割以勸之，至盡，黃衫者亦未有飽色。令又於大盒中取餅十四五枚以餤之。凡飲二升餘。酒既酣，謂令曰：「四十年已前，曾於東店得一醉，以至今日。」令甚訝之，乃動問姓名，曰：「某非人也，蓋冥司送關中死籍之吏耳。」曰：「可得一觀乎？」曰：「窺亦何患！」於是解草囊，出一軸，其書云：「泰山主者牒金天府。」第三行書云：「貪財好殺，前德化縣令張某。」即張君名也。令見名泣，告使者：「修短有限，誰敢惜死。某年始强壯，不爲死備，家業浩大，未有所付，且有何術得延其期？某囊中計其所有不止數十萬，盡可以酬之執事。」使者曰：「一飯之恩，誠宜報德。百萬之賜，噫又何用？今有仙官劉綱者，謫居蓮花峰下。唯足下匍匐徑往，祈求奏章，除此難爲，無計也。吾聞昨金天王與南嶽博戲不勝，甚被逼逐。足下可詣嶽廟，厚以利許之，必能施力於仙官。縱力不及，亦得路於蓮花峰下。不爾，即無計矣。」於是徑往，覩荆榛蒙密，川谷阻絶，杳無能往。令於是齎牲牢，馳獻嶽廟，又以千萬許之。直往蓮花峰下，轉乘南，有一茆堂，見一道士隱几而坐。問張令曰：「腐骨殘肉，魂亡神耗者，安得至此？」令曰：「鍾鳴漏盡，露晞頃刻。竊問（聞）仙官能復精魂於枯骨，致肌肉於朽屍，既有好生之心，豈無章奏之力？」道士曰：「吾頃爲漢朝權臣一奏，便謫居此峰。今欲何得，欲陷吾爲寒山之叟乎？」令哀請懇切，仙官神色甚怒。俄而有使者賫緘而至，則金天王之札也。仙官覽書，笑曰：「關節既到，難爲不應。」召使者反報，曰：「莫又違上帝譴責否？」乃啓玉函，書一通，焚香再拜以遣之。經時，天符乃降，其上署「徹」字。真仙復焚香再拜以啓之，書曰：「張某棄背祖宗，竊假名位，不顧禮法，苟偷官榮。而又鄙僻多藏，詭詐無實。百里之任，以是叨居；千乘之富，實因苟得。今按罪以實，待戮餘魂，何謂來章，延求厥命？但以扶危拯溺者，大道所向；緩刑宥過者，玄門是宗。狥爾一甿，全我私貸，若其悛惡，恕乃自新。貪生者量延五年，奏章不能書罪。」仙官覽訖，謂令曰：「大凡人壽，可數百歲而已。喜怒哀樂，役心之源；愛惡嗜慾，伐性之根。而又揚己之能，掩彼之長。顛倒方寸，頃刻萬變。神倦思怠，難全天和。如彼淡泉，汩於五味。欲致不壞，其可得乎？勉道歸途，無墜吾教。」令感拜辭，舉足已失所在。復尋舊路，稍覺平易。步十里餘，見黄衣使者前賀。曰：「將欲奉報，願知姓名。」「鍾名，生爲宣城脚力。夜卒于華陰，乃爲幽冥所鑑。遞符之役，痛苦如舊。」令曰：「何方以免報事之困？」曰：「但酧金天王願，請置予爲閽人，則吾飽神盤飧矣。符已違半日，莫及淹留，便乃揮别。」入庄南柏樹三五步而没。於是張令駝車華陰，決東歸之計。酧金天王愿，所費二千，乃語其僕曰：「二千可贍吾十舍之資糧矣，安可受祉於上帝，而私於土偶人乎？」明旦，乃乘而東去，旬餘至偃師。是夕，致於縣館。見黄衫吏，賫牒排闥而進，叱吏曰：「何虚妄若是！今則禍無所逃，不可逭。由爾償三峰之願不決，俾吾酧一飯之恩無終。」悒悒然痛如螫蟄。」言訖，失所在。頃刻，張令有疾，乃留遺書於妻子，未盈半幅而終。悲夫！貪悋財貨而輕生，是忘大德而背前言。如斯欲延厥命，其可得乎？兹卒宜哉，後之人可不慎歟！

楊禎

進士楊禎〔一〕，家于渭橋。以居處繁雜，頗妨肄業，乃詣昭應縣，長借石甕寺〔二〕文殊院。居旬餘，有紅裳〔三〕既夕而至，容色姝麗，姿華動人。禎常悦者，皆所不及。徐步於簾外，歌曰：「凉風暮起驪山空，長生殿鏁霜葉紅。朝來試入華清宫，分明憶得開元中。」禎曰：「歌者誰耶？何清苦之若是？」紅裳又歌曰：「金殿不勝秋，月斜石樓冷。誰是相顧人，褰帷弔孤影。」禎拜迎於門。既即席，問禎之姓氏，禎具告。禎祖父伯叔兄弟、中外親族〔四〕，曾遊石甕寺者，無不熟識。禎異之，曰：「得非鬼物乎？」對曰：「吾聞魂氣升於天，形魄歸於地。是無質矣，何鬼之有？」曰：「又非狐狸乎？」對曰：「狐狸者，佞人矣，一中其媚，禍必能及〔五〕。某世業功德，實利生民。某雖不淑，焉能苟媚〔六〕而欲奉禍乎？」禎曰：「可聞姓氏乎？」紅裳曰〔七〕：「某燧人氏之苗裔也。始祖有功烈於人，乃統丙丁〔八〕，鎮南方，復以德王神農、陶唐氏。後又王於西漢，因食采於宋。遠祖無忌，以威猛暴耗，人不可親，遂爲白澤氏所執。今樵童牧豎，得以知名。漢明帝時，佛法東流，摩騰〔九〕、竺法蘭二羅漢，奏請某十四代祖，令顯揚釋教，遂封爲長明公。魏武季年，滅佛法，誅道士，而長明公幽死。魏文〔一〇〕嗣位，佛法重興，復以長明世子襲之。至開元初，玄宗治驪山，起〔一一〕華清宫，作朝元閣，立長生殿，以餘材因修此寺。群像既立，遂〔一二〕設東幢。帝與妃子，自湯殿宴罷，微行佛廟。禮陁伽竟，妃子謂帝曰：『當于飛之秋，不當令〔一三〕東幢巋然無偶。』帝即日命立西幢，遂封某爲西明〔一四〕夫人，因賜琥珀膏，潤於肌骨。設珊瑚帳，固予形貌。於是巽生及蛾郎，不復彊暴矣〔一五〕。」

禎曰：「歌舞絲竹，四者孰妙？」曰：「非不能也，蓋承先祖之明德，禀炎上之烈性〔一六〕，故奸聲亂色，不入於心。某所能者，大則鑠金爲五兵，爲鼎鼐鍾鏞；小則化食爲百品，爲炮燔烹炙。動即煨山嶽而燼原野，静則燭幽暗而破昏蒙。然則撫朱絃，咀〔一七〕玉管，騁纖腰，矜皓齒，皆冶容之末事，是不爲也。昨聞足下有幽隱之志，籍甚既久，願一款顔。由斯而來，非敢自獻。然宵清月朗，喜覿良人，桑中之譏，亦不能恥。儻運與時會，少承周旋，必無累於盛德。」禎拜而納之。

自是晨去而暮還，唯霾晦則不復至。常〔一八〕遇風雨，有嬰兒送紅裳詩，其詞云：「煙滅石樓空，悠悠永夜中。虚心怯〔一九〕秋雨，艷質畏飄〔二〇〕風。向壁殘花碎，侵階墜葉紅。還如失群鶴，飲恨在彫籠。」每侵星〔二一〕請歸，禎追而止之，答曰：「公違晨夕之養，就巖谷而居者，得非求静專習文乎？奈何欲使採過之人，稱君爲親〔二二〕而就偶？一被瑕玷，其能洗滌乎？非但損公之盛名，亦當速某之生命耳。」經〔二三〕半年，家童歸，告禎乳母。母乃潛伏於佛榻，俟明以觀之。果自隙而出，入西幢，澄澄一燈矣。因撲滅，後遂絶紅裳者。（中華書局版汪紹楹點校本《太平廣記》卷三七三《精怪六·火》引《慕異記》，《四庫》本作《纂異記》）

〔一〕禎　孫校本作「積」，黄校本、《四庫》本、《永樂大典》卷七三二八《蛾郎》引《太平廣記》、《廣豔異編》卷六《西明夫人》、《續豔異編》卷三《西明夫人》作「積」，《紺珠集》卷一《異聞實録·長明公》作「稹」，《類説》卷一九《異聞録·經幢中燈》、《説郛》卷三《談壘·異聞録》作「禛」，《孔帖》卷一四引唐李政（玫）《異聞録》作「穆」，《太平廣記鈔》卷七四《西明夫人》作「盉」。

〔二〕石甕寺　孫校本「甕」作「甃」，誤。按：張籍《張司業詩集》卷三《寄昭應王中丞》：「春風石甕寺，作意共君遊。」《南部新書》己卷：「石甕寺者，在驪山半腹石甕谷中。有泉激而似甕形，因是名谷，以谷名寺。」

〔三〕紅裳　《紺珠集》、《孔帖》、《類説》、《重編説郛》卷一一七李玖（玫）《異聞實録·長明公》均云「每見一紅裳女子」。按：《紺珠集》等乃概述大意，《萬首唐人絶句》卷二二輯《爲楊積歌》，署名「石瓮寺紅裳」，卷六六《石瓮寺紅裳歌》，亦但作「紅裳」。《廣記鈔》作「紅裳麗人」，「麗人」二字乃馮氏自加。《廣記鈔》之體例，如《情史類略》，乃於原文多有删改，非盡照鈔。

〔四〕禎祖父伯叔兄弟中外親族　「伯」原作「母」，據明鈔本、孫校本改。明鈔本前有「由是」二字。

〔五〕狐狸者佞人矣一中其媚禍必能及　「佞」原作「接」，據明鈔本、《廣豔異編》、《續豔異編》改。

《情史類略》卷二一《火怪》作「狐狸媚物，動爲人禍」，乃自改。

〔六〕苟媚　明鈔本、孫校本作「出爲」。

〔七〕紅裳曰　此三字原無，據《大典》補。明鈔本、孫校本作「曰」，下句無「某」字。《廣記鈔》作「曰」，《廣豔異編》、《續豔異編》、《情史》作「對曰」。

〔八〕丙丁　明鈔本作「歲丁」，疑誤。按：丙丁，火也。十干之丙丁與五行之火相配。

〔九〕摩騰　「騰」原譌作「勝」。按：摩騰即攝摩騰。梁釋慧皎《高僧傳》卷一《攝摩騰》：「攝摩騰，本中天竺人。……漢永平中……遣郎中蔡愔、博士弟子秦景等，使往天竺尋訪佛法。愔等於彼遇見摩騰，要還漢地。」《竺法蘭》：「竺法蘭，亦中天竺人。……時蔡愔既至彼國，蘭與摩騰共契遊化，遂相隨而來。」唐釋道世《法苑珠林》卷一三（百卷本）引南齊王琰《冥祥記》：「漢明帝……發使天竺，寫致經像，表之中夏。……使者蔡愔，將西域沙門迦葉摩騰等，齎優填王畫釋迦佛像。」據改。

〔一〇〕魏文　談刻本原作「魏武」，汪校本據明鈔本改作「魏文」，孫校本、《廣豔異編》、《續豔異編》、《情史》亦作「魏文」。《四庫》本改作「魏文成」。按：魏文指北魏高宗文成帝拓跋濬。前文之魏武，指太武帝拓拔燾，曾滅佛。《魏書》卷一一四《釋老志》載：「高宗踐極，下詔曰：『……今制諸州郡縣，於衆居之所，各聽建佛圖一區，任其財用，不制會限。其好樂道法，欲爲沙門，不問長幼，出於良家，性行素篤，無諸嫌穢，鄉里所明者，聽其出家。率大州五十，小州四十人，其郡遙遠臺者十人。各當局分，皆足以化惡就善，播揚道教也。』天下承風，朝不及夕，往時所毁圖寺，仍還修矣。佛像經論，皆復得顯。」《廣記鈔》改作「梁武」，乃指梁武帝蕭衍，大謬。

〔一一〕起　原作「起至」，據明鈔本、孫校本删「至」字。《廣豔異編》、《續豔異編》、《情史》作「起造」。

〔一二〕遂　孫校本作「就」。

〔一三〕令　原譌作「今」，據明鈔本、孫校本、《四庫》本、《廣豔異編》、《續豔異編》、《廣記鈔》、《情史》改。

〔一四〕西明　《紺珠集》、《重編説郛》作「西州」，《類説》作「西寧」，《説郛》作「西湖」，並譌。按：紅裳係燈精，故曰「明」。西則燈立於西幢也。

〔一五〕巽生及蛾郎不復彊暴矣　原作「選生及蛾，即不復彊暴矣」，《紺珠集》、《孔帖》、《類説》、《重編説郛》均作「巽生蛾郎，不復强暴矣」。《廣豔異編》、《續豔異編》同，唯「蛾郎」作「及蛾」。《情史》「選」亦作「巽」。按：巽生指風。《周易·説卦》：「巽爲木，爲風。」牛僧孺《玄怪録》卷七《蕭志忠》有「巽二起風」語，巽二乃風神。蛾郎指蛾。飛蛾撲火，燈畏風，故云。據《紺珠集》等改。

〔一六〕稟炎上之烈性　「性」原譌作「信」，據明鈔本、孫校本、黄校本、《四庫》本、《筆記小説大觀》本、《廣豔異編》、《續豔異編》、《情史》改。孫校本「烈」作「剛」。按：《尚書·洪範》：「火曰炎上。」

〔一七〕咀　《廣豔異編》、《續豔異編》、《情史》作「吹」。按：咀，品也。

〔一八〕常　明鈔本作「嘗」。常，通「嘗」。

〔一九〕怯　《全唐詩》卷八六七《石甕寺燈魅詩》作「泣」。

〔二〇〕飄　明鈔本作「晨」。

〔二一〕侵星　明鈔本「星」作「晨」。按：侵星，猶云披星、戴星，拂曉時分星尚未落，故云。《文選》卷二七鮑照《還都道中作》：「侵星赴早路，畢景逐前儔。」

〔二二〕爲親　《四庫》本改作「違親」。按：爲親，親近。違親，指有違父母之命。

〔二三〕經　原作「歸」，據明鈔本、孫校本改。《四庫》本改作「處」，《廣豔異編》、《續豔異編》、《廣記鈔》、《情史》作「後」。

按：本篇《廣記》引作《慕異記》，「慕」乃「纂」字形譌。《四庫》本改。《陝西通志》卷一〇〇《拾遺三·神異》亦引作《纂異記》。《廣豔異編》卷六、《續豔異編》卷三、《情史類略》卷二一採入，前二書題《西明夫人》，後書題《火怪》，《情史》文字多有删改。

《紺珠集》、《類説》、《説郛》本節載。《紺珠集》卷一《異聞實録·長明公》云：

楊禎於昭應寺讀書，每見一紅裳女子。一日，誦詩曰：「金殿不勝秋，月斜石樓冷。誰是相顧人，褰幃吊孤影。」禎問其姓氏，云：「遠祖名無忌，姓宋。十四代祖因顯揚釋教，封長明公。開元中，明皇與楊妃建此寺，立經幢，封妾爲西州夫人，因賜珊瑚寶帳居之，自此巽生蛾郎不復强暴矣。」後驗之，乃經幢中燈也。

《類説》卷一九《異聞録·經幢中燈》云：

楊禎於昭應寺讀書，每見一紅裳女子，誦詩曰：「金殿不勝（嘉靖伯玉翁舊鈔本作風細金殿）秋，月斜石樓冷。誰是相顧人，搴幃弔孤影。」問其姓，曰：「妾遠祖名無忌，姓宋。十（舊鈔本有四字）代在漢，因顯揚釋教，封長明公。開元中，明皇爲楊妃建立經幢，封妾西寧夫人，因賜珊瑚寶帳居之。自此巽生蛾郎不復强暴矣。」驗之，乃經幢中燈也。

《説郛》卷三《談壘》有《異聞録》一條，無標目，取自《類説》。

文中所云宋無忌，古仙人，又傳爲火仙、火精。《史記》卷二八《封禪書》云：「自齊威、宣之時，騶子之徒論著終始五德之運，及秦帝而齊人奏之，故始皇采用之。而宋毋忌、正伯僑、充尚、羨門高最後皆燕人，爲方僊道，形解銷化，依於鬼神之事。」《索隱》：「案：樂産引《老子戒經》云『月中仙人宋無忌』。《白澤圖》云『火之精曰宋無忌』。蓋其人火仙也。」

唐歐陽詢編《藝文類聚》卷八〇引《白澤圖》曰：「火之精宋無忌。」

西晉張華《博物志》卷九《雜説上》：「火之怪爲宋無忌。」

唐澄觀《大方廣佛華嚴經疏》卷五：「十四主火神，即宋無忌之流也。」

《三國志》卷二九《魏書・方技傳・管輅傳》亦言及宋無忌：

輅往見安平太守王基，基令作卦，輅曰：「當有賤婦人，生一男兒，墮地便走入竈中死。又牀上當有一大蛇銜筆，小大共視，須臾去之也。又烏來入室中，與燕共鬬，燕死，烏去。有此三怪。」基大驚，問其吉凶，輅曰：「直客舍久遠，魑魅魍魎爲怪耳。兒生便走，非能自走，直宋無忌之妖將其入竈也。大蛇銜筆，直老書佐耳。烏與燕鬬，直老鈴下耳。今卦中見象而不見其凶，知非妖咎之徵，自無所憂也。」後卒無患。

宋無忌之妖將男兒入竈，明爲火精也。《搜神記輯校》卷三《管輅筮怪》亦載，曰：「兒生入竈，宋無忌之爲也。」

南宋王象之《輿地紀勝》卷第六六《鄂州・古跡》載：

宋大憲廟，在城東七里。其神宋無忌，爲火精。牛僧孺立廟祀之，以禳火災。本爲大夫，避楊行密父諱，改作大憲。

明陳耀文編《天中記》卷一〇引《志》云：

唐牛僧孺爲武昌節度使，立宋無忌廟祀之，以禳火災。唐韋建除武昌節度使，將行，夢一朱衣導從數十詣韋曰：「公將鎮鄂渚，僕所居頹毀，非公不能葺治。」及至，訪無忌廟，其像即夢中所見，遂新之。

《續道藏》本明人編《搜神記》卷五《火精》云：

神姓宋名無忌，漢時人也。生有神異，没而爲火精。唐牛僧孺立廟祀之，以禳火災。廟在武昌府之城東七里，本曰宋大夫，楊吴避諱改稱大憲。按：唐韋建除武昌軍節度使，將行，夢一朱衣達者，導從數十輩，卬卬然諸韋曰：「公將鎮鄂渚，僕所居頹毀，非公不能葺治。」及至，訪無忌廟，其像即夢中所見，遂撤而新之。宋紹興中，知州王信復充拓其制。本朝重建，俗云「火星堂」，今江東各所之火星廟皆其神也。

《類林雜説》卷一三《四明夫人》引《洞冥録》亦載此事，乃其演化，楊禎作李華，西明作四明，言光照四面也。《洞冥録》云：

唐進士李華，讀書於開覺寺。時夜將半，聞窗外有人吟誦聲。華就窗隙閒視之，見紅裳女子步庭砌閒，誦詩云：「金殿不勝秋，月斜石樓冷。誰是相顧人，搴衣弔孤影。」華愛其吟。因具衣冠出而邀之，女子遂相顧，揖詣華書室共坐。女子自稱云：「我爲四明夫人也。」及將曉辭去，華躡其後，見其入（闕）至佛座前長（闕）前，遂不見。來（闕）言之於寺僧，有老僧曰：「此是（闕）鐙之精也。此（闕）已數百年矣。」四明夫人者，屢有人見之。

齊君房

齊君房者，家於吴，自幼苦〔一〕貧。雖勤於學，而寡記性〔二〕。及壯有篇詠，則不甚清新。常爲凍餒所驅，役役於吴楚間。以四五六七言干謁，多不遇侯伯〔三〕禮接。雖時所獲，未嘗積一金貯布袋〔四〕。脱〔五〕滿一緡，則必病，罄而復愈。元和初，遊錢塘。時屬凶年箕斂，投人十不遇一。乃求朝飱於天竺，至孤山寺西，餒甚，不能前去，因臨流零涕，悲吟數聲。

俄爾，有胡僧自西而來，亦臨流而坐，顧君房笑曰：「法師，諳秀才旅遊滋味否？」君房曰：「旅遊滋味即足〔六〕矣，法師之呼，一何謬哉！」僧曰：「子不憶講《法華經》於洛中同德寺乎？」君房曰：「某生四十五矣，盤桓吴楚間，未嘗涉京江〔七〕，又何有洛中之説乎？」僧曰：「子應爲飢火所惱〔八〕，不暇憶前事也。」乃探鉢囊，出一棗，大如拳，曰：「此吾國所産，食之知過去未來事，豈止於前生爾。」君房餒甚，遂請食之。食訖甚渴，掬泉水飲之。忽欠伸〔九〕，枕石而寢，頃刻乃寤。因思講《法華》於同德寺，如昨日焉。

因泣涕禮僧，曰：「震和尚安在？」曰：「專精未至，再爲蜀僧，今則斷攀緣矣。」「神上人安在？」曰：「前願未滿，又聞爲法師矣。」「悟法師焉在？」曰：「豈不憶香山寺石像前，戲發大願，若不證無上菩提，必願爲赳赳貴臣。昨聞已得大將軍。當時雲水五人，唯吾得解脱，獨爾爲凍餒之士耳。」君房泣曰：「某四十餘年日一湌，三十餘年擁一褐。浮俗之事，決斷根源。何期福不圓修，困於今日！」僧曰：「過由師子座〔一〇〕上廣説異端，使學空之人心生疑惑。戒珠曾缺，禪味曾羶，聲渾響清，終不可致。質傴影曲，報應宜然。」君房曰：「爲之奈何？」僧曰：「今日之事，吾無計矣。他生之事，庶有警於吾子焉。」乃探鉢囊中，出一鏡〔一一〕，背面皆瑩徹。謂君房曰：「要知貴賤之分，修短之限，佛法興替，吾道盛衰，宜一覽焉。」君房覽鏡久之，謝曰：「報應之事，榮枯之理，謹知之矣。」僧收鏡入囊，遂挈之而去。行十餘步，旋失所在。是夕，君房至靈隱寺，乃剪髮具戒，法名鏡空〔一二〕。

大和元年，李玫習業在龍門天竺寺，鏡空自香山敬善寺訪之，遂聞斯説。因語玫曰：「我生五十有七矣，僧臘方十二〔一三〕。持鉢乞食，尚九年在。捨世之日，佛法其衰乎！」詰之，默然無答。乃請筆硯，題數行於經藏北垣而去。曰：「興一沙，衰恒沙〔一四〕。兔而罝，犬而拏，牛虎相交亡〔一五〕角牙，寶檀終不滅其華。」（中華書局版汪紹楹點校本《太平廣記》卷三八八《悟前生二》引《纂異記》）

〔一〕苦　明鈔本作「居」。

〔二〕性　北宋贊寧《宋高僧傳》卷二〇《唐洛陽香山寺鑑空傳》作「持」。

〔三〕侯伯　明鈔本作「當道」。按：侯伯，古以指諸侯，此代指方鎮州郡長官。張九齡《唐丞相曲江張先生文集》卷七《敕處分朝集使》：「至如典州當侯伯之尊，宰邑敵子男之寵。」白居易《白氏長慶集》卷三一《楊子留後殷彪授金州刺史兼侍御史河陰令韋同憲授南鄭令韋弁授絳州長史三人同制》：「今之郡守，古侯伯也。今之邑令，古子男也。」當道，本道。《舊唐書》卷一三《德宗紀下》：「陳許節度使曲環奏請權停當道冗官。」

〔四〕袋　明鈔本作「囊」。按：囊即袋也。

〔五〕脱　明胡我琨《錢通》卷一七《前定》引《纂異記》、《太平廣記鈔》卷六一此字下有「錢」字。

〔六〕足　明鈔本作「是」。

〔七〕京江　《宋高僧傳》作「京口」。按：京江指長江流經京口（今江蘇鎮江市）以北之一段。

〔八〕飢火所惱　「火」明鈔本作「凍」。按：《白氏長慶集》卷六三《旱熱二首》其二：「壯者不耐飢，飢火燒其腸。」「惱」《宋高僧傳》作「燒」。

〔九〕欠伸　黄校本、《四庫》本、《筆記小説大觀》本作「欠身」，誤。《宋高僧傳》「伸」作「呻」，當爲「伸」字之譌。《廣記鈔》、《吴郡志》卷四二《浮屠》引《纂異記》、明王鏊《姑蘇志》卷五八《人物二十三・釋老》則作「欠伸」。按：欠伸，又作「欠申」，打呵欠，伸懶腰。

〔一〇〕師子座　明鈔本「子」作「于」，誤。按：師子座指佛陀之坐席，佛教以佛爲人中師子，故名。

《大智度論》卷七：「問曰：『何以名師子座？爲佛化作師子？爲實師子來？爲金銀木石作師子耶？又師子非善獸故，佛所不須，亦無因緣，故不應來。』答曰：『是號名師子，非實師子也。佛爲人中師子，佛所坐處，若牀若地，皆名師子座。』」亦泛指僧人説法講經之坐席。師，同「獅」。

〔一二〕鏡　《宋高僧傳》作「鑑」，下同。下文「鏡空」亦作「鑑空」，乃宋初避宋太祖趙匡胤祖父趙敬諱改。

〔一三〕鏡空　《吴郡志》、《姑蘇志》、明田汝成《西湖遊覽志餘》卷一四《方外玄蹤》作「續空」，當誤。

〔一三〕我生五十有七矣僧臘方十二　《宋高僧傳》作「我生世七十有七，僧臘三十二」。按：齊君房元和初年四十五，以元和元年（八〇六）計，至大和元年（八二七），乃六十六歲。僧臘指僧人受戒後之年頭，齊君房元和元年落髮受戒，至大和元年乃二十二年。《廣記》、《宋高僧傳》均有誤。

〔一四〕興一沙衰恒沙　《宋高僧傳》作「興一沙衰恒河沙」。

〔一五〕亡　《宋高僧傳》作「與」。

按：《施註蘇詩》卷三四《次韻聰上人見寄》註節引《異聞實録》，末云：「《纂異記》亦云。」誤爲二書。《姑蘇志》卷五八、《西湖遊覽志餘》卷一四《方外玄蹤》、張昶《吴中人物志》卷一二皆據《吴郡志》略載此事。

本篇末云：「大和元年，李玫習業在龍門天竺寺，鏡空（齊君房）自香山敬善寺訪之，遂聞斯説。」因語玫曰：『我生五十有七矣，僧臘方十二。持鉢乞食，尚九年在。捨世之日，佛法其衰乎！』詰之，默然無答。乃請筆硯，題數行於經藏北垣而去。曰：『興一沙，衰恒沙。兔而罝，犬而拏，牛虎相交亡角牙，寶檀終不滅其華。』」按此影會昌滅佛。「興一沙，衰恒沙」者「言已（鏡空）出家爲僧，多一沙門，而衆僧將衰矣。「兔而罝」者，言乙卯年（大和九年）沙汰僧尼、禁置寺及私度人之事。「犬而拏」者，言壬戌年（會昌二年）敕令部份僧尼還俗事。「牛虎相交亡角牙」者，言乙丑、丙寅年（會昌五、六年）武宗大舉滅佛而於六年三月崩。末句乃言宣宗即位後重興佛法。（按：滅佛事參見范文瀾《唐代佛教》所附《隋唐五代佛教大事年表》，人民出版社，一九七九）。

《宋高僧傳》卷二〇《唐洛陽香山寺鑑空傳》文字與此大同，然末云：「大和元年詣洛陽，於龍門天竺寺遇河東柳珵，親説厥由向珵。珵聞空之説，事皆不常，且甚奇之。」所訪者爲河東柳珵，不知何據。柳珵元和中曾撰《常侍言旨》及《上清》、《劉幽求》二傳（見拙著《唐五代志怪傳奇叙録》增訂本第二卷，中華書局，二〇一七），至此時過十餘年。而李玫大和間確曾在伊水之上受著作郎分司東都舒元輿推食脱衣之恩，龍門正在伊水之濱。《宋高僧傳》成於宋太宗端拱元年（九八八）（贊寧《進高僧傳表》），《太平廣記》成書於太平興國三年（九七八）（李昉《太平廣記表》），早十年，疑《宋高僧傳》有誤。

《宋高僧傳》云：

釋鑑空，俗姓齊，吴郡人也。少小苦貧，雖勤於于學而寡記持。壯歲爲詩，不多靡麗。常困遊吴楚間，已四五年矣。干謁侯伯，所潤無幾。錢或盈貫，則必病生，用罄方差。元和初，遊錢塘，屬其荒儉，乃議求餐於天竺寺。至孤山寺西，餒甚不前，因臨流雪涕，悲吟數聲。俄有梵僧臨流而坐，顧空笑曰：「法師秀才，旅遊滋味足未？」空曰：「旅遊滋味則已足矣，法師之呼，一何乖謬！」蓋以空未爲僧時名君房也。梵僧曰：「子不憶講《法華經》於同德寺乎？」空曰：「生身已四十五歲矣，盤桓吴楚間，未嘗涉京口，又何洛中之説？」僧曰：「子應爲飢火所燒，不暇憶故事。」遂探囊出一棗，大如拳許，曰：「此吾國所産，食之者，上智知過去未來事，下智止於知前生事耳。」空飢極食棗，掬泉飲之。忽欠呻，枕石而寢，頃刻乃悟，憶講經於同德寺如昨日焉。因增涕泣，問僧曰：「震和尚安在？」曰：「專精未至，再爲蜀僧矣，今則斷攀緣也。」「神上人安在？」曰：「前願未滿。」「悟法師焉在？」曰：「豈不記香山石像前戲發大願乎？若不證無上菩提，必願爲赳赳貴臣。昨聞已得大將軍矣。當時雲水五人。唯吾得解脱，獨汝爲凍餒之士也。」空泣曰：「某四十許年日唯一餐，三十餘年擁一褐。浮俗之事，決斷根源，何期福不完乎，坐於飢凍？」僧曰：「由師子座上廣説異端，使學空之人心生疑惑。戒珠曾缺，羶氣微存，聲渾響清，終不可致。質傴影曲，報應宜然。」空曰：「爲之奈何？」僧曰：「今日之事，吾無計矣。他生之事，警於吾子焉。」乃探鉢囊取一鑑，背面皆瑩徹，謂空曰：「要知貴賤之分，脩短之期，佛法興替，吾道盛衰，宜一鑒焉。」空覽照久之，謝曰：「報應之事，榮枯之理，謹知之矣。」僧收鑑入囊，遂挈而去，行十餘步，旋失所在。空是夕投靈隱寺出家，受具足戒。後周遊名山，愈高苦節。大和元年詣洛陽，於龍門天竺寺遇河東柳珵，親説厥由向珵。珵聞空之説，事皆不常，且甚奇之。空曰：「我生世七十有七，僧臘三十二，持鉢乞食，尚九年在世。吾捨世之日，佛法其衰乎？」瑆詰之，默然無答。乃索瑆筆硯，題數行於經藏北垣而去。曰：「興一沙衰恒河沙，兔而罝，犬而拏，牛虎相交與角牙，竇檀終不滅其華。」

系曰：食梵僧之棗而知宿命者，與茹雪山之藥解諸國言音同也。覽鑑而知吉凶者，與窺圖澄塗麻掌同也。食棗臨鑑，豈偶然耶？非常人之遇也。其空公題識而答，塞柳程之問，驗在會昌之毁教矣。時武宗勒僧尼反俗，計二十萬七千餘人，坼寺並蘭若，共四萬七千有奇，故云「興一沙衰恒河沙，兔在罝，犬仍拏」，言殘害之甚。乙丑毁法，丙寅厭代，佛法喻竇檀之樹，終不絶其華藹芬馥，故云也。苟非異人，何以藏往考來之若是乎？

徐玄之

有徐玄之〔一〕者，自浙東遷于吴，於立義里居。其宅素有凶藉〔二〕，玄之利以〔三〕花木珍異，乃營之。月餘，夜讀書，見武士數百騎，俱長寸餘〔四〕，升自牀之西南隅，於花氍上置繒繳，縱兵大獵，飛禽走獸，不可勝計。獵訖，有旌旗豹纛，并導騎數百，又自外入，至西北隅〔五〕。有帶劍操斧、手執弓槌者〔六〕，凡數百。挈幄幙簾〔七〕榻、盤楪鼎鑊者，又數百。負器皿〔八〕盛陸海之珍味者，又數百。道路往返，奔走探偵〔九〕者，又數百。玄之熟視，轉分明。至中軍，有錯綵信旗，擁赤幘紫衣者，侍從數千，至案之右。有大鐵冠執鉞前〔一〇〕，宣言曰：「殿下將欲觀漁於紫石潭，其先鋒後軍并甲士執戈戟者〔一一〕，勿從。」於是赤幘者下馬，與左右數百，升玄之石硯之上。北設紅拂盧〔一二〕帳，俄爾盤榻幄幙、歌筵舞〔一三〕席畢備。賓旅數十，緋紫紅緑，執笙竽簫管者，又數十輩。更歌迭舞，俳優之類〔一四〕，不可盡記。

酒數巡，徒客皆有酒容〔一五〕。赤幘顧左右曰：「索漁具。」復有撦綱網籠罩之徒〔一六〕，凡數百，齊入硯中。未頃，獲小魚數百千〔一七〕頭。赤幘謂諸〔一八〕客曰：「予深得任公之術，請以樂賓〔一九〕。」乃持鈞於硯中之南灘，樂徒奏〔二〇〕《春波引》。曲未終，獲魴鯉鱸〔二一〕鱖百餘。遽命操膾促膳，凡數十味，皆馨香不可言。金石絲竹，鏗鍧〔二二〕齊奏。酒至，赤幘者持盃顧玄之而謂衆賓曰：「吾不習周公禮，不習〔二三〕孔氏書，而貴居王位。今此儒，髮鬢焦禿，饑〔二四〕色可掬，雖孜孜矻矻，而又奚爲？肯折節爲吾下卿，亦得陪今日之宴。」玄之大駭〔二五〕，乃〔二六〕以書卷蒙之，執燭以觀〔二七〕，一無所見。

玄之捨卷而寢，方寐間，見被堅執鋭者數千騎，自西牖下分行布伍，號令而至。玄之驚呼僕夫，數騎已至牀前，乃宣言曰：「蚍蜉王子獵於羊林之野〔二八〕，釣於紫石之潭。玄之庸奴〔二九〕，遽有迫脅，士卒潰亂，宮車振〔三〇〕驚。既無高共臨危之心，須有晉文還國之伐，付大將軍蠪虰追過〔三一〕。」宣訖，以白練繫玄之頸，甲士數十，羅曳而去。其行迅疾，倏忽如入一城門，觀者駕肩疊足，逗〔三二〕五六里。又行數里，見子城。入城，有宮闕甚麗。玄之至堦下〔三三〕，有赤衣冠者唱言：「追徐玄之至〔三四〕。」蚍蜉王大怒曰：「披儒服，讀儒書，不脩前言往行，而肆勇敢淩上〔三五〕，付三事已〔三六〕下議。」乃釋縛，引入議堂〔三七〕。見紫衣冠者十人，玄之遍拜，皆瞋目踞受。所陳設之類〔三八〕，尤炳焕於人間。

是時王子以驚恐入心，厥疾彌甚。三事已下議，請寘肉刑。議狀未下，太史令馬知玄進狀論曰：「伏以王子自不遵典法〔三九〕，遊觀〔四〇〕失度，視險如砥，自貽震驚。徐玄之性氣不回，博識非淺，況脩天爵，難以妖誣。今大王不能度己，返〔四一〕恣胷臆，信彼多士，欲害哲人。竊見雲物頻興，沴怪屢作，市言訛讖，衆情驚疑。昔者秦射巨魚而衰，殷格猛獸而滅。

今大王欲害非類，是躡殷、秦。但恐季世之端，自此而起。」王覽疏大怒，斬太史馬知玄於國門，以令妖言者。

是時大雨暴至，草澤臣鼉飛上疏曰：「臣聞縱盤遊、恣漁獵者，位必亡；罪賢臣、戮忠讜〔四二〕者，國必喪。伏以王子獵患於絶境，釣禍於幽泉。信任幻徒，熒惑儒士，喪履之戚，所謂自貽。今大王不究遊務〔四三〕之非，返聽詭隨之議。況知玄是一國之元老，實大朝之世臣，是宜採其謀猷，匡此顛仆。全身或止於三諫，犯上未傷於一言，肝膽方期於畢呈，身首俄驚於異處。臣竊見兵書云：『無雲而雨者天泣。』今直臣就戮，而天爲泣焉。伏恐比干不恨死於當時，知玄恨死於今日。大王又不貸玄之峻法，欲正名於肉刑，是抉吾眼而觀越兵，又在今日。昔者虞以宫之奇言爲謬，卒併於晋公；吴以伍子胥見〔四四〕爲非，果滅於句踐。非敢自周秦悉數，累黷聰明；竊敢以塵埃之卑，少益嵩、華〔四五〕。」王覽疏，即拜鼉飛爲諫議大夫，追贈太史〔四六〕馬知玄爲安國大將軍，以其子蚳爲太史令。賻布帛五百段，米粟各三百石〔四七〕。其徐玄之，待後進旨。

於是蚳詣宫門進表〔四八〕曰：「伏奉恩〔四九〕制云：『馬知玄有殷王子比干之忠貞，有魏侍中辛毗〔五〇〕之諫諍，而我亟以用己〔五一〕，昧於知人。爇棟梁於將立〔五二〕大厦之晨，碎舟艥於方濟巨川之日，由我不德，致爾非〔五三〕辜。是宜褒贈其亡，賞延于後者。』宸翰〔五四〕忽臨，載驚載懼。叩頭氣竭，斷號血零〔五五〕。伏以臣先父臣知玄，學究天人，藝窮曆數，因通〔五六〕玄鑒，得居聖朝。當大王採芻蕘之晨，是臣父展嘉謨之日。逆耳之言難聽，驚心〔五七〕之説易誅。今蒙聖澤旁臨，照此非罪。鴻恩霑洒，猶驚已散之精魂；好爵彌縫，難續不全之腰領。今臣豈可因亡父之誅戮，要〔五八〕國家之寵榮？報平王而不能，効伯禹而安忍〔五九〕？況今天圖將變，曆數堪憂，伏乞斥臣遐方，免逢喪亂。」王覽疏不悅，乃返〔六〇〕寢於候雨殿。

既寤，宴百執事於陵雲臺，曰：「適〔六一〕有嘉夢，能曉之〔六二〕，使我心洗然而亮者，賜爵一級。」群臣有司，皆頓首敬聽。王〔六三〕曰：「吾夢上帝云：『助爾金，開爾國，展爾疆土，自南自北〔六四〕，赤玉洎石，以答爾德。』卿等以爲如何？」群臣皆拜舞稱賀曰：「啓〔六五〕鄰國之慶也。」蠻飛曰：「此〔六六〕大不祥，何慶之有？」王曰：「何謂其然？」蠻飛曰：「大王逼脅生人，滯留幽穴，錫茲咎夢，由天怒焉。夫『助金』者，鋤也。『開國』者，闢也。『展疆土』者，分裂也。『赤玉洎石』，與火俱焚也。得非玄之鋤吾土，攻吾國，縱火南北，以答繫領之辱乎？」王於是赦玄之罪，戮方術之徒，自壞其宮，以禳厥夢。乃〔六七〕以安車送玄之歸。纔及榻，玄之寤，汗流浹洽〔六八〕。既明，乃召家僮，於西牖掘地五尺餘，得蟻穴，如三石缶。因縱火以焚之，靡有孑遺。自此宅不復凶矣。（中華書局版汪紹楹點校本《太平廣記》卷四七八《昆蟲六》引《纂異記》）

〔一〕徐玄之　《類説》卷一九《異聞録·觀魚紫石潭》作「徐立之」，「立」當爲「玄」字形譌。

〔二〕凶藉　明鈔本、陳校本「藉」作「籍」。按：「藉」通「籍」。籍，名册，引申爲名、名聲。凶藉，凶名。《古今説海》説淵部别傳十七《蚍蜉傳》，《逸史搜奇》己集七《徐玄之》，《廣豔異編》卷二五及《續豔異編》卷一一《蚍蜉王傳》，《合刻三志》志怪類、《雪窗談異》卷六及《唐人説薈》第十六集《物怪録·蚍蜉傳》作「凶怪」。

〔三〕以　明鈔本作「其」。

〔四〕俱長寸餘　此句原無，據孫校本補。《紺珠集》卷一《異聞實録·蚍蜉王漁紫石》（按：《四庫》本「石」下有「潭」字）、《孔帖》卷九〇引《異聞録》作「見人物如粟米粒」，《類説》、《海録碎事》卷一九《紫石潭》（無出處）、《東坡先生詩集註》卷三〇《謹和子功詩并求純父數句》註引《異聞實録》、《天中記》卷五七引《異聞集》作「見人物如粟粒」，《孔帖》卷一四引《異聞實録》、《錦繡萬花谷》後集卷二九引《異聞實録》、《古今合璧事類備要》前集卷四六引《異聞實録》作「見人物如粟米」，《海録碎事》卷二二下《蜉蝣王》（無出處）作「見人物如粟」。

〔五〕又自外入至西北隅　明鈔本作「又升自堂之西北隅」，孫校本作「又外自，按之西北隅」。

〔六〕有帶劍操斧手執弓楇者　「帶」原作「戴」，「者」字原無，據《説海》、《逸史搜奇》、《廣豔異編》、《續豔異編》、《物怪録》改補。明鈔本「戴」亦作「帶」。《唐人説薈》「斧」譌作「釜」。

〔七〕簾　明鈔本作「几」。

〔八〕皿　此字原無，據明鈔本補。

〔九〕偵　原作「值」，據孫校本、《説海》、《逸史搜奇》、《廣豔異編》、《續豔異編》、《物怪録》改。

〔一〇〕有大鐵冠執鉞前　明鈔本作「有載鐵冠執鐵簡」，汪校：「明鈔本大作載，當作戴。」「鐵簡原作鉞前，據明鈔本改。」按：《説海》、《逸史搜奇》、《廣豔異編》、《續豔異編》、《物怪録》亦作「有大鐵冠執鉞前」，其意亦通，謂頭戴大鐵冠者執鉞（大斧）向前。今回改。又，「載」通「戴」，非「戴」之譌。

〔一一〕者　此字孫校本、《説海》、《逸史搜奇》、《廣豔異編》、《續豔異編》、《物怪録》無。

〔一二〕盧　許刻本、陳校本、黄校本、《四庫》本、《筆記小説大觀》本及《説海》等俱作「盧」。按：盧，通「廬」。

〔一三〕舞　明鈔本、《説海》、《逸史搜奇》、《廣豔異編》、《續豔異編》、《合刻三志》、《雪窗談異》作「客」。

〔一四〕類　談刻本原作「伺」，《唐人説薈》同治八年刊本同，汪校本據明鈔本改作「類」，《唐人説薈》民國石印本改作「詞」。《説海》、《逸史搜奇》、《廣豔異編》、《續豔異編》、《合刻三志》、《雪窗談異》作「目」。

〔一五〕徒客皆有酒容　原作「上客有酒容者」，據明鈔本改。

〔一六〕揞綱網籠罩之徒　「揞綱網」原譌作「舊網」。孫校本及《説海》、《逸史搜奇》、《廣豔異編》、《續豔異編》、《物怪録》「舊」作「擒」。按：擒，字書無此字，不詳何義。明鈔本、陳校本作「揞」。揞，同「支」，支撑，支架。據改。《四庫》本《説海》改作「擭」，握也。《説海》、《廣豔異編》、《續豔異編》、《物怪録》「網」作「綱網」，據補「綱」字。《逸史搜奇》譌作「網網」。「徒」原作「類」，據明鈔本、陳校本改。

〔一七〕千　明鈔本無此字。

〔一八〕諸　原作「上」，據明鈔本、《説海》、《逸史搜奇》、《廣豔異編》、《續豔異編》、《物怪録》改。

〔一九〕予深得任公之術請以樂賓　《説海》、《逸史搜奇》、《廣豔異編》、《續豔異編》、《合刻三志》、《雪窗談異》作「予請爲渭濱之業，以樂賓」。按：任公，即任公子。《莊子·外物》載，任公子「爲大鉤巨緇五十犗以爲餌」，釣於東海，果得大魚。《史記》卷七九《范雎列傳》：「昔者吕尚之遇文王也，身爲漁父而釣於渭濱耳。」

〔二〇〕樂徒奏　明鈔本「奏」作「歌」。《説海》、《逸史搜奇》、《廣豔異編》、《續豔異編》、《合刻三志》、《雪窗談異》作「衆樂徒歌」，《唐人説薈》作「衆樂徒奏」。

〔二一〕鱸　《説海》、《逸史搜奇》、《廣豔異編》、《續豔異編》、《合刻三志》、《唐人説薈》作「鱣」。

〔二二〕鉤　原作「鞫」，據孫校本改。明鈔本、陳校本、《説海》、《逸史搜奇》、《廣豔異編》、《續豔異編》、《物怪録》作「訇」，義同。

〔二三〕習　明鈔本、《説海》、《逸史搜奇》、《廣豔異編》、《續豔異編》、《物怪録》作「讀」。

〔二四〕饑　原譌作「肌」，據《説海》、《逸史搜奇》、《廣豔異編》、《續豔異編》、《物怪録》、《太平廣記鈔》卷七五改。

〔二五〕大駭　此二字原無，據《紺珠集》、《類説》、《孔帖》卷九〇、《海録碎事》卷二二下、《東坡詩集註》補。

〔二六〕乃　明鈔本作「忽起」。

〔二七〕觀　明鈔本作「照之」，《類説》、《説海》、《逸史搜奇》、《廣豔異編》、《續豔異編》、《物怪録》作「爇」。

〔二八〕野　原作「茸」，據明鈔本改。《説海》、《逸史搜奇》、《廣豔異編》、《續豔異編》、《物怪録》作「澤」。

〔二九〕庸奴　「庸」原作「牖」，據明鈔本、孫校本、陳校本、《説海》、《逸史搜奇》、《廣豔異編》、《續豔異編》、《物怪録》、《廣記鈔》改。

〔三〇〕振　明鈔本、《説海》、《逸史搜奇》、《廣豔異編》、《續豔異編》、《合刻三志》、《唐人説薈》作「震」。按：振、震義同。

〔三一〕蠪虰追過　「蠪」明鈔本、孫校本、《説海》、《逸史搜奇》、《廣豔異編》、《續豔異編》、《物怪録》作「龔」，「虰」明鈔本作「虬」，誤。按：《爾雅·釋蟲》：「蚍蜉，大螘，小者螘。蠪，朾螘。螱，飛蝗，其子蚳。」北宋邢昺疏：「蝗，通名也。……其大而赤色斑駁者名蠪，一名朾蝗。」「朾」一作「虰」。北宋司馬光《類篇》卷三八：「虰，除耕切，蠪虰，蝗屬。」「蝗」同「蟻」。「過」明鈔本作「之」。按：追過，前往抓捕。

〔三三〕逗　明鈔本作「連」。《説海》、《逸史搜奇》、《廣豔異編》、《續豔異編》、《物怪録》作「凡」。按：逗，追趕，追逐。張相《詩詞曲語辭匯釋》卷二：「逗，猶趁也；趕也。李嘉祐《白鷺》詩：『江南渌水多，顧影逗清波。』逗清波，猶云趁清波或逐清波也。」（中華書局，一九七九）

〔三三〕入城有宫闕甚麗玄之至堦下　此十二字原脱，據《説海》、《逸史搜奇》、《廣豔異編》、《續豔異編》、《物怪録》補。

〔三四〕追徐玄之至　此五字原脱，據《説海》、《逸史搜奇》、《廣豔異編》、《續豔異編》、《物怪録》補。

〔三五〕肆勇敢凌上　明鈔本、《説海》、《逸史搜奇》、《廣豔異編》、《續豔異編》、《物怪録》作「敢肆勇凌上」。

〔三六〕已　陳校本作「以」。已，通「以」。

〔三七〕議堂　《説海》、《逸史搜奇》、《廣豔異編》、《續豔異編》、《物怪録》作「會議堂」。

〔三八〕所陳設之類　明鈔本作「聽陳劾之詞」，汪校本據改，未當，與下句意思不相連屬。《説海》、《逸史搜奇》、《廣豔異編》、《續豔異編》、《物怪録》並作「所陳設之類」。今回改。

〔三九〕自不遵典法　「自」原作「曰」，據孫校本、《説海》、《逸史搜奇》、《廣豔異編》、《續豔異編》、《物怪録》改。《四庫》本改作「日」。《説海》、《逸史搜奇》、《廣豔異編》、《續豔異編》、《合刻三志》、《唐人説薈》「典」作「軌」。

〔四〇〕觀　明鈔本作「畋」。《説海》、《逸史搜奇》、《廣豔異編》、《續豔異編》、《物怪録》作「佚」。

〔四一〕返　明鈔本、《説海》、《逸史搜奇》、《廣豔異編》、《續豔異編》、《物怪録》作「反」，下同。按：返，義同「反」，反而。唐李百藥《北齊書》卷一三《清河王勱傳》：「王國家姻婭，須同疾惡，返爲此言，豈所望乎！」《四庫》本《舊唐書》卷八四《裴行儉傳》：「調露二年，突厥阿史德温傅反，單于管内二十四州並叛應之，衆數十萬。單于都護蕭嗣業率兵討之，返爲所敗。」中華書局點校本「返」作「反」。

〔四二〕讜　明鈔本作「言」。

〔四三〕遊務　《説海》、《逸史搜奇》、《廣豔異編》、《續豔異編》、《物怪録》作「湛遊」。

〔四四〕見　明鈔本作「諫」。

〔四五〕嵩華　談刻本原爲「嵩華」，汪校本據明鈔本改作「嵩岳」。王夢鷗《纂異記校釋》：「嵩華，明鈔本作『嵩岳』。按以『嵩華』偶『聰明』爲是。」按：王説是。嵩華，嵩山、華山也。今回改。

〔四六〕太史　明鈔本作「太史令」。按：太史即太史令。

〔四七〕米粟各三百石　「粟」字原脱，據孫校本、《説海》、《逸史搜奇》、《廣豔異編》、《續豔異編》、《物怪録》補。「石」孫校本作「碩」。碩，通「石」。

〔四八〕詣宫門進表　原作「詣移市門進官表」，據《説海》、《逸史搜奇》、《廣豔異編》、《續豔異編》、《物怪録》改。

〔四九〕恩　陳校本作「聖」。

〔五〇〕魏侍中辛毗　《説海》、《逸史搜奇》、《廣豔異編》、《續豔異編》、《合刻三志》、《雪窗談異》「侍中」作「中尉」。按：《三國志》卷二五《魏書·辛毗傳》載：辛毗，字佐治，潁川陽翟（今河南禹州市）人。先事袁紹及其子袁譚，後從曹操，任議郎、丞相長史。文帝踐阼，遷侍中，賜爵關内侯。明帝時因直諫出爲衛尉。漢魏諸侯國軍事長官爲中尉，作「中尉」誤。

〔五一〕用己　明鈔本、孫校本、陳校本「己」作「性」。按：「用己」與下文「知人」反義相對。

〔五二〕立　原作「爲」，據孫校本、《説海》、《逸史搜奇》、《廣豔異編》、《續豔異編》、《物怪録》改。明鈔本作「支」。

〔五三〕非　陳校本作「無」。

〔五四〕宸翰　明鈔本作「倉惶」。

〔五五〕叩頭氣竭斷號血零　「斷號」原作「號斷」。孫校本作「叩頭斷號，回心踢斷，止泣號呼」。《説海》、《逸史搜奇》、《廣豔異編》、《續豔異編》、《合刻三志》、《雪窗談異》作「叩頭斷號，回心止泣」。按：「斷號」與「叩頭」對，據改。明鈔本「叩頭氣竭」作「叩竭氣斷」。陳校本「號斷」作「號呼」。

〔五六〕通　此字原無，據《説海》、《逸史搜奇》、《廣豔異編》、《續豔異編》補。

〔五七〕驚心　明鈔本、孫校本、陳校本作「安危」。按：「驚心」與上句「逆耳」相對。

〔五八〕要　談刻本原作「定」，汪校本據明鈔本改。《説海》、《逸史搜奇》、《廣豔異編》、《續豔異編》、《合刻三志》、《雪窗談異》作「冒」，《唐人説薈》作「膺」。

〔五九〕報平王而不能効伯禹而安忍　《説海》、《逸史搜奇》、《廣豔異編》、《續豔異編》、《合刻三志》、《雪窗談異》作「報平王既非本心，効伯禹亦非素志」。

〔六〇〕返　明鈔本、孫校本、《説海》、《逸史搜奇》、《廣豔異編》、《續豔異編》、《合刻三志》、《雪窗談異》作「退」，陳校本作「還」。

〔六一〕適　《説海》、《逸史搜奇》、《廣豔異編》、《續豔異編》、《合刻三志》、《雪窗談異》作「朕」。

〔六二〕能曉之　王夢鷗謂「上當脱一『孰』字」。

〔六三〕王　此字原無，據《説海》、《逸史搜奇》、《廣豔異編》、《續豔異編》、《合刻三志》、《雪窗談異》補。

〔六四〕自南自北　前一「自」字《説海》、《逸史搜奇》、《廣豔異編》、《續豔異編》、《合刻三志》、《雪窗談異》作「洎」。按：疑後一「自」字當作「洎」。洎，至也。

〔六五〕咨　原作「答」，據《説海》、《逸史搜奇》、《廣豔異編》、《續豔異編》、《合刻三志》、《雪窗談異》改。

〔六六〕此　此字原無，據明鈔本補。

〔六七〕乃　《説海》、《逸史搜奇》、《廣豔異編》、《續豔異編》、《合刻三志》、《雪窗談異》作「又」。

〔六八〕汗流浹洽　此四字原無，據《説海》、《逸史搜奇》、《廣豔異編》、《續豔異編》、《合刻三志》、《雪窗談異》補。

按：《古今説海》説淵部別傳十七據《廣記》採入本篇，題《蚍蜉傳》，不著撰人。《逸史搜奇》已集七《徐玄之》、《一見賞心編》卷一三、《繡谷春容》仁集卷八、《廣豔異編》卷二五及《續豔異編》卷一一《蚍蜉王傳》，全鈔《説海》。《合刻三志》志怪類、《雪窗談異》卷六及《唐人説薈》第十六集有《物怪録》，託名唐徐嶷撰，中亦有《蚍蜉傳》。《合刻三志》、《雪窗談異》文同《説海》，《唐人説薈》則又據《廣記》有改。

《紺珠集》卷一《異聞實録·蚍蜉王漁紫石潭》、《類説》卷一九《異聞録·觀魚紫石潭》，皆節録。《類説》譌作徐立之。

《紺珠集》云：

徐玄之夜讀書，見人物如粟米粒，數百，皆具甲冑，擁一紫衣者行案上，傳呼云：「蚍蜉王欲觀漁於紫石潭。」漁具數十人入硯中，皆獲小魚。玄之大駭，以册覆之，照看皆無。

《類説》云：

徐立之夜讀書，見人物如粟粒，數百，皆具甲胄，擁一赤幘紫衣者行案上，傳呼曰：「蚍蜉王欲觀魚於紫石潭。」顧右左索漁具，數十齊入硯中，獲小魚數千。立之大駭，以書卷蒙之，執燭以爇，無所見。

北宋吴淑《事類賦注》卷一五《硯賦》注及卷三〇《蟻賦》注節引《纂異記》，文大同。《硯賦》注引曰：

有徐玄之者，月夜讀書，見武士數百騎升牀，於花氊上縱兵大獵。又升案，於硯中施罾網，獲魚數百千頭。有王者顧玄之，怒其無禮，囚之。明日，玄之掘地，得蟻穴，盡焚之。

《孔帖》卷一四《紫石潭》引《異聞實録》，卷九〇《蚍蜉王漁紫石》引《異聞録》，《錦繡萬花谷》後集卷二九《紫石潭》引《異聞實録》，《古今合璧事類備要》前集卷四六《漁潭》引《異聞實録》，《施註蘇詩》卷三二《近以月石硯屏獻子功中書公》註引《異聞實録》，《東坡先生詩集註》卷三〇同詩趙次公註引《異聞實録》，《海録碎事》卷一九《紫石潭》，卷二二下《蜉蝣王》，並無出處，以上大抵據《紺珠集》。

本篇用典亦多，考釋如左：

任公之術，見《莊子·外物》：

任公子爲大鉤巨緇，五十犗以爲餌，蹲乎會稽，投竿東海，旦旦而釣，期年不得魚。已而大魚食之，牽巨鉤錎没而下，騖揚而奮鬐，白波若山，海水震蕩，聲侔鬼神，憚赫千里。任公子得若魚，離而腊之，自制河以東，蒼梧以北，莫不厭若魚者。已而後世輇才諷説之徒，皆驚而相告也。夫揭竿累，趣灌瀆，守鯢鮒，其於得大魚難矣。

高共臨危之心，事見《史記》卷四三《趙世家》：

襄子立四年，知伯與趙、韓、魏盡分其范、中行故地。……三國攻晉陽，歲餘，引汾水灌其城，城不浸者三版。城中懸釜而炊，易子而食。羣臣皆有外心，禮益慢，唯高共不敢失禮。襄子懼，乃夜使相張孟同私於韓、魏。韓、魏與合謀，以三月丙戌，三國反滅知氏，共分其地。於是襄子行賞，高共爲上。張孟同曰：「晉陽之難，唯共無功。」襄子曰：「方晉陽急，羣臣皆懈，唯共不敢失人臣禮，是以先之。」

晉文還國之伐，見《史記》卷三九《晉世家》：

晉文公重耳，晉獻公之子也。……獻公十三年，以驪姬故，重耳備蒲城守秦。獻公二十一年，獻公殺太子申生，驪姬讒之，恐，不辭獻公而守蒲城。獻公二十二年，獻公使宦者履鞮趣殺重耳。重耳踰垣，宦者逐斬其衣袪。重耳遂奔狄，狄，其母國也。是時重耳年四十三。……重耳居狄，凡十二年而去。……重耳至秦，繆公以宗女五人妻重耳……繆公曰：「知子欲急反國矣。」趙衰與重耳下，再拜曰：「孤臣之仰君，如百穀之望時雨。」是時晉惠公十四年秋，惠公以九月卒，子圉立。十一月，葬惠公。十二月，晉國大夫欒、郤等聞重耳在秦，皆陰來勸重耳、趙衰等反國，爲内應甚衆。

於是秦繆公乃發兵與重耳歸晉。晉聞秦兵來，亦發兵拒之，然皆陰知公子重耳入也。唯惠公之故貴臣呂、郤之屬不欲立重耳。重耳出亡凡十九歲而得入，時年六十二矣，晉人多附焉。文公元年春，秦送重耳至河。……壬寅，重耳入于晉師。丙午，入于曲沃。丁未，朝于武宮，即位爲晉君，是爲文公。羣臣皆往。懷公圉奔高粱。戊申，使人殺懷公。

雲物，《周禮·春官·保章氏》：「以五雲之物，辨吉凶、水旱降豐荒之祲象。」鄭玄注：「物，色也。視日旁雲氣之色降下也，知水旱所下之國。鄭司農云：以二至二分觀雲色，青爲蟲，白爲喪，赤爲兵荒，黑爲水，黄爲豐。」

秦射巨魚而衰，見《史記》卷六《秦始皇本紀》：

三十七年十月癸丑，始皇出游。……還過吴，從江乘渡口。並海上，北至琅邪。方士徐市等入海求神藥，數歲不得，費多恐譴，乃詐曰：「蓬萊藥可得，然常爲大鮫魚所苦，故不得至。願請善射與俱，見則以連弩射之。」始皇夢與海神戰，如人狀。問占夢，博士曰：「水神不可見，以大魚蛟龍爲候。今上禱祠備謹，而有此惡神，當除去，而善神可致。」乃令入海者齎捕巨魚具，而自以連弩候大魚出射之。自琅邪北至榮成山，弗見。至之罘，見巨魚，射殺一魚。遂並海西。至平原津而病，始皇惡言死，羣臣莫敢言死事。上病益甚，乃爲璽書賜公子扶蘇曰：「與喪會咸陽而葬。」書已封，在中車府令趙高行符璽事所，未授使者。七月丙寅，始皇崩於沙丘平臺。

殷格猛獸而滅，見《史記》卷三《殷本紀》：

帝紂資辨捷疾，聞見甚敏，材力過人，手格猛獸。知足以距諫，言足以飾非，矜人臣以能，高天下以聲，以爲皆出己之下。好酒淫樂，嬖於婦人。愛妲己，妲己之言是從。於是使師涓作新淫聲，北里之舞，靡靡之樂。厚賦稅以實鹿臺之錢，而盈鉅橋之粟。益收狗馬奇物，充仞宫室。益廣沙丘苑臺，多取野獸蜚鳥置其中。慢於鬼神。大冣樂戲於沙丘，以酒爲池，縣肉爲林，使男女倮相逐其閒，爲長夜之飲。百姓怨望而諸侯有畔者，於是紂乃重刑辟，有炮格之法。……紂又用惡來，惡來善毁讒，諸侯以此益疏。……周武王於是遂率諸侯伐紂，紂亦發兵距之牧野。甲子日，紂兵敗。紂走入，登鹿臺，衣其寶玉衣，赴火而死。周武王遂斬紂頭，縣之大白旗。殺妲己。釋箕子之囚，封比干之墓，表商容之閭。

喪履之戚，見《左傳》莊公八年：

冬十二月，齊侯（齊襄公）游于姑棼，遂田于貝丘。見大豕，從者曰：「公子彭生也。」公怒曰：「彭生敢見！」射之。豕人立而啼，公懼，隊于車，傷足喪屨。反，誅屨於徒人費，弗得，鞭之見血。走出，遇賊于門，劫而束之。費曰：「我奚御哉！」袒而示之背，信之。費請先入，伏公而出鬭，死于門中。石之紛如死于階下。遂入，殺孟陽于牀。曰：「非君也，不類。」見公之足于户下，遂弒之，而立無知。

全身或止於三諫，謂臣子勸諫君王，三諫不聽則去，以保全自己。《公羊傳》莊公二十四年：

戎將侵曹，曹羈諫曰：「戎衆以無義，君請勿自敵也。」曹伯曰：「不可。」三諫不從，遂去之。故君子以爲得君臣之義也。

東漢何休《解詁》：「孔子曰：『所謂大臣者，以道事君，不可則止。』此之謂也。」孔子語見《論語·先進》。

無雲而雨者天泣，《太平御覽》卷一一引《太公對敵權變逆順法》曰：「夫軍出，逢天無雲而雨，天泣也，軍没不還。」

又卷八七七引京房曰：「若出軍之日無雲而雨，此天泣，軍没不還。」

唐瞿曇悉達《開元占經》卷九二《雜占》：

天無雲而雨，謂之天泣。其占爲國易政，若出軍逢之，其軍必不還。《河圖》曰：「主急恚怒，則無雲而雨。」《抱朴子》曰：「無雲而雨，是謂雨血，將軍當揚兵講武以應之，雨大，軍中尤甚者，將軍敗死。」京房曰：「人君進無德樹爲功，則無雲而雨。」

比干，商紂王叔父，官少師。因屢諫紂王，被剖心而死。《史記·殷本紀》：

西伯（姬昌）歸，乃陰修德行善。諸侯多叛紂而往歸西伯，西伯滋大，紂由是稍失權重。王子比干諫弗聽。……紂愈淫亂不止，微子數諫不聽，乃與太師、少師謀，遂去。比干曰：「爲人臣者，不得不以死争。」乃强諫紂。紂怒曰：「吾聞聖人心有七竅。」剖比干，觀其心。

《正義》引《括地志》云：

比干見微子去，箕子狂，乃歎曰：「主過不諫，非忠也；畏死不言，非勇也。過則諫，不用則死，忠之至也。」進諫不去者三日。紂問：「何以自持？」比干曰：「修善行仁，以義自持。」紂怒曰：「吾聞聖人心有七竅，信諸？」遂殺比干，刳視其心也。

「**抉吾眼而觀越兵**」云云，事見《史記》卷六六《伍子胥列傳》：

夫差既立爲王，以伯嚭爲太宰，習戰射。二年後伐越，敗越於夫湫。越王句踐乃以餘兵五千人棲於會稽之上，使大夫種厚幣遺吴太宰嚭以請和，求委國爲臣妾。吴王將許之，伍子胥諫曰：「越王爲人能辛苦，今王不滅，後必悔之。」吴王不聽，用太宰嚭計，與越平。其後五年，而吴王聞齊景公死而大臣争寵，新君弱，乃興師北伐齊。伍子胥諫曰：「句踐食不重味，弔死問疾，且欲有所用之也。此人不死，必爲吴患。今吴之有越，猶人之有腹心疾也。而王不先越而乃務齊，不亦謬乎！」吴王不聽，伐齊，大敗齊師於艾陵，遂威鄒、魯之君以歸。益疏子胥之謀。其後四年，吴王將北伐齊，越王句踐用子貢之謀，乃率其衆以助吴，而重寶以獻遺太宰嚭。太宰嚭既數受越賂，其愛信越殊甚，日夜爲言於吴王。吴王信用嚭之計。伍子胥諫曰：「夫越，腹心之病，今信其浮辭詐僞而貪齊。破齊，譬猶石田，無所用之。且盤庚之誥曰：『有顛越不恭，劓殄滅之，俾無遺育，無使易種于茲邑。』此商之所以興。願王釋齊而先越，若不然，後將悔之無及。」而吳王不聽，使子胥於齊。子胥臨行，謂其子曰：「吾數諫王，王不用，吾今見吳之亡矣。汝與吳俱亡無益也。」乃屬其子於齊鮑牧，而還報吳。吳太宰嚭既與子胥有隙，因讒曰：「子胥爲人剛暴，少恩，猜賊，其怨望恐爲深禍也。……夫爲人臣，內不得意，外倚諸侯，自以爲先王之謀臣，今不見用，常鞅鞅怨望。願王早圖之。」吳王曰：「微子之言，吾亦疑之。」乃使使賜伍子胥屬鏤之劍，曰：「子以此死。」伍子胥仰天歎曰：「嗟乎！讒臣嚭爲亂矣，王乃反誅我。我令若父霸。自若未立時，諸公子爭立，我以死爭之於先王，幾不得立。若既得立，欲分吳國予我，我顧不敢望也。然今若聽諛臣言以殺長者。」乃告其舍人曰：「必樹吾墓上以梓，令可以爲器。而抉吾眼縣吳東門之上，以觀越寇之入滅吳也。」乃自剄死。吳王聞之大怒，乃取子胥尸盛以鴟夷革，浮之江中。吳人憐之，爲立祠於江上，因命曰胥山。……越王句踐遂滅吳，殺王夫差，而誅太宰嚭，以不忠於其君，而外受重賂，與己比周也。

「**虞以宮之奇言爲謬**」云云，見《左傳》僖公五年：

晉侯（晉獻公）復假道於虞以伐虢，宮之奇諫曰：「虢，虞之表也。虢亡，虞必從之。晉不可啓，寇不可翫。一之爲甚，其可再乎？諺所謂『輔車相依，脣亡齒寒』者。其虞、虢之謂也。」公曰：「晉，吾宗也，豈害我哉？」……弗聽，許晉使。宮之奇以其族行，曰：「虞不臘矣，在此行也，晉不更舉矣。」……冬十二月丙子朔，晉滅虢，虢公醜奔京師。師還，館于虞，遂襲虞，滅之，執虞公及其大夫井伯，以媵秦穆姬，而脩虞祀。

《史記》卷三九《晋世家》亦載：

是歲也（晋獻公二十二年），晋復假道於虞以伐虢。虞之大夫宫之奇諫虞君曰：「晋不可假道也，是且滅虞。」虞君曰：「晋我同姓，不宜伐我。」宫之奇曰：「太伯、虞仲，太王之子也。太伯亡去，是以不嗣。虢仲、虢叔，王季之子也，爲文王卿士，其記勳在王室，藏於盟府。將虢是滅，何愛于虞？且虞之親能親於桓、莊之族乎？桓、莊之族何罪，盡滅之。虞之與虢，脣之與齒，脣亡則齒寒。」虞公不聽，遂許晋。宫之奇以其族去虞。其冬，晋滅虢，虢公醜奔周。還，襲滅虞，虜虞公及其大夫井伯百里奚，以媵秦穆姬，而修虞祀。荀息牽曩所遺虞屈産之乘馬奉之獻公，獻公笑曰：「馬則吾馬，齒亦老矣。」

魏侍中辛毗之諫諍，見《三國志》卷二五《魏書·辛毗傳》：

辛毗字佐治，潁川陽翟人也。其先建武中自隴西東遷，毗隨兄評從袁紹。太祖爲司空，辟毗，毗不得應命。及袁尚攻兄譚於平原，譚使毗詣太祖求和。……明年攻鄴，克之，表毗爲議郎。……軍還，爲丞相長史。文帝踐阼，遷侍中，賜爵關内侯。……明帝即位，進封潁鄉侯，邑三百户。時中書監劉放、令孫資見信於主，制斷時政，大臣莫不交好，而毗不與往來。……冗從僕射畢軌表言：「尚書僕射王思精勤舊吏，忠亮計略不如辛毗，毗宜代思。」帝以訪放、資，放、資對曰：「陛下用思者，誠欲取其效力，不貴虛名也。毗實亮直，然性剛而專，聖慮所當深察也。」遂不用，出爲衛尉。……青龍二年，諸葛亮率衆出渭南。先是，大將軍司馬宣王數請與亮戰，明帝終不聽。是歲恐不能禁，乃以毗爲大將軍軍師，使持節，六軍皆肅，準毗節度，莫敢犯違。亮卒，復還爲衛尉。薨，謚曰肅侯。

報平王而不能，《史記·伍子胥列傳》載：

伍子胥者，楚人也，名員。員父曰伍奢。員兄曰伍尚。其先曰伍舉，以直諫事楚莊王，有顯，故其後世有名於楚。楚平王有太子名曰建，使伍奢爲太傅，費無忌爲少傅。無忌不忠於太子建。……平王稍益疏建，使建守城父，備邊兵。頃之，無忌又日夜言太子短於王……平王乃召其太傅伍奢考問之，伍奢知無忌讒太子於平王，因曰：「王獨柰何以讒賊小臣疏骨肉之親乎？」無忌曰：「王今不制，其事成矣。王且見禽。」於是平王怒，囚伍奢，而使城父司馬奮揚往殺太子。……太子建亡奔宋。無忌言於平王子，皆賢，不誅且爲楚憂。可以其父質而召之，不然且爲楚患。」……伍尚欲往，員曰：「楚之召我兄弟，非欲以生我父也，恐有脱者後生患，故以父爲質，詐召二子。二子到，則父子俱死。何益父之死？往而令讎不得報耳，不如奔他國，借力以雪父之恥，俱滅，無爲也。」伍尚曰：「我知往終不能全父命，然恨父召我以求生而不往，後不能雪恥，終爲天下笑耳。」謂員：「可去矣，汝能報殺父之讎，我將歸死。」尚既就執，使者捕伍胥。伍胥貫弓執矢嚮使者，使者不敢進，伍胥遂亡。聞太子建之在宋，往從之。奢聞子胥之亡也，曰：「楚國君臣且苦兵矣。」伍尚至楚，楚并殺奢與尚也。伍胥既至宋，宋有華氏之亂，乃與太子建俱奔於鄭。鄭人甚善之。太子建又適晉，晉頃公曰：「太子既善鄭，鄭信太子。太子能爲我内應，而我攻其外，滅鄭必矣。滅鄭而封太子。」太子乃還鄭。事未會，會自私欲殺其從者，從者知其謀，乃告之於鄭。鄭定公與子産誅殺太子建。建有子名勝，伍胥懼，乃與勝俱奔吴。

効伯禹而安忍，此謂不忍心效仿大禹不顧殺父之仇，頂替父職，在朝爲官。事見《史記》卷二《夏本紀》：

禹之父曰鯀……當帝堯之時，鴻水滔天，浩浩懷山襄陵，下民其憂。堯求能治水者，羣臣四嶽皆曰鯀可。……於是堯聽四嶽，用鯀治水。九年而水不息，功用不成。於是帝堯乃求人，更得舜。舜登用，攝行天子之政，巡狩。行視鯀之治水無狀，乃殛鯀於羽山以死。天下皆以舜之誅爲是。於是舜舉鯀子禹，而使續鯀之業。堯崩，帝舜問四嶽曰：「有能成美堯之事者使居官？」皆曰：「伯禹爲司空，可成美堯之功。」舜曰：「嗟！然。」命禹：「女平水土，維是勉之。」禹拜稽首，讓於契、后稷、皋陶，舜曰：「女其往視爾事矣。」……禹乃遂與益、后稷奉帝命，命諸侯百姓興人徒以傅土，行山表木，定高山大川。禹傷先人父鯀功之不成受誅，乃勞身焦思，居外十三年，過家門不敢入。薄衣食，致孝于鬼神。卑宫室，致費於溝減。陸行乘車，水行乘船，泥行乘橇，山行乘檋。左準繩，右規矩，載四時，以開九州，通九道，陂九澤，度九山。令益予衆庶稻，可種卑濕。命后稷予衆庶難得之食。食少，調有餘相給，以均諸侯。禹乃行相地宜所有以貢，及山川之便利。……於是帝錫禹玄圭，以告成功于天下，天下於是太平治。

候雨殿，此脱化自北朝闕名《妖異記》審雨堂，《太平廣記》卷四七四《盧汾》引《窮神秘苑》（唐焦璐撰）云：

《妖異記》曰：夏陽盧汾，字士濟。幼而好學，晝夜不倦。後魏莊帝永安二年七月二十日，將赴洛，友人宴於齋中。夜闌月出之後，忽聞廳前槐樹空中有語笑之音，并絲竹之韻。數友人咸聞，訝之。俄見女子衣青黑衣，出槐中，謂汾曰：「此地非郎君所詣，奈何相造也？」汾曰：「吾適宴罷，友人聞此音樂之韻，故来請見。」女子笑曰：「郎君真姓盧耳。」乃入穴中。俄有微風動林，汾歎訝之，有如昏昧。及舉目，見宫宇豁開，門户迥然。有一女子衣青衣，出户謂汾曰：「娘子命郎君及諸郎相見。」汾以三友俱入，見數十人，各年二十餘，立於大屋之中。其額號曰「審雨堂」。汾與三友歷階而上，與紫衣婦人相見。謂汾曰：「適會同宫諸女，歌宴之次，聞諸郎降（陳校本作隆）重，不敢拒，因此請見。」紫衣者乃命汾等就宴。後有衣白者，青黄者，皆年二十餘，自堂東西閣出，約七八人，悉妖艷絶世。相揖之後，歡宴未深，極有美情。忽聞大風至，審雨堂梁傾折，一時奔散。汾與三友俱走，乃醒。既見庭中古槐，風折大枝，連根而墮。因把火照所折之處，一大蟻穴，三四螻蛄，一二蚯蚓，俱死於穴中。汾謂三友曰：「異哉！物皆有靈。況吾徒適與同宴，不知何緣而入？」於是及曉，因伐此樹，更無他異。

按堂名審雨，乃因蟻知雨也。《焦氏易林》卷一三《震》之《蹇》：「蟻封户穴，大雨將集。」《藝文類聚》卷九七引《博物志》佚文：「蟻知將雨。」唐李公佐《南柯太守傳》寫淳于棼夢入蟻穴大槐安國，或即機杼於《妖異記》。

《太平御覽》卷九四七引劉敬叔《異苑》桓謙條，《藝文類聚》卷九七、《太平廣記》卷四七三亦引。見今本卷八，情事與本篇有相似處，云：

晉太元中，桓謙字敬祖。忽有人皆長寸餘，悉被鎧持槊，乘具裝馬，從岊（《御覽》、《廣記》作熠）中出，精光耀目，遊走宅上，數百爲羣。部障（《廣記》作陣）指揮，更相撞刺。馬既輕快，人亦便捷，能緣几登竈，尋飲食之所。或有切肉，輒來叢聚。力所能勝者，以槊刺取，逕入穴中。蔣山道士朱應子令作沸湯，澆所入處，寂不復出。因掘之，有斛許大蟻，死在穴中。謙後以門釁同滅。

附録

以下六條，皆非本書，今臚列於下。

胡志忠

處州小將胡志忠，奉使之越。夜夢一物，犬首人質，告忠曰：「某不食歲餘，聞公有會稽之役，必當止吾館矣。能減所食見沾乎？」忠夢中不諾。明早遂行，夜止山館，館吏曰：「此廳常有妖物，或能爲祟，不待〔一〕寢食，請止東序。」忠曰：「吾正直可以御鬼怪，勇力可以排奸邪，何妖物之有？」促令進膳。方下筯次，有異物，其狀甚偉，當盤而立。侍者慴退，不敢傍顧。志忠徹炙，乃起而擊之。異物連有傷痛之聲，聲如犬，語甚分明，曰：「請止！請止！若不止，未知誰死。」忠運臂愈疾，異物又疾呼曰：「斑兒何在？」續有一物，自屏外來，閃然而進。忠又擊之，然冠隳帶解，力若不勝。僕夫無計能救，乃以箠撲，羅曳入於東閣，顛仆之聲，如壞墻然。未久，志忠冠帶儼然而出，復就盤命膳，卒無一言，唯顧其〔二〕閣，時時咨嗟而已。明旦將行，封署〔三〕其門，囑館吏曰：「俟吾回駕而後啓之，爾若潛開，禍必及爾。」言訖遂行。旬餘乃還，止於館，索筆硯，泣題其户曰：「恃勇禍必嬰，恃強勢必傾。胡爲萬金子，而與惡物争？休將逝魄趨府庭，止於此舘歸冥冥。」題訖，以筆擲地，而失所在。執硯〔四〕者甚怖，覺微風觸面而散〔五〕。吏具狀申刺史，乃遣吏啓其户，而志忠與斑黑二犬，俱仆於西北隅矣〔六〕。出《集異記》（《太平廣記》卷四三八）

〔一〕待　明鈔本作「得」。待，接待。

〔二〕其　明鈔本、陳校本作「暖」。

〔三〕署　明鈔本作「志」。志，通「誌」。

〔四〕硯　原誤作「筆」，據明鈔本、孫校本、陳校本改。

〔五〕散　明鈔本作「寒」。

〔六〕矣　明鈔本作「而斃矣」。

僧晏通

晉州長寧縣有沙門晏通，修頭陀法。將夜，則必就藂林亂冢寓宿焉。雖風雨露雪，其操不易。雖魑魅魍魎，其心不摇。月夜，棲於道邊積骸之左，忽有妖狐踉蹌而至，初不虞晏通在樹影也，乃取髑髏安於其首，遂摇動之。儻振落者，即不再顧，因别選焉。不四五，遂得其一，岌然而綴。乃褰擷木葉草花，障蔽形體，隨其顧眄，即成衣服。須臾，化作婦人，綽約而去。乃於道右，以伺行人。俄有促馬南來者，妖狐遥聞，則慟哭于路。過者駐騎問之，遂對曰：「我歌人也，隨夫入奏〔一〕，今曉夫爲盜殺，掠去其財。伶俜孤遠，思願北歸，無由致。脱能收採，當誓微軀，以執婢役。」過者易定軍人也，即下馬熟視，悦其都冶，詞意叮嚀，便以後乘挈行焉。晏通遽出謂曰：「此妖狐也，君何容易！」因舉錫杖叩狐腦，髑髏應手即墜，遂復形而竄焉。出《集異記》（《太平廣記》卷四五一）

〔一〕奏 《四庫》本作「秦」，明鈔本作「京師」。

按：以上二則，《廣記》談刻本皆注出《集異記》，明鈔本作《纂異記》。皆爲志怪故事，風格絶不類《纂異記》，明鈔本誤也。唐人薛用弱、陸勳皆有《集異記》，此當爲陸書。參見拙著《唐五代志怪傳奇叙録》增訂本該書叙録（中華書局，二〇一七）。

六鼻鏡生雲烟

黄巢陷京城，南康〔一〕王氏有鏡六鼻，常生雲烟〔二〕。照之，則左右前三方事皆見。王氏向京城照之，巢寇兵甲如在目前。上平都邑，以映日紗囊取入禁中。出《纂異記》（《雲仙雜

記》卷一）

〔一〕南康　原作「南唐」，據《雲仙散録》改。

〔二〕雲烟　《雲仙散録》作「烟雲」。

按：《雲仙散録》題《三方鏡》。

虎毛紅管筆

有儆馬生甚貧〔一〕，遇人與虎毛紅管筆一枚〔二〕，曰：「所須但呵筆即得之。然〔三〕夫妻之外令一人知，則殆矣。」時方盛行凝烟帳、風篁扇，皆呵〔四〕而得之。一日晚〔五〕，思兔頭羹，連呵遽得〔六〕數盤。夫妻不能盡，以與鄰家。自是筆雖存，呵之無應〔七〕。（《纂異記》）（《雲仙雜記》卷三）

〔一〕甚貧　《雲仙散録》作「貧甚」。

〔二〕枚　《雲仙散録》作「枝」。

〔三〕然　《雲仙散録》無此字。

〔四〕呵　《雲仙散録》作「呵筆」。
〔五〕晚　《雲仙散録》作「晚飯」。
〔六〕遽得　《雲仙散録》作「取」。
〔七〕應　《雲仙散録》作「効」。

按：《雲仙散録》題《兔頭羹》。

墨封九錫

稷又〔一〕爲墨封九錫，拜松燕督護、玄香太守、兼亳州〔二〕諸郡平章事。是日，墨吐異氣，結成樓臺狀。鄰里來觀，食久乃滅。《纂異記》（《雲仙雜記》卷六）

〔一〕稷又　《雲仙散録》作「薛稷」。按：《雲仙雜記》前條《筆封九錫》（未注《龍鬚志》），首云「薛稷爲筆封九錫」，此蒙上省其姓。
〔二〕亳州　原譌作「毫州」，據《雲仙散録》改。

按：《雲仙散録》題《松燕督護》。

猪肝中有讖書

白浦民割〔一〕猪肝，肝中有一紙，大如手〔二〕，色如新書，云：「煙塵〔三〕蒼蒼，明年無粮。」次年巢寇起，州郡多荒。《纂異記》（《雲仙雜記》卷八）

〔一〕割　《雲仙散録》作「剖」。

〔二〕大如手　《雲仙散録》作「若手大」。

〔三〕塵　此字原空闕，據《雲仙散録》補，

按：《雲仙散録》題《猪肝有讖》。《雲仙散録》各條皆首云《纂異記》曰。

以上四條，皆舊題唐馮贄《雲仙雜記》（又題《雲仙散録》）所杜撰。

引用古籍書目

周易正義　〔魏〕王弼、〔東晉〕韓康伯注，〔唐〕孔穎達疏，《十三經注疏》本，中華書局影印，一九八三

尚書正義　〔西漢〕孔氏傳，〔唐〕孔穎達疏，《十三經注疏》本，中華書局影印，一九八三

尚書大傳　〔西漢〕伏勝撰，〔東漢〕鄭玄注，《四部叢刊初編》景印左海文集本

周禮注疏　〔東漢〕鄭玄注，〔唐〕賈公彦疏，《十三經注疏》本，中華書局影印，一九八三

禮記正義　〔東漢〕鄭玄注，〔唐〕孔穎達疏，《十三經注疏》本，中華書局影印，一九八三

毛詩正義　〔西漢〕毛亨傳，鄭玄箋，〔唐〕孔穎達疏，《十三經注疏》本，中華書局影印，一九八三

韓詩外傳集釋　〔西漢〕韓嬰撰，許維遹校釋，中華書局，一九八〇

春秋左傳正義　〔西晉〕杜預注，〔唐〕孔穎達疏，《十三經注疏》本，中華書局影印，一九八三

春秋公羊傳注疏　〔西漢〕公羊壽傳，〔東漢〕何休解詁，〔唐〕許彦疏，《十三經注疏》本，中華書局影印，一九八三

爾雅注疏　〔東晉〕郭璞注，〔北宋〕邢昺疏，《十三經注疏》本，中華書局影印，一九八三
古今註　〔西晉〕崔豹撰，《四部叢刊三編》影印宋刊本
玉篇　〔梁〕顧野王撰，〔唐〕孫强增補，〔北宋〕陳彭年等重訂，《四部叢刊初編》景印元刊本
類篇　〔北宋〕司馬光撰，汲古閣影宋鈔本，上海古籍出版社影印，一九八八
鉅宋重修廣韻　〔北宋〕陳彭年等撰，宋乾道五年刻本，上海古籍出版社影印，一九八三
國語　〔三國吴〕韋昭注，上海古籍出版社，一九七八
史記　〔西漢〕司馬遷撰，〔南朝宋〕裴駰集解，〔唐〕司馬貞索隱，〔唐〕張守節正義，中華書局點校本，一九七五
漢書　〔漢〕班固撰，〔唐〕顔師古注，中華書局點校本，一九八七
東觀漢記　〔東漢〕劉珍等撰，《叢書集成初編》排印《聚珍版叢書》本，中華書局，一九八五
越絶書　〔東漢〕袁康、吴平撰，《四部叢刊初編》景印明雙柏堂刊本

吴越春秋　〔東漢〕趙曄撰，《四部叢刊初編》景印明弘治刊本
高士傳　〔西晉〕皇甫謐撰，《四部備要》排印本
後漢書　〔南朝宋〕范曄撰，〔唐〕李賢等注，中華書局點校本，一九八七
三國志　〔西晉〕陳壽撰，〔南朝宋〕裴松之注，中華書局點校本，一九八七
晉書　〔唐〕房玄齡等撰，中華書局點校本，一九八七
宋書　〔南朝梁〕沈約撰，中華書局點校本，一九八七
梁書　〔唐〕姚思廉撰，中華書局點校本，一九八七
魏書　〔北齊〕魏收撰，中華書局點校本，一九八七
北齊書　〔唐〕李百藥撰，中華書局點校本，一九八七
南史　〔唐〕李延壽撰，中華書局點校本，一九八七
舊唐書　〔後晉〕劉昫等撰，中華書局點校本，一九八六
新唐書　〔北宋〕歐陽修、宋祁撰，中華書局點校本，一九八六
唐會要　〔北宋〕王溥撰，武英殿聚珍版本，中華書局影印，一九九〇
唐大詔令集　〔北宋〕宋敏求編，商務印書館，一九五九
通志略　〔南宋〕鄭樵撰，上海古籍出版社影印，一九九〇

宋史　〔元〕脱脱等撰，中華書局點校本，一九七七
唐才子傳校箋（四册）　〔元〕辛文房撰，傅璇琮主編，中華書局，一九八七—一九九〇
吴中人物志　〔明〕張昶撰，明隆慶刻本

水經注　〔北魏〕酈道元撰，陳橋驛點校，上海古籍出版社，一九九〇
元和郡縣圖志　〔唐〕李吉甫撰，賀次君點校，中華書局，一九八三
太平寰宇記　〔北宋〕樂史撰，王文楚等點校，中華書局，二〇〇七
岳陽風土記　〔北宋〕范致明撰，《百川學海》本
吴郡志　〔南宋〕范成大撰，陸振岳校點，江蘇古籍出版社，一九九九
輿地紀勝　〔南宋〕王象之撰，道光二十九年刊本，中華書局影印，二〇〇三
嘉泰會稽志　〔南宋〕施宿等撰，清嘉慶十三年重刊本
正德姑蘇志　〔明〕王鏊撰，明正德刻嘉靖續修本
陝西通志　〔清〕劉於義等修，《景印文淵閣四庫全書》本
歲時廣記　〔南宋〕陳元靚編，《十萬卷樓叢書》本

論語注疏　〔魏〕何晏集解，〔北宋〕邢昺疏，《十三經注疏》本，中華書局影印，一九八三

莊子集釋　〔西晉〕郭象注，〔唐〕成玄英疏，陸德明釋文，〔清〕郭慶藩集釋，《諸子集成》本，中華書局影印，一九八六

列子　〔東晉〕張湛注，《諸子集成》本，中華書局影印，一九八六

孟子正義　〔東漢〕趙岐注，〔清〕焦循正義，《諸子集成》本，中華書局影印，一九八六

荀子集解　〔戰國〕荀卿撰，〔唐〕楊倞注，〔清〕王先謙集解，《諸子集成》本，中華書局影印，一九八六

尸子　〔戰國〕尸佼撰，〔清〕汪繼培輯，《湖海樓叢書》本

説苑疏證　〔西漢〕劉向撰，趙善詒疏證，華東師範大學出版社，一九八五

新序校釋　〔西漢〕劉向撰，石光瑛校釋，陳新整理，中華書局，二〇〇一

論衡　〔東漢〕王充撰，《諸子集成》本，中華書局影印，一九八六

孔子家語　〔三國魏〕王肅注，《四部叢刊初編》景印明翻宋本

人物志　〔三國魏〕劉邵撰，〔西涼〕劉昞注，《四部叢刊初編》景印明正德刊本

藝文類聚　〔唐〕歐陽詢編，汪紹楹校，上海古籍出版社，一九八二
古本蒙求　〔唐〕李翰撰注，《佚存叢書》本
白孔六帖　〔唐〕白居易編，闕名注，〔南宋〕孔傳續編（名後六帖），《景印文淵閣四庫全書》本
太平廣記　〔北宋〕李昉等編，汪紹楹點校本，中華書局，一九八一；民國景印嘉靖談愷刻本；乾隆二十年黄晟校刊袖珍本；《景印文淵閣四庫全書》本，上海古籍出版社影印，一九九〇；《筆記小説大觀》本，江蘇廣陵古籍刻印社影印，一九八三
太平廣記鈔　〔北宋〕李昉等編，〔明〕馮夢龍評纂，陳朝暉、鍾錫南點校，團結出版社，一九九六
太平廣記詳節　〔朝鮮〕成任編，〔韓國〕金長焕、朴在淵、李來宗編，韓國首爾學古房影印，二〇〇五
太平御覽　〔北宋〕李昉等編，中華書局影印宋刊本，一九八五
事類賦注　〔北宋〕吴淑撰，冀勤等校點，中華書局，一九八九
册府元龜　〔北宋〕王欽若等編，明崇禎十五年刊本，中華書局影印，一九六〇
海録碎事　〔南宋〕葉廷珪編，李之亮校點，中華書局，二〇〇二

錦繡萬花谷　〔南宋〕闕名編，《北京圖書館古籍珍本叢刊》影印宋刻本，配明刻本，一九八七

姬侍類偶　〔南宋〕周守忠編，《四庫全書存目叢書》影印明鈔本，齊魯書社，一九九五

事林廣記　〔南宋〕陳元靚編，元刻本、日本元禄翻刻本，中華書局影印，一九九九

新編古今事文類聚　〔南宋〕祝穆、〔元〕富大用、祝淵編，《景印文淵閣四庫全書》本

古今合璧事類備要　〔南宋〕謝維新編，《景印文淵閣四庫全書》本

全芳備祖　〔南宋〕陳景沂編，日藏宋刻本、徐氏積學齋鈔本，《中國農學珍本叢刊》影印，農業出版社，一九八二

韻府羣玉　〔元〕陰幼遇（勁弦）、陰幼達（復春）編，《景印文淵閣四庫全書》本

重刊增廣分門類林雜説　〔金〕王朋壽編，《嘉業堂叢書》本

羣書類編故事　〔明〕王罃編，《宛委別藏》本，江蘇廣陵古籍刻印社影印，一九九〇

天中記　〔明〕陳耀文編，光緒四年聽雨山房重刻本，江蘇廣陵古籍刻印社影印，一九八八

紺珠集　〔南宋〕朱勝非編，明天順刻本，《景印文淵閣四庫全書》本

類説　〔南宋〕曾慥編，明天啓六年刻本，文學古籍刊行社影印，一九五五；嚴一萍校訂本

（以天啓六年刊本爲底本，以明嘉靖伯玉翁舊鈔本校訂），臺灣藝文印書館，一九七〇
續補侍兒小名録　〔南宋〕温豫編，《稗海》本
説郛　〔元〕陶宗儀編，上海涵芬樓張宗祥校明鈔本，中國書店影印，一九八六
虞初志（八卷本）〔明〕陸采編，明弦歌精舍如隱草堂刻本，《續修四庫全書》影印
虞初志（凌性德刊七卷本）〔明〕陸采編，上海掃葉山房排印本，中國書店影印，一九八六
古今説海　〔明〕陸楫等編，清道光元年邵松岩重刊嘉靖二十三年刊本
説郛（重編説郛）　舊題〔明〕陶珽編，清順治四年宛委山堂刊本，《説郛三種》影印，上海古籍出版社，一九八八
豔異編　舊題〔明〕王世貞編，明刊本，《古本小説集成》影印，上海古籍出版社，一九九〇
廣豔異編　〔明〕吴大震編，明刊本，《續修四庫全書》影印
續豔異編　明刊本，《古本小説集成》影印，上海古籍出版社，一九九〇
合刻三志　〔明〕冰華居士編，明刊本
一見賞心編　〔明〕鳩兹洛源子編，《明清善本小説叢刊初編》景印明刊本，臺北天一出版社，一九八五
五朝小説　〔明〕闕名編，清刊本

緑牕女史　〔明〕秦淮寓客編，明刊本，《明清善本小説叢刊初編》景印，臺灣天一出版社，一九八五

逸史搜奇　〔明〕汪雲程編，明刊本，《四庫全書存目叢書》影印，齊魯書社，一九九五

唐宋叢書　〔明〕鍾人傑、張遂辰編，明刊本

才鬼記　〔明〕梅鼎祚編，明萬曆三十三年蟫隱居刻《三才靈記》本，《四庫全書存目叢書》影印，齊魯書社，一九九五

繡谷春容　〔明〕羊洛赦里起北赤心子彙輯，《古本小説集成》影印世德堂刻本，上海古籍出版社，一九九四

稗海　〔明〕商濬編刊，清康熙振鷺堂據萬曆商濬半埜堂刊本重刊本

情史類略　〔明〕詹詹外史輯，明刊本，《馮夢龍全集》影印，上海古籍出版社，一九九三

雪窗談異　託名〔明〕楊循吉輯，宗文、吴岩、若遠點校，山西人民出版社，一九九二

删補文苑楂橘　〔朝鮮〕闕名選編，韓國成和大學校中文系影印朝鮮活字本，一九九四

唐人説薈　〔清〕蓮塘居士（陳世熙）編，同治八年刊本，民國二年上海掃葉山房石印本

龍威秘書　〔清〕馬俊良編，乾隆五十九年石門馬氏刊本

香豔叢書　〔清〕蟲天子編，宣統中國學扶輪社排印本，上海書店影印，一九九一

古今説部叢書　上海國學扶輪社編，宣統民國中國學扶輪社排印本
晋唐小説六十種　俞建卿編訂，上海廣益書局民國四年石印本
舊小説　吴曾祺編，商務印書館，一九五七
唐人小説研究（纂異記與傳奇校釋）　王夢鷗著，臺北藝文印書館，一九七一
唐五代筆記小説大觀　上海古籍出版社編，上海古籍出版社，二〇〇〇
唐五代傳奇集　李劍國輯校，中華書局，二〇一〇
穆天子傳　〔清〕洪頤煊校，《四部備要》本
山海經校注　袁珂校注，上海古籍出版社，一九八〇
漢武故事　舊題班固撰，〔西漢〕闕名撰，《古小説鉤沈》，《魯迅輯録古籍叢編》第一卷，人民文學出版社，一九九九
漢武帝别國洞冥記（洞冥記）　〔東漢〕郭憲撰，《顧氏文房小説》本
博物志校證　〔西晉〕張華撰，范寧校證，中華書局，一九八〇
搜神記輯校　〔東晋〕干寶撰，李劍國輯校，中華書局，二〇一九
異苑　〔南朝宋〕劉敬叔撰，范寧校點，中華書局，一九九六

世説新語箋疏　〔南朝宋〕劉義慶撰，〔梁〕劉孝標注，余嘉錫箋疏，中華書局，一九八三
搜神記（八卷本）　題〔晋〕干寳撰，《稗海》本
搜神記（六卷本）　明《續道藏》本
大唐傳載　〔唐〕闕名撰，中華書局上海編輯所，一九五八
玄怪録　〔唐〕牛僧孺撰，程毅中點校，中華書局，二〇〇六
因話録　〔唐〕趙璘撰，上海古籍出版社，一九七九
樂府雜録　〔唐〕段安節撰，上海古典文學出版社（據錢熙祚校本），一九五七
獨異志　〔唐〕李冗（伉）撰，張永欽、侯志明點校，中華書局，一九八三
杜陽雜編　〔唐〕蘇鶚撰，《稗海》本
劇談録　〔唐〕康軿撰，《津逮祕書》本
雲仙雜記　舊題〔唐〕（後唐）馮贄編，《四部叢刊續編》景印常熟瞿氏鐵琴銅劍樓藏明刊本
雲仙散録　舊題〔唐〕（後唐）馮贄編，《隨盦徐氏叢書》景刊宋嘉泰本；張力偉點校，中華書局，一九九八
録異記　〔前蜀〕杜光庭撰，《津逮祕書》本

南部新書　〔北宋〕錢易撰，黄壽成點校，中華書局，二〇〇二
友會談叢　〔北宋〕上官融撰，《宛委别藏》本
閑窗括異志　〔南宋〕魯應龍撰，《稗海》本
新編醉翁談録　〔南宋〕羅燁撰，上海古典文學出版社，一九五七
湖海新聞夷堅續志　〔元〕闕名撰，金心點校，中華書局，一九八六
大明仁孝皇后勸善書　〔明〕仁孝皇后徐妙雲撰，明永樂五年内府刻本，《四庫全書存目叢書》影印
蟫精雋　〔明〕徐伯齡撰，《景印文淵閣四庫全書》本
西湖遊覽志餘　〔明〕田汝成撰，浙江人民出版社，一九八〇
玉芝堂談薈　〔明〕徐應秋撰，《景印文淵閣四庫全書》本
堅瓠集　〔清〕褚人穫撰，《筆記小説大觀》本
元曲選　〔明〕臧懋循編，中華書局，一九八九
傳奇彙考標目　〔清〕闕名撰，《中國古典戲曲論著集成》，中國戲劇出版社，一九五九
古本戲曲叢刊二集　鄭振鐸主編，文學古籍刊行社影印本，一九五四—一九五五

崇文總目　〔北宋〕王堯臣等撰，〔清〕錢東垣等輯釋，《粵雅堂叢書》本，《中國歷代書目叢刊》影印，現代出版社，一九八七

郡齋讀書志校證　〔南宋〕晁公武撰，孫猛校證，上海古籍出版社，一九九〇

遂初堂書目　〔南宋〕尤袤撰，《海山仙館叢書》本，《中國歷代書目叢刊》影印，現代出版社，一九八七

寶文堂書目　〔明〕晁瑮撰，上海古籍出版社，二〇〇五

百川書志　〔明〕高儒撰，上海古籍出版社，二〇〇五

增修詩話總龜　〔北宋〕阮閱輯，《四部叢刊初編》景印明月窗道人校刊本

苕溪漁隱叢話　〔南宋〕胡仔編，廖德明校點，人民文學出版社，一九六二

唐詩紀事　〔南宋〕計有功撰，上海古籍出版社，一九八七

後村詩話　〔南宋〕劉克莊撰，《適園叢書》本

升庵詩話箋證　〔明〕楊慎撰，王仲鏞箋證，上海古籍出版社，一九八七

列仙傳校箋　〔西漢〕劉向撰，王叔岷校箋，中華書局，二〇〇七
漢武帝内傳　舊題〔東漢〕班固撰，《守山閣叢書》本
神仙傳　〔東晉〕葛洪撰，《景印文淵閣四庫全書》本
抱朴子内篇校釋（增訂本）　〔東晉〕葛洪撰，王明校釋，中華書局，一九八五
墉城集仙録　〔前蜀〕杜光庭撰，明正統《道藏》本，商務印書館影印，一九二四
續仙傳　〔吴〕沈汾撰，明正統《道藏》本，商務印書館影印，一九二四
雲笈七籤　〔北宋〕張君房編，李永晟點校，中華書局，二〇〇三
三洞羣仙録　〔南宋〕陳葆光撰，明正統《道藏》本，《道藏要籍選刊》影印，上海古籍出版社，一九八九
洞霄圖志　〔元〕鄧牧撰，《知不足齋叢書》本
歷世真仙體道通鑑　〔元〕趙道一撰，明正統《道藏》本，《道藏要籍選刊》影印，上海古籍出版社，一九八九
焦氏易林　舊題〔漢〕焦贛撰，無名氏注，《四部叢刊初編》影印元刊本
開元占經　〔唐〕瞿曇悉達撰，李克和校點，岳麓書社，一九九四

大智度論　〔古印度〕龍樹造，〔後秦〕鳩摩羅什譯，《大正新脩大藏經》本
高僧傳　〔梁〕釋慧皎撰，《高僧傳合集》影印磧砂藏本，上海古籍出版社，一九九一
法苑珠林（百卷本）　〔唐〕釋道世撰，宣統二年刻本，中國書店影印，一九九一
大方廣佛華嚴經疏　〔唐〕澄觀撰，《大正新脩大藏經》本
宋高僧傳　〔北宋〕贊寧撰，范祥雍點校，中華書局，一九八七

南方草木狀　〔西晋〕嵇含撰，《百川學海》本
相馬書　題徐咸撰，宛委山堂刊《説郛》（弓一〇七）本
永樂琴書集成　〔明〕成祖朱棣敕撰，臺北新文豐出版公司影印明内府寫本，一九八三
錢通　〔明〕胡我琨撰，《景印文淵閣四庫全書》本
御定佩文齋廣羣芳譜　〔清〕汪灝等撰，《景印文淵閣四庫全書》本

梁江文通文集　〔梁〕江淹撰，《四部叢刊初編》景印明繙宋刊本
唐丞相曲江張先生文集　〔唐〕張九齡撰，《四部叢刊初編》景印明成化刊本
重刊五百家註音辯昌黎先生文集　〔唐〕韓愈撰，〔南宋〕魏仲舉編，上海鴻章書局石印本

張司業詩集 〔唐〕張籍撰，《四部叢刊初編》景印明刊本
元氏長慶集 〔唐〕元稹撰，《四部叢刊初編》景印明嘉靖董氏刊本
白氏長慶集 〔唐〕白居易撰，《四部叢刊初編》景印日本翻宋大字本
唐孫樵集 〔唐〕孫樵撰，《四部叢刊初編》景印明天啓刊本
徐公文集 〔北宋〕徐鉉撰，《四部叢刊初編》景印校宋本
東坡全集 〔南宋〕蘇軾撰，《景印文淵閣四庫全書》本
東坡先生詩集註 〔南宋〕蘇軾撰，王十朋集註，明刊本
施註蘇詩 〔南宋〕蘇軾撰，施元之、顧禧、施宿註，〔清〕邵長蘅删補，《古香齋袖珍十種》本，康熙三十八年宋犖刻本
噲噻集 〔元〕宋无撰，明嘉靖丙戌秀水知縣趙章刊本
升菴集 〔明〕楊慎撰，《景印文淵閣四庫全書》本
楚辭 〔東漢〕王逸章句，〔南宋〕洪興祖補註，《四部叢刊初編》景印明繙宋本
文選 〔梁〕蕭統編，〔唐〕李善注，中華書局影印清嘉慶十四年胡克家刊本
松陵集 〔唐〕陸龜蒙編，《景印文淵閣四庫全書》本

唐文粹　〔北宋〕姚鉉編，《四部叢刊初編》景印明嘉靖刊本
樂府詩集　〔北宋〕郭茂倩編，中華書局，一九九一
萬首唐人絶句　〔南宋〕洪邁編，文學古籍刊行社影印明嘉靖刊本，一九五五
三體唐詩　〔南宋〕周弼編，高士奇輯注，《景印文淵閣四庫全書》本
文選補遺　〔元〕元陳仁子輯，《景印文淵閣四庫全書》本
唐音　〔元〕楊士弘編，《景印文淵閣四庫全書》本
吴都文粹續集　〔明〕錢穀編，《景印文淵閣四庫全書》本
全唐詩　〔清〕彭定求等編，中華書局點校本，一九八五
四庫全書考證　《景印文淵閣四庫全書》本
全唐文　〔清〕董誥等編，上海古籍出版社影印本，一九九〇
敦煌變文集　王重民等編，人民文學出版社，一九八四
困學紀聞　〔南宋〕王應麟撰，《國學基本叢書》本
少室山房筆叢　〔明〕胡應麟撰，上海書店出版社點校本，二〇〇一